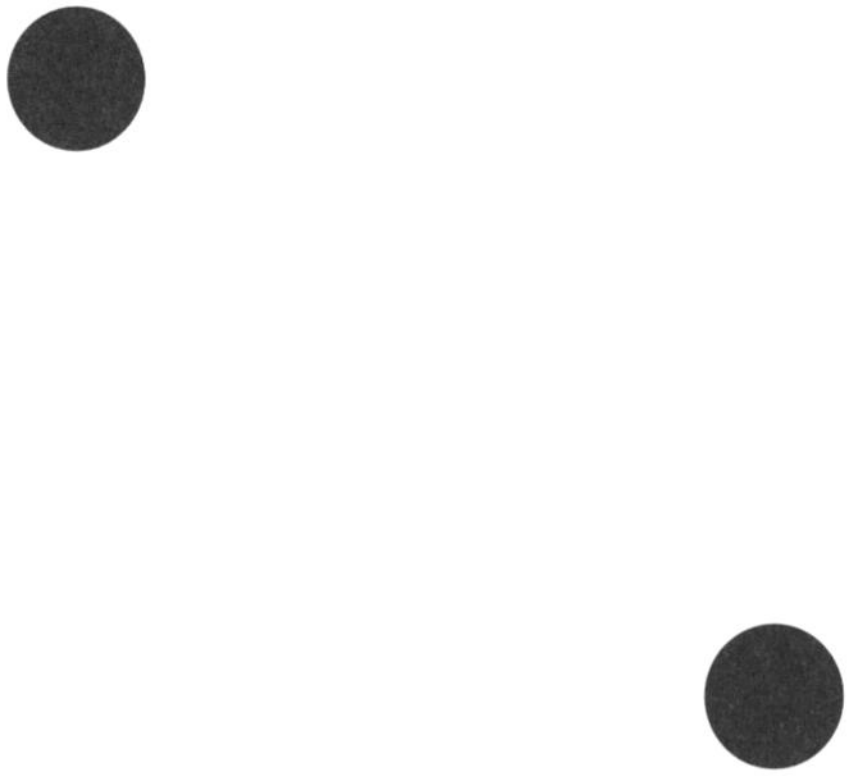

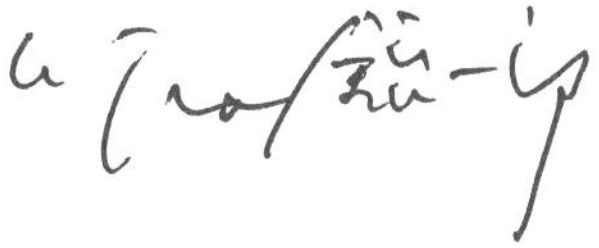

自選戯曲集

竹内銃一郎集成

Juichiro Takeuchi Compilation Book

Volume II

カップルズ

c o u p l e s

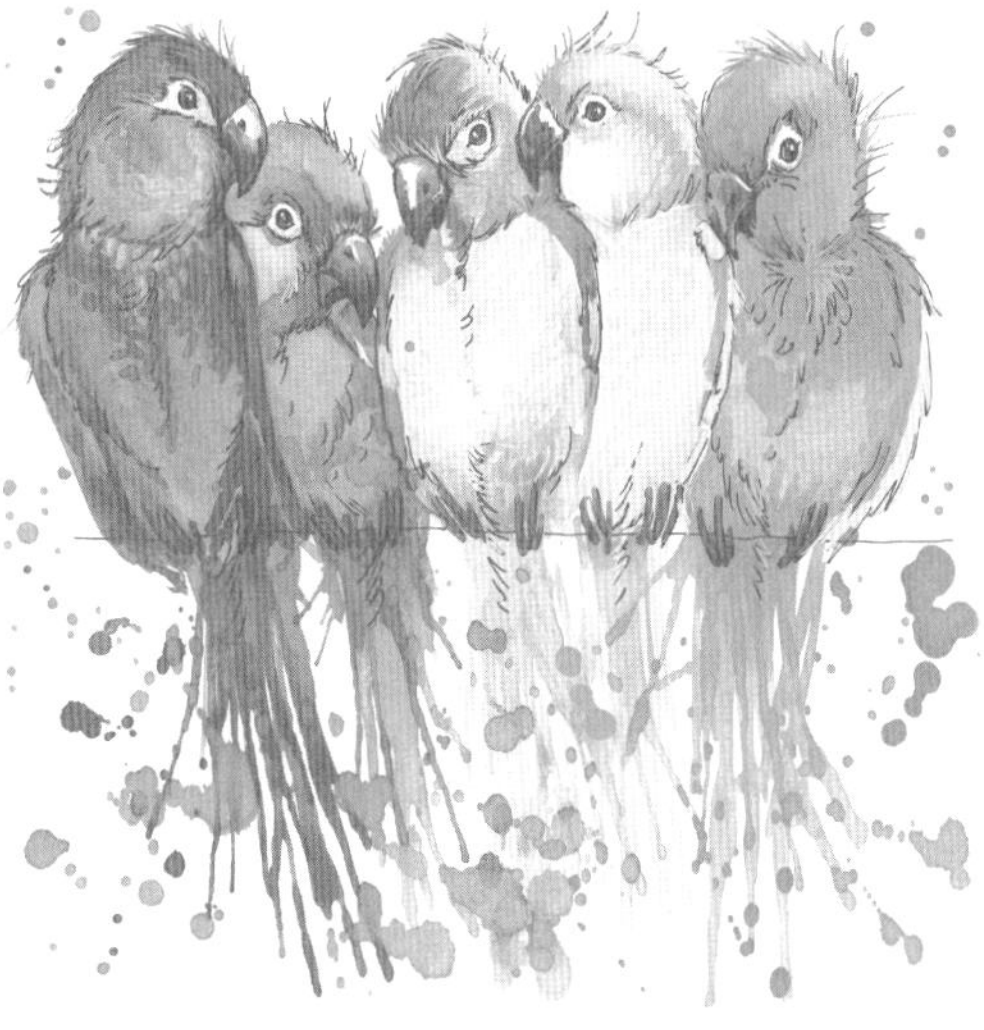

松本工房

目次

凡例

1 本書は竹内銃一郎集成全五巻の第二巻（Volume II）である。集成全体の構成および各巻の編輯は著者自身によるものである。

2 作中における別作者作品からの引用は当該箇所に注番号を付し戯曲の最後に注記した。また、参考文献および参考作品についても戯曲の最後に列記した。

3 上演および演出するにあたって重要と思われる事項は戯曲の最後に記した。

4 三点リーダー（…）の使用方法および前後の空白は、著者独自の台詞の間合いの表現であるが、読解および解釈は読者ないし演者に委ねられる。

今は昔、栄養映画館

登場人物

男1（自称・映画監督）
男2（自称・助監督）

ここは世界の片隅の、誰からも忘れ去られてしまった古い映画館。

大小様々な椅子が二十脚ばかり整然と並んでいる。

男1がゆっくり歩きながら、時々、ポケットから紙きれを取り出し、それを見ながら、ぶつぶつと次のような言葉を呟いている。

男1 アーーー。まずはピーター・ジェイ英国大使、イングリッド・バーグマン女王、ジョージ・スティーヴンス会長、そして、映画作りという奇妙な職業に関わっておられるすべての方々に、心から感謝の意を表明させていただきます。
わたしはずっと以前から、ひとは殺人のみにて生くるにあらずということを認識してまいりました（場内笑い）。人間には愛情が必要です。他人に認めてもらうことも必要です。勇気づけてもらうことも必要です。そして時には、腹いっぱいご馳走を食べることも必要です（場内笑い）。今夜は皆さんのお陰で、この四つの必要条件のうち三つまで充たされることが出来ました。ただ最後のひとつ、ご馳走を腹いっぱい食べることだけは諦めざるをえませんでした。この会場に足を踏み入れてからずっと、いまこうしている間もなぜか喉首が締めつけられているようで、なにも食べることが出来ないのであります（場内笑い）。風邪と熱とサンタモニカのハイウェイを吹っ飛ばして来てくれた、わたしの古い友人・ケイリー・グラントは、わたしの身に降りかかったこの思わぬ不幸を不届きにも、「たたりだネ」などとぬかしておりますが（場内笑い）。…確かに、これまでわたしは、幾百万の罪なき善男善女の尊い命を有無を言わさず奪ってまいりましたが、むろんこれは、わたしが望んだことでは毛頭なく、罰せられるべきは、幾度となく更生を誓ったわたしの横っ面を、札束でひっぱたいては悪の巣窟へと連れ戻した悪徳プロデューサーの方々であり、気恥ずかしいほど小心なわたしを、ペンの暴力で脅迫し続けたズル賢いシナリオライターの方々であり、更には、このような罪深きわたしを、熱い拍手と声援とで常に優しく迎え入れてくれた、聡明にして不可解なる映画ファンどもなのであります。(場内笑い、拍手)。本日のこの受賞を、わたしは心から……[注①]

男2がヌッと現れる。水中メガネをふたつ、手に持って。

男2　Nobody?

男1　Yes, Nobody.

男2　よかった。

男1　よくないぞ、ちっとも。こんな時間までいったいどこをほっつき歩いてたんだ。

男2　いや、それが……

男1　問答無用！　理由を聞いてる暇はない、もう五分もすれば客が来ちまうんだ。ほら、針と糸。

男2　自分でやるのか？

男1　時間がないんだ、分業だよ分業。俺が針に糸を通す、お前が縫いつける。こういう手順さ。

男2　なるほど。俺が飯を作る、お前が食べる。いつもと同じだ。

言い終わらぬうちに、男1は2の頬を平手打ち。

男2　！

男1　お前じゃないだろ。

男2　ア、そうか。

男1　出せ、早く。針と糸。

男2　ええっと、どこへ入れたかな、どのポケットに……

男1　Hurry up! 遅くてよければ牛だって出来るんだ、牛だって。

男2　モー。(と、鳴く)

男1　なにを言ってるんだ、このくそ忙しい時に。

男2　多忙の中でも小さな余裕……、アッ、あったあった。糸は黒いのでいいんだろ。(と、ポケットから針と糸を取り出す)

男1　どうしたんだ。
男2　なにが？
男1　その水中メガネ。
男2　ああ、これ？　話せば長くなるんだが……
男1　Stop! 手短に。
男2　買ったんだ。
男1　どこで？
男2　雑貨屋で。
男1　どうして？
男2　買えって言われたから。
男1　誰に？
男2　店番の婆あに。
男1　いつ？
男2　さっき。
男1　うーん。手短と言えばあまりに簡潔な受け答えだが……
男2　もう少し色をつけてもいいんだけど。
男1　ことの顚末は明日聞く。今日のところは話をモノクロに止めおいて、客が来る前に早くこの袖のボタンを縫いつけてしまわないと。
男2　ああ、失礼になる。
男1　ほら、針と糸。
男2　はい、針と糸。（と、手渡す）
男1　（針を見て）錆びてるな。
男2　だから返しに来なくっていいって。
男1　誰に借りた？
男2　店番の婆あに。
男1　どこの？
男2　雑貨屋の。
男1　……臭うな。
男2　なにが？
男1　この針と糸と水中メガネの関係が。
男2　話そうか。
男1　聞きたいけれど時間がない。
男2　あと五分。
男1　そう、あと五分しか……（と、針を舐める、何度も）
男2　大丈夫か。
男1　なにが？
男2　さっきから針を舐めてるみたいだけど……

男1　ちょっと汚いけどこうやって、針を舐めてからやれば糸は簡単に……、うん？　いかないな。
男2　違うんじゃないかな。
男1　なにが。
男2　舐めなきゃいけないのは針の方ではなくて糸の方を舐めるのは関西風だろ。
男1　？　針に糸を通すのに、関西風とか関東風とかあるわけ？
男2　もちろん。鰻の割き方だって腹を割くのが関西風、背から割くのが関東風って違うんだから。
男1　初めて聞いた。
男2　関西風でいこうか？
男1　俺は別にどっちでも。
男2　じゃ、中を取って名古屋風で。
男1　名古屋風なんてのもあるわけ?!
男2　針も糸も舐めるんだ。（と、舐める）
男1　……そんなにうまいか。
男2　なにが。
男1　その針と糸。
男2　バカ。こんなもの味わってどうするんだ。念には念を入れてコトに当たろうと思っているわけだよ、俺としては。
男1　だけどもう時間もないし……
男2　お前、俺に指図するのか？
男1　そういうつもりはないんだけど……
男2　だったら少し黙ってろ。これだってそれなりの集中力を必要とするんだから。
男1　分かったよ。
男2　瞬きするな、気になるから。
男1　あいよ。
男2　ちょっとの間だ、呼吸もするな。
男1　了解。
男2　……離れてろ、少し。
男1　なにゆえに？
男2　気になるんだ、お前の心臓の鼓動の音が。
男1　ずいぶん神経質なんだな。
男2　お前と違って繊細なんだよ、俺は。
男1　微妙に心が揺れ動く？

男1　人一倍な。
男2　なるほど、関東大繊細か。
男1　あんまり下らないことばかり言ってると、ボタンより先にお前の唇を縫いつけちまうゾ！
男2　やめて、わたしの唇を奪うのは。
男1　離れろ。俺の目障り耳障りにならないところまで。
男2　（離れながら）一メートル？　二メートル？　二メートル十、二十、三十、三十一、二……
男1　よし。……いくぞ。
男2　はい。
男1　返事はいいんだ、返事は。……集中！　……くそっ……
男2　どうした。
男1　指の震えがとまらない。
男2　深呼吸をしたらどうだ。
男1　うん？
男2　急がば回れだ。リラックスリラックス。

ふたり、深呼吸する。

男1　やめろ。ふたり一緒に深呼吸して酸素が薄くなったらどうすンだ。
男2　……（呟く）手間がかかる野郎だよ、まったく。
男1　……来るかな。
男2　え？
男1　本当にみんな来るのか。
男2　連絡したんだろ、ちゃんと。
男1　ああ。映画監督協会のお歴々、シナリオ作家同盟のお歴々、映画・テレビ制作者会議のお歴々はもちろんのこと、独立映画俳優連盟に所属する諸君、有名無名・進歩的かつ譲歩的文化人からなる映画愛好家集団の面々、映画作りに理解のある大金持ち小金持ち、評論家、ジャーナリスト、大学教授、アパートの大家、魚金のアンちゃん、従兄弟のマサル、ヨシコ、ハナエ、中学の担任だったオオヤマ先生、ハローワークのイノウエさん、みんなみんなみんなご招待申し上げたよ。
男2　深呼吸したらどうだ。

男1　今したばかりじゃないか。
男2　もう一度。
男1　なんで？
男2　興奮してるから、お前

男1、2の頬を打つ。

男1　お前じゃないだろ。
男2　ア、そうか。
男1　こんな時に冷静でいられるのは、ヘビカエルの類だけだ。
男2　興奮しないのか？　あいつら。
男1　なんたって冷血動物だからな。（と、再度針と糸にとりかかる）
男2　…やろうか。
男1　なにを？
男2　その、針に糸を通すやつ。
男1　俺にボタン付けしろって言うのか？
男2　いや、それも俺が。
男1　どういうことだ。
男2　だから、カントクは少し興奮気味だし。
男1　じゃあ、お前が針に糸を通してここにボタンを縫いつけてる間、俺はいったいなにをしていればいいんだ。
男2　だから、ジッとして…
男1　冬眠中のヘビやカエルみたいにか？
男2　いや、だから…
男1　そんな精神状態になれないから慣れない仕事をしようとしてるんだろ、いま。
男2　分かる。分かるんだけどね。
男1　いいんだよ、こんなところのボタンの一つや二つ付いてたって付いていなくったって。お前みたいなもんなんだ、これは。そうだよ、そういうことなんだよ、ぶっちゃけた話が。今度の仕事で果たしたお前の役割なんてものは、今度の作品におけるお前の位置なんてものは、いようがいまいが、付いていようが付いていまいが、同じことなんだ、ほんとに。こんなもの！（と、右袖のボタンを引きち切ろうとする）

男2　よせよ！
男1　（止めて）……。みんな来るのか、今夜。
男2　来ないはずないだろ。照明のカマタさんなんか女房はもちろん、中・一の息子をカシラに三人の子どもを引き連れて来るって言うし。
男1　ヤロー、家族の晩飯代を浮かそうって腹だな。
男2　カメラのツジさんも、オオシマ組の仕事が入ってンだけど、一日休みを貰って京都から駆けつけるって言ってたし。
男1　ただ酒飲めるって聞けば井戸の中だって飛び込もうって下司なんだ、あいつは。
男2　それからスチールのニシムラくん、進行のモーやん、メイクのコバちゃん、スクリプターの……
男1　もういい。
男2　大丈夫だよ、みんな来るって。
男1　来るよ、分かってるよ。みんなみんな、みんな来ちまうんだよ、きっと。
男2　だから早くその針に糸を通さないと。
男1　（うなだれたまま）……
男2　どうしたんだ。
男1　明日にしないか？
男2　ええっ？
男1　この袖のボタン付け。今日中には終わらないだろ。
男2　バカ言うな。針に糸さえ通せばものの二、三分で……
男1　ダメだよ、ダメなんだ。俺、この三日間・七十二時間、ずっと眠ってないんだよ。だから折角来てもらってもちゃんとした失礼のない応対が出来るかって言うと、格調高いスピーチが出来るかって言うと、新聞記者たちの質問にテキパキ答えられるかと言うとまったく自信が……。そうなんだ。さっきから何かとお前に八つ当たりしてるのも寝不足のせいなんだよ。悪い、すまないと思いつつ、にもかかわらずブレーキが効かないんだ、こと志とは違った方向に気持ちが走ってしまって。分かるだろ？　これじゃとても無理だと思うだろ、お前だって。

男2　ここは一番、深呼吸してみてはどうだろう。
男1　……
男2　？　無理なのか、深呼吸も出来ないのか?!
男1　なんべん深呼吸させたら気が済むんだ、人間ポンプじゃないんだぞ、俺は。
男2　じゃ、今のうちに横になって……横になってどうするんだ。
男1　眠るんだよ。
男2　眠れないからイライラしてるんだよ、俺は。
男1　だから横になって……
男2　横とか縦とか関係ないんだ、バカ！
男1　じゃ、斜めになってみるか？
男2　お前！
男1　冗談じゃないか。あんまりとんがっているから少し丸くなってもらおうと思って、気を使ってンだ、これでも。
男2　そんな気を使う暇があったら早くみんなに電話しろ！
男1　なんの？
男2　断りの電話だよ。今夜は監督のからだの具合が思わしくないので、申し訳ありませんが日延べさせていただきます、とかなんとか。
男1　無理だよ、それは。
男2　ご無理ごもっともでなんとかするのが助監督じゃないのか。
男1　定刻まであと五分しかないんだ、もうみんなすぐそこまで来ちまってるよ。
男2　だったら表に「本日中止」の貼り紙だ。まだ五分ある。
男1　紙がない、筆もない。
男2　つべこべ言ってないでどうにかするんだ！
男1　助監督っていうのは監督を助けるって書くんだ。よく覚えとけ！
男2　分かったよ、そこまで言うんなら俺が……
男1　お前が？
男2　代理になって
男1　俺の？
男2　そう。
男1　お前が俺の代理になってなにをするんだ。
男2　だから、俺が代わって今夜の客のもてなしを。

男1　監督面して？
男2　ふつつかながらあい務めます。
男1　正気か？　お前。
男2　言うまでもない。
男1　笑うぞ。
男2　どうして？
男1　おかしいからさ。
男2　そんなに？
男1　涙も出そうだ。
男2　おかしくて？
男1　馬鹿馬鹿しくて。
男2　だったら笑えば？

男1、笑う、笑い転げる、文字通り転げまわって……

男1　おい、聞いたかみんな、いまのこいつの言葉をさ。この虫けらのボケナスの軽石が、水膨れのなまこのあひるのでべその鼻くそが、俺に代わってホスト面して、今夜の客のおもてなしをして下さるんだとよ。この役立たずの百姓が、バカの阿呆のでくの坊が、泣き虫の涎くりのおっちょこちょいの怠け者が、嘘つきのほら吹きの宿無しの、ボケののろまのスカタンが、今夜の主役を務めるんだってさ。おかしいだろ、ええっ、最近こんなケッサクな話あったか、ええっ？　あったか、みんな。
（笑う、激しく、さらに笑ってその果てに……泣き出す）
男2　どうしたんだ、いったい。
男1　驚くなよ。
男2　もう十分驚いてるよ。
男1　もっと驚く、この事実を聞けば。
男2　ア然とするのか。
男1　いや、ボウ然とする、多分。それからお前はブ然として、そしてショウ然となる、トウ然のように。
男2　ゼン然分からん。
男1　忘れちまったんだ。
男2　なにを？

男1　ワンカット。
男2　！　撮り残しか？
男1　前から気になってたんだ、どこか足りないところがあるんじゃないかって。ずっと気にはなってたんだけどそれがどのシーンのどのカットなのか、いくら考えても分からなくって。
男2　だからなかなか眠れなかったんだ。
男1　それが昨日、夜食にタラコのお茶漬け食べてたらフッと目の前に　…
男2　タラコでフ　…。アッ。
男1　分かった？
男2　シーン88！
男1　そう、あの赤い橋のたもとでふたりが再会する場面。
男2　ヤマ場だよ。
男1　ヤマ場もヤマ場。すれ違った二人が振り返り、互いに見交わす目と目と目と目。
男2　ずいぶん見交わしちゃったな。
男1　ふたりは森の石松でも丹下左膳でもないからな。目と目と目と目。合わせりゃ四つになるわけだ。
男2　究極のリアリズム！
男1　そしてそれから、ヒロインの官能に震える唇のアップ。
男2　それだ。
男1　これだよ。
男2　抜けてる、確かに。
男1　どうする？
男2　どうするったって　…
男1　あのカットがなくてもヤマ場がヤマ場として成立するのか。ええっ、どうなんだ、助監督。
男2　（少し考えて）…へっちゃらへっちゃら。大丈夫だよ、この俺でさえ言われるまで気がつかなかったんだから。
男1　責任持てるか？
男2　え？
男1　あのカットがなくても、今度の映画の仕上がりに助監督として責任持てるかって。
男2　もちノろん。
男1　シナリオ共同執筆者としても？

男2　当然。
男1　プロデューサー補佐としても？
男2　ことわるまでもなし。
男1　村人Aウェイター C通行人B、その他諸々のその他大勢を演じた一無名俳優としても責任持てるな。
男2　太鼓判押すよ。
男1　……ダメだ。
男2　どうして？
男1　おまえ嘘ついてる。いま左眼を右斜め六十度くらい落とした。クソッ！　やめだやめだ、やっぱり今夜は中止にしよう。
男2　だからそれはダメだって。
男1　じゃ、カミソリだ。
男2　カミソリ？
男1　頭を剃るんだよ、ボウズになってみんなにお詫びするんだ。お忙しいところをはるばるわざわざお出かけいただいたのに申し訳ありませんが、映画はまだ未完成ですってな。
男2　お前！

男1、2の頬を打つ。男2、すぐさま1の頬を打ち返す。

男1　（うって変わって）スマン、申し訳ない。ほれこの通り頭を下げるから今夜のところはなんとかしてくれ。明日になれば、うん、ひと晩眠れば自信も戻る、鉄面皮にもなれる。だから、な、頼む、お前の力で、お前しかいないんだ、俺にはお前しか……

突然、電話のベルが。（どこにも電話機はないのだが……）

男1　（またもやうって変わって）はい、モシモシ。ええ、そうです。ええ、その完成記念レセプションの会場はこちらなんですが、実はそのう、ちょっとした事情がありまして……、いやあ、そんな風に言っていただくともう穴があったら入りたいような……いえいえ、わたしの力なんぞほんとに微々たるもので、ええ、もう仕事といったら現場で大声張りあげてただけなんですから、実際の話が。　…いえいえ、とんでもない。いやいや、いやあ参りますですよ、そんな風に言われたらもう、ハハハ（と、笑って）…。
アレ？　ちょっと待って。その声はもしかして、もしかしたらサッちゃん？　ホントに？　冗談じゃないぜ。なんだよ、よそゆきの声なんか出させやがって。怒るゾ、ほんとに。みんな？　とっくに来てる。今もみんなであんたの噂をしてたところだよ、時間厳守のあんたがまだ顔を見せないところをみると、とうとう首でもくくったか、なんて。ハハハ。冗談だよ、怒るなよ。いまどこ？　え？　じゃ、あと小一時間はかかるじゃない。いや、映画の上映には間に合うだろうけど。早く来ないと入れないよ。いや、予想してた以上のリアクションがあってさ、凄いんだよ、招待状出したひと、殆ど来ちゃってるんじゃない？　えっ？　おたくは入れてもらえるかって？　水臭いこと言わないでよ。またまたァ、ほんとにお世辞がいいんだから、もう。うんうん、だけど早く来てよ。席？　とっとくって。はいはい。じゃ、待ってるから。バハハーイ。　…（フーとため息をつく）。

男2　中止にするんじゃなかったのか。

男1　それを言うな。いま自分の意志の弱さに自己嫌悪してるところなんだから。

男2　分かる、その気持ち。

男1　憎い。

男2　うん？

男1　お前が憎い。

男2　なんで？

男1　なんでお前が電話に出なかったんだ！

男2　出ようと思ったんだ、俺だって。ベルが鳴っただろ。アッ、電話だな。誰からだろう？　男かな？　女かな？　年寄だったら大きい声で話さなきゃいけないな。遠距離だったら話は簡潔にしないと相手に悪いな。借金取りだったら切ってやる。間違い電話だったら怒鳴ってやろう。などと思いを巡らしつつ受話器を取ろうと手を伸ばしたら時すでに遅く　…
男1　遅いんだ、遅すぎるんだ、バカ！

また電話。

男1　（素早く、軽く）はい、モシモシ。
男2　早いなあ。
男1　はい、そうですけど。アッ！　タ、タ、大将！　ハイ、ハイ、ハイ。お席を三人分。分かりました。一番いいお席を確保して、ハイ、お待ちしております。ハイ、どうも失礼致します。ああ　…。
男2　誰？　大将って。
男1　大将っていったら大将しかいないんだ、バカ。
男2　中止にしないんだったらもう慌ててる暇もないんじゃないかな。
男1　あと五分しかないんだろ、分かってるよ。だからこうしてだからこうして、だからこうしていま恥も外聞もプライドさえかなぐり捨てようとしてるんだ。
男2　そういうのちゃんと捨て終わったら、早くボタン付けしような。
男1　お前　…
男2　なに？
男1　軽く言うなよ。俺は腐ったかぼちゃを捨てようとしてるんじゃないんだ。プライド捨てるのとボタン付けを並列して論じないでくれよ、頼むから。
男2　アッ、ゴメンゴメン。つい気がせいてたもんだから。ゴメンネ。
男1　軽いなあ。なんでお前、こういう時に軽くなれるの？
男2　性格だろ、もって生まれた。
男1　ああ　…
男2　そうやってため息ついてる暇もないんじゃないかな。
男1　分かってるよ。ええっと、とりあえず何をすればよかったんだっけ？　何をすれば　…

男2　だから袖のボタン付け。
男1　その前にしなきゃいけないなにかがあっただろ。なにかなにかなにかなにかなにか　…、思い出せよ、早く！
男2　アッ、針と糸。
男1　それじゃないんだよ。そうじゃなくて他になにか、他になにか他になにか他になにか　…
男2　なんだろう？　他になにか他になにか他になにか
男1　ええっと、ええっと、ええっと　…
男2　ええっと、ええっと、ええっと
男1　真似するな！
男2　ゴホン。（と、咳をする）
男1　それだ。
男2　それ？
男1　席だよ。
男2　咳？
男1　さっきの電話だよ、席をとっとかないと。
男2　下らないなあ。
男1　おい、ズボン脱げ。
男2　え？
男1　それから靴と靴下と。ほら、早く！
男2　よせよ。
男1　いい歳かっくらってなに恥ずかしがってンだ。
男2　愚図愚図してたら客が来ちまうだろ。
男1　こんなところでそんな気になれないよ、俺。
男2　バカ。こんな時になに考えてンだ。席だよ、席を取っとかなきゃいけないだろ、大将とその御一行様のために。
男2　俺のズボンで？
男1　そう、靴と靴下で。
男2　冗談だろ？
男1　お前と違って冗談嫌いなんだ、俺。
男2　よせよ、お前。

男1、男2の頬を打つ。

男1　お前じゃないだろ、何度言ったら分かるんだ。もうすぐ客が来るんだぞ。もしもみんなの前で俺のことを「おまえ」なんて言ったら

男2　分かってる。それは分かってるけど、だって客が来るんですよ。
男1　だから客が来る前に席を確保しておかないといけないんだよ。
男2　いいんですか？　わたしが下半身むき出しでお客さまをお迎えして。失礼だとは思わないんですか、監督は。
男1　そりゃ失礼だよ、ズボン穿いてたっておまえの下半身は失礼なんだから。
男2　でしょ。だったら
男1　だから、おまえはみんなの目の触れないところに引っ込んでりゃいいんだよ。
男2　！　引っ込んでる？
男1　少しの間だよ。大将閣下がいらっしゃればすぐにカムバック出来るんだから。
男2　その大将が来なかったら俺はどうなるわけ？
男1　大将は必ず来られる。仮になにか不都合があって来られなくなったとしても、心配御無用。酒だって料理だって、おまえの分はちゃあんと残しておいてやるから。
男2　なんで？
男1　なにが？
男2　助監督の、シナリオ共同執筆者の、プロデュース補佐の、村人A・ウェイターC・通行人B、その他もろもろを見事に演じ分けて見せたこの俺が、どうしてパンツ一丁で裏に引っ込んでなきゃいけないわけ？
男1　お前、俺の命令が聞けないって言うのか。
男2　そうじゃないよ。そうじゃなくって疑問、大いなる疑問符を投げかけてるわけだよ。ただ単に席を取っとくだけだろ、何かあればいいんだろ、場所を占有しとくもんが。これでいいじゃない。この水中メガネなんかポンと無造作に置いとけば。
男1　駄目だ、これは。カナヅチなんだから、大将は。
男2　関係ないじゃないか、そんなことは。
男1　年寄りだから気にするんだよ。これは自分に対するアテコスリじゃないかとかなんとか。変に勘繰るひとなんだ、大将は。

男2　じゃ、これは引っ込めて
男1　ついでにお前も引っ込めば。
男2　お前、そんなに俺を引っ込めたいのか。

男1が男2の頬を打とうとしたのを制して

男2　お前はお前だ！
男1　なんだ？　それじゃあ監督の俺にズボン脱げって言うのか?!
男2　なんで？　なんでそうズボンにこだわるわけ？　どうして下半身ばかりに意識を集中させるわけ？　臭いんだよ、俺の靴というものは。
男1　キムコ入れとく。
男2　靴下だって破れてンだぞ。
男1　丸めてごまかす。
男2　あ、そう。そこまで善後策を講じてるんなら脱ぐよ、脱ぎますよ。

男2、靴を脱ぎ、靴下を脱ぐ。

男1　ついでにズボンもな。
男2　なんで？
男1　なんでズボンだけ駄目なんだ。
男2　だって足りてるだろ、これで。ホラ、一、二、三人分あるじゃないか。（と、男2は靴と靴下を椅子に置く）
男1　お前、大将は俺の恩人だぞ。その大恩人の席を靴とか靴下とか、そんな小汚いもので間に合わせていいと思ってるのか、バカ！
男2　ズボンならいいのか。
男1　そうだよ。大ききゃ喜ぶんだ、大将ってひとは。なんたって大物だからな。
男2　うーん。じゃあチョッキ。いや、上着。これならいいだろ。（と、男2は上着を脱いで）こっちの方がズボンより大きいぞ、うん。これにしよう、大将は。
男1　…いいのか、上着脱いじゃって。
男2　よくはないよ。決まってるだろ、この日のためにあつらえたんだから。「アラ、馬子にも衣裳ね」、とかなんとか、女優たちに軽口のひとつも叩いてもらいたいよ、俺だって。

男2　だったら着れば？

男1　これ着たらズボン脱がなきゃいけないんだろ。

男2　なんでそういう風にズボンにこだわるのかなあ。

男1　ズボンにこだわってるのはそっちじゃないか。

男2　いいんだよ、俺は。お前がどっちを脱ごうと構やしないんだけど、あとあとのことを考えると上着は着てた方がいいんじゃないかなあ。

男1　（皆まで言わせず）俺はズボン脱いで裏で引っ込んでるために今日のこの日を指折り数えて待ってたんじゃないんだ。

男2　ホントに？

男1　ああ。

男2　あとで後悔しないな。

男1　後悔なんて女々しい単語は十年前に三行半《みくだりはん》と一緒に俺の辞書から叩き出してやったよ。

男2　ホントに？

男1　済んでしまったことにいつまでもくよくよしてるのは嫌いなんだ。

男2　ホントに？

男1　生まれつきあきらめがいいんだ、俺って男は。

男2　ホントに？

男1　気持ちの切り替えも早い方だし。

男2　ホントに？

男1　要するに淡白なんだ、性質が。タンパク質、なんちゃって。

男2　考え直した方がいいんじゃないかなあ。

男1　この際だからハッキリ言っておく。俺はこうと決めたらテコでも動かない男なんだ。

男2　知らないぞ。辛い哀しい寂しい場面に立たされて、歯ぎしりし、しゃがみ込み、地団駄踏みながら涙を流すようなことになっても、俺は責任もたないからな。

男1　ちょっと待てよ。この上着を脱ぐだけでなんでそんな土俵際にまで追い詰められなきゃいけないわけ？

男2　今日だって記念写真を撮るんだぞ。

男1　撮るだろそりゃ、完成記念のパーティなんだから。

男1　他の客たちはみんな、タキシードやイブニングを着てバシッと決めてるんだぞ。そんな中に、今夜のホストのアシスタントであるお前が、お前だけが、上着なしのこんなラフな格好で紛れ込めると思うか？　そんな非常識が許されると思うのか？　ええっ？

男2　いや、それは……

男1　だろ。だけどお前も記念写真の中にはなんとか……

男2　なんとか入りたい。

男1　入れてやりたいよ、俺だって。ここまで苦労を共にしてきたお前だもの。おまけに、人一倍の写真好きときてるから尚更さ。

男2　幾つになってもカメラ大好き、写真大好き。

男1　だから上着は着てだな。

男2　ズボン脱げってわけ？

男1　そうすりゃちゃんと記念写真の輪の中に入れるんだから。

男2　なんで？

男1　なにが？

男2　どうして上着を脱ぐと失礼でズボンを脱いでも失礼にならないわけ？　分からないなあ。

男1　誰も失礼にならないとは言ってないだろ。分からないようにやンなきゃ駄目だよ。

男2　分からないように？

男1　他の客の目に触れないように、シャッターが押される前にパッと現れて、シャッターがおりたらサッとかき消える。

男2　忍者だな、まるで。

男1　だけど、最前列にパッと来ちゃ駄目だぞ、ズボン穿いてないことがばれるから。

男2　なるほど。みんなの間に紛れ込めば上半身はキチッとしてるから……

男1　ズボンのあるなしはカメラの方からは分からないわけだよ。

男2　考えてるなあ。

男1　監督と言えば親も同然、助監督と言えば子も同然。悪いようにはしないって。さあ、もうホントに時間もないことだし。

男2　ああ。その袖のボタン付けもまだだしな。（と、ズボンを脱ぎかけるが）
男1　なにを愚図愚図してるんだ。
男2　やっぱり駄目だ。
男1　どうして！
男2　自信がない。
男1　バカヤロー！　お前の脚線美を観賞しようってんじゃねえんだ。
男2　そうじゃなくって。俺はとにかく、パッと現れてサッとかき消えなきゃいけないんだろ。
男1　そう。あたかもここにはお前という男が存在しなかったかのように。
男2　その「パッ」と「サッ」の間にいったい何秒あるわけ？
男1　何秒もあるはずないじゃないか。とにかく「アッ」という間なんだから。
男2　そんな電光石火の早業がこの俺に可能だと思う？
男1　なせばなる！
男2　うん、為せば成るかもしれない。火事場の馬鹿力っていうのもあるし、こっちだって写りたい一心だから必死でスタートダッシュをかけるけど、この必死さが裏目に出る可能性もあるわけだよ。もしもそのタイミングが狂ったらどうなるわけ？　シャッターがおりてからパッと現れたり、シャッターがおりる前にサッと消えたりしたら。
男1　運を天にまかせるしかないだろ。
男2　ひとごとだと思って。ほんとに俺のことを考えてくれてるのか、お前。

男1、男2の頬を打つ。

男1　お前じゃない。
男2　なんで？　どうして助監督の、シナリオ共同執筆者の、プロデュース補佐の、村人A・ウェイターC・通行人Bのこの俺が、なんでひとの目盗んでそんな泥棒猫みたいな真似をしなきゃいけないわけ？
男1　苦あれば楽あり！　そのうちいいことがある

男2　よ。さあ、脱いだ脱いだ。
もう！　分かったよ。

男2、ズボンを脱ぎかけるが、すぐにまた穿いて。

男2　ちょっと待って。
男1　なんだよ、また。
男2　これでいいのだろうか？　この選択に間違いはないのだろうか？　記念写真に写ることがそんなに大事なことだろうか？
男1　お前、「記念写真なくてなんの人生かな」って言葉知らないのか。
男2　武者小路実篤だろ。知ってるよ、それくらい。
男1　「忘却とは忘れ去ること也」
男2　？　ヘルマン・ヘッセだったかな？
男1　実際、人間の記憶なんていい加減なものなんだ。例えばお前さっき、靴下を右から脱いだか左から脱いだか覚えてるか？
男2　ええっと……
男1　ほら、一瞬戸惑うだろ、間が空くだろ、ほんの四、五分前のことなのに。この計算で、つまり、五分前の出来事を思い出すのに一秒かかるとするとだ、一時間前のことを思い出すのに十二秒、一日前のことに約五分、一ヶ月前なら二時間半、一年も前のことになると一日と六時間もかかってしまうことになるわけだよ。
男2　計算早いなあ。
男1　なんたって監督だからな、俺は。そこでお前だ。もちろん今はさ、撮影も終わったばかりだから、スタッフも役者も取材に来た新聞記者たちだってお前のことを覚えてるだろうけど、ハッキリ言って助監督なんて所詮縁の下の力持ちだからな。十年もすれば、「え、助監督？　誰だっけ？」「そんなひといた？」てな具合にもなりかねないわけだよ。お前自身だって十年も経てば、今夜ここでなにがあったかなんて忘れてしまうかもしれない、さっきの計算でいくと、十年前の記憶を取り戻すのに、なんと二週間もかかるわけだからな。

男2　うーん。（と、唸る）
男1　だけど、記念写真さえあれば
男2　今日の記念写真さえあれば
男1　たとえ日の当たらないモグラモチの助監督でも、みんなの記憶の縁側にポコッと顔をのぞかせることが出来るわけだよ。
男2　そういうもんかな。
男1　そういうもんだって。分かるよ、お前の気持ち。みんなはこっちで酒を飲みながら撮影中の苦労話に花を咲かせているのに、お前はズボン脱いで膝小僧を抱えながら息をひそめてジッとしてなきゃいけないんだから。そりゃ堪らないだろうけどさ。いいじゃないか、一瞬に賭ければ。あれやこれやの思いのたけを、パッとサッの間のアッという瞬間に燃焼し尽くせば。
男2　なんだか燃えてきちゃったなあ。
男1　燃えろ燃えろ。記念写真さえあればズボン脱いで涙にかきくれたことだって、かえっていい思い出になったりするんだから。
男2　分かった。
男1　納得してくれた？
男2　大筋のところでは。
男1　脱いでくれるな。
男2　脱ぎます、思い切って。ええい、これも芸術のためだ。

男1、拍手する。

男2　（また脱ぐのをやめ）ちょっと待って。
男1　この野郎、いい加減にしないと怒るぞ、ほんとに。
男2　これで手をうってくれない？（と、ズボンの下のステテコを見せる）
男1　ステテコで？
男2　ズボンには若干及ばないけど、これだって結構大きいぞ。サイズはL、文字通りの大物だ。色だってホラ、なんとなく清潔そうだし。これでいいんじゃないかなあ、大将は。
男1　往生際の悪い男だな。

男2　靴や靴下は構わない、こうやってズボンを少し下げとけば分からないからな。ステテコも、なんたって「捨ててコ」っていうくらいだからどうだっていいんだ。だけどズボンは、これは、これだけは超えてはならない三十八度線なんだよ。

男1　お前ねえ、定刻まであと五分しかないんだよ。

男2　分かってる。袖のボタンも付けなきゃいけないし。

男1　その前に針に糸だって通さなきゃいけないんだ。

男2　だからこれは最後のお願いだよ。な、このステテコ案、飲んでくれよ。

男1　いいか、もう時間がないってことを頭に叩き込んでよおく聞け。ステテコをこの椅子に置くためにはいったいどれだけの手間暇がかかると思う。①ズボンを脱ぐ。②ステテコを脱ぐ。③ステテコを置く。④ズボンを穿く。これだけかかるんだ、これだけ。だけどズボンだったら、①脱いで置く。これだけで済むんだから。

男2　ああ言えばこう言い、こう言えばああ言う！

男1　なんたって監督だからな、俺は。

男2　ええい、持ってけ、泥棒！（とズボンを脱ぎ捨てる）

男1　さあ、急がなきゃ。大将にはいちばんいい席を、となれば、当然ここ。（と、ズボンを置き）それから連れのふたりは両脇に。（と、靴を置く）

男2　サッちゃんの席はどうするんだ。

男1　どこだっていいよ、そこらへんに靴下でも丸めて置いとけば。

男2　それじゃ小さ過ぎないか？

男1　いいじゃないか、サッちゃんは小さいんだから。

男2　？　サッちゃんだろ。

男1　サッちゃんだよ。

男2　大きいじゃないか、サッちゃんは。

男1　なにを言ってるんだ。サッちゃんがなんでサッちゃんって言うか知らないのか。サッちゃんはネ、さちおって言うんだ本当は。だけど小っちゃいから自分のことサッちゃんって呼ぶんだよ。可愛いな、サッちゃん。

男2　なんだよ、童謡の歌詞じゃないか。

男1　しょうがないだろ、だってこの通りなんだから。

男2　勘違いしてるよ、お前、（と、言って慌てて付け足す）様は。サッちゃんっていったら衣裳部の、百九十センチ百二十五キロの巨体を誇るあいつだぞ。

男1　何度言ったら分かるんだ、アレはサッちゃん。サッちゃんとサッちん。微妙に違うんだから。

男2　じゃ、サッちゃんていうのは？

男1　だから編集の、ほら、メガネをかけた　…

男2　あのチビはカッちゃんて言うんだろ。

男1　しっかりしてくれよ。カッちゃんて言ったら日本映画界の名物男、例の特撮の髭だるまじゃないか。

男2　ひとをからかうのもいい加減にしろ。あのひとはタッちゃん。

男1　タッちゃんはカメラ助手。

男2　カメラ助手はナッちゃん。

男1　ナッちゃんは美術助手。

男2　美術助手はマッちゃん。

男1　マッちゃんは録音助手。

男2　録音助手はヤッちゃん。

男1　ヤッちゃんは照明助手。

男2　照明助手は

男1　ちょっと待った。こんなことで争ってる場合か。

男2　うーん。つらつら考えてみるに　…

男1　つらつらしてる暇もないんだ、もうあと五分しかないんだぞ。

男2　あと五分！

男1　そう、あと五分。

男2　そう言えば、さっきも確か残りは五分だって。

男1　さっきは切り捨てて五分。だけど今は定刻まで切り上げても五分しかないんだ。

男2　ギリギリか。

男1　あとがない剣が峰。ここはひとまずお前の意

男2　見を大幅に取り入れて、サッちゃんの席には靴を置いておこう。（と、置く）
男1　もうひとつ。
男2　サッちゃんに靴ふたつ？　贅沢過ぎやしないか？
男1　大は小を兼ねる。
男2　技あり！　もしもサッちゃんがあの衣裳部の化け物だとしたら、靴ひとつで到底おさまる尻じゃないからな。
男1　さあ！
男2　ボタンつけなきゃ。
男1　その前に針に糸を通さないと。
男2　分かってる。
男1　肩の力を抜いてな。
男2　分かってる。
男1　口は閉じた方が。
男2　分かってる。
男1　壁に耳あり障子に目あり。誰が見てるか分からない。
男2　分かってる。
男1　平常心。
男2　分かってる。
男1　落ちついて。
男2　分かってる。
男1　冷静に。
男2　分かってるって言ってるだろ！
男1　ホラ、すぐそういう風にカッカするだろ。
男2　カッカさせてるのはお前じゃないか。
男1　…ハタ。
男2　え？
男1　大変なことにハタと気がついたんだ、いま。
男2　ああ、めまいがする。
男1　いいのか、これで。
男2　なにが？
男1　大将の連れの席は丸めた靴下でいいのか？
男2　いいんだよ、どうせ大将の付き人か運転手なんだから。
男1　確かか、それは。
男2　そりゃ来てみなければ分からないけどさ。
男1　大将は大物だろ。

男1　大物も大物。なんたってズボンで席を確保するくらいだからな。

男2　その大物が大物を連れてくる可能性はないのか？

男1　ト、ト、トリプル大物?!

男2　もしかしたら連れの方がもっと大物だったりして。

男1　類は友を呼ぶってやつか。クソッ。どうすりゃいいんだよ、どうすれば……

男2　妙案がある。

男1　聞こう、とりあえず。

男2　ズボンを脱ぐんだ。

男1　？　誰が。

男2　いまここでズボンを穿いてるやつっていったら……

男1　お前、俺にズボンを脱げって言うのか？

男2　大将はこのステテコにして連れの二人はズボン。これなら左右バランスもとれるし文句は出ないと思うんだが。

男1　俺は監督だぞ。今夜のホストのこの俺が、パンツ一丁で「ヤァ！　ヤァ！　ヤァ！」なんて客をお迎え出来ると思ってンのか、バカ！

男2　あ、そう。いや、いいんだよ。どっちみち裏で引っ込んでなきゃいけないんだから、こっちでどんな騒ぎが起きようと俺の知ったこっちゃねえからな。

男1　居直ったな。

男2　ズボン脱いだら肝《はら》が座ったんだ。

男1　脱ぐべきか脱がざるべきか……

男2　即断即決！「鷲は舞いおりた」

男1　「男は神にあらず」

男2　だったら尼寺へ行け、尼寺へ。

男1　うーん、「風と共に散る」しかないのか。（と、ズボンに手をかける）

男2　偉い！　それでこそ監督、「男の花道」！

男1　「誰《た》が為に鐘は鳴る」！［注②］

リーンと電話のベル。男1、目にもとまらぬ速さで受話器を取る。

男1　ハイ、もしもし。ええ、そうですが…、あ、編集長。先日はお忙しいところをアチコチ引っ張りまわしてしまって…、いえいえ、お誘いしたのはこちらなんですから。はあ？　今夜は急用で？　そうですか。いえ、お仕事とあれば。まさかお体をふたつに裂いてくれとはお願い出来ませんし、ハハハ。え？　それで代理の方を？　いやあ、そんな風に気を使っていただいては…、そうですか？　いえ、とんでもない。じゃ、編集長はまたの機会にということで、ハイ、その方のお席をふたつ、ふたつですか？　ああ、なるほど。分かりました。どうもわざわざご丁寧に。失礼します。（と、切って）クソッ、なめやがって。

男2　誰？

男1　「月刊映画関係」の編集長だよ。この間は散々ひとに奢らせておいて、今夜は急用が出来たから代わりにアルバイトの女の子をよこすってよ。

男2　なめてるな、ホントに。

男1　おまけに、そのアルバイトが彼氏を同伴して来るって言うんだから。

男2　だから席ふたつ？

男1　完全になめられてる。

男2　舐めてやろうか、俺たちも。

男1　そのアルバイトをか。

男2　ああ、舌の上であめ玉みたいにコロコロと。

男1　変態か、お前は。

男2　つらつら考えてみるに…

男1　つらつらしてる暇はもうないって言ってるだろ。ホラ、いまの電話の二人の席をとっとかないと。

男2　また俺が?!

男1　小物でいいんだよ、アルバイトなんだから。

男2　タバコかなんか置いとけば…

男1　タバコ切らしてンだ、いま。

男2　なんだっていいんだよ、有り合わせのもので。

男1　（ポケットを探りながら）そうは言っても。まさか財布を置いとくわけにもいかないし…。

男2　ア、手袋。

男1　それでいい。
男2　アレ？　もう片一方は……？
男1　どうしたんだ。
男2　ないんだ、もう片方が……
男1　いいよ、俺のやつを置いとくから探さなくって。まったくどこまでドジなんだ、お前って男は。（と、席に手袋を置く）
男2　ちょっとズボン穿いていいかな。
男1　まだそんなことを。お前は生まれつき諦めがいいんじゃなかったのか。
男2　手袋のもう片方、さっき雑貨屋でナニした時に落としたんじゃないかと思うんだ、だから……
男1　いったいなにをしたんだ、雑貨屋で。
男2　だから水中メガネを。
男1　気になるなあ、水中メガネと針と糸との因果関係が。
男2　話したいけど時間がない。早く行かないとあの婆あ……
男1　あんな安物、誰も持ってきゃしないよ。
男2　しかし、椅子に座って猫を抱いていたからなあ。
男1　婆あがネコを？
男2　俺の手袋をネコババするんじゃないかと思って……。やっぱりダメか。
男1　……（震えている）
男2　どうした？　熱でもあるのか。指先だけじゃなく体ごと震えてるぞ。
男1　……耐えてるんだ。
男2　なにを？
男1　お前に。お前というなにかあるモノとともにこうして同一の時空間を共有して在ることに……
男2　耐えられるのか？
男1　これも今夜限りと思えばなんとか……
男2　なんとか可能な気もするが？
男1　シマウマの縞は洗ったらとれると思うか？
男2　なんて？
男1　シマウマの縞は洗ったらとれると思います？
男2　？　無理だろ、それは。

男1　そう、無理なんだ。いくら努力したって出来ないものは出来ないんだあ！（と、爆発して椅子など持ち上げる）
男2　（逃げて）カントク、抑えて。平常心、落ち着いて、冷静に、あと五分！
男1　うーん、あと五分。
男2　まだ五分もあるのか？　定刻まで。
男1　四捨五入すればな。さあ早く針に糸を通さないと……
男2　その前に。やらなきゃいけないことがあるだろ。
男1　なんだろう？
男2　大将の連れの席だよ、とぼけやがって。
男1　覚えてたのか。
男2　当たり前だ、さっきの今だぞ。
男1　うーん、かくなるうえは仕方がない。
男2　もうさっきみたいな神風は吹かせないからな。
男1　さあ、脱いだ脱いだ。
男2　バカ、脱ぐのはお前だ。
男1　俺がまた?!
男2　そう、その上着とチョッキを。チョッキの方にはネクタイをプラスしておけば、いくら大物だって文句は言わんだろう。
男1　…正気か？
男2　Yes.
男1　怒るぞ。
男2　Why?
男1　ひとをあんまりコケにしてるから。
男2　だったら怒れば？
男1　いい加減にしろ!!　上着を着てないと記念写真には入れない、だからズボンを脱いで一瞬に賭けろって、ひとの気持ちの導火線に火をつけたのはどこのどいつだ、ええっ？　お前、お前、お前じゃないのかッ！
男2　（逃げて）ちょ、ちょっと待て、だから落ち着いて、平常心。
男1　こんな時に落ち着いていられるのはヘビカエルの類だけだ、助監督も人間だ！　帰る、俺。
男2　帰る？　本気か。
男1　いつだって本気だ、冗談だって本気で言ってんだ、俺は。

男1　ホー。……初めて聞いたよ、お前に帰るところがあるなんて。

男2　俺にだって裏表はあるんだ。お前が知らない秘められた真実が山ほどな。

男1　そんなに行きたきゃ行けばいいさ。

男2　ああ、行ってやるとも。どこへ行ったって、ここでお前と一緒にいるよりはよっぽどましだろうからな。

男1　ズボンは？

男2　記念に置いてく。

男1　記念？　なんの？

男2　ふたりが始終一緒にいた記念さ。

少し間。

男1　あれからいったいどれだけ経つんだ。

男2　さあ。……お前の計算でいくと、十年前のことを思い出すのに二週間もかかるんだから……

以下、ポツリポツリと。

男1　俺がデュランス川へ身投げした日のこと、覚えてるかい？

男2　葡萄摘みをしてたっけ。

男1　お前が俺を釣り上げちまった。

男2　過ぎたことさ、みんな。

男1　俺の服が日の光で乾いたっけ。

男2　もう考えるなよ。……さあ、行くとするか。

[注③]

リーンと電話。ふたりはほとんど同時に受話器を取り上げる、もちろん、どこにもない別々のものを。

男2　ハイ、もしもし。

男1　お前か？

男2　俺だ。

男1　確かにお前か？

男2　確かに俺だ、と思う。お前は？

男1　俺だ。
男2　確かにお前か？
男1　確かに俺だ、と思う。
男2　なんの用だ。
男1　さっきの上着とチョッキの件だが
男2　その件についてはもう決着《かた》がついてるんじゃなかったのか。
男1　肩がついただけじゃダメなんだ、レフリーがスリー・カウントを数えなくては。
男2　言ってる意味がよく分らないんだけどな。
男1　しょうがないだろ、長距離なんだから。
男2　長距離！　じゃ、話は簡潔にしないと。
男1　テンポアップしていこう。要するに上着とチョッキがあればいいんだろ？　貸してやるよ。
男2　ウソ。
男1　貸してやるよ、俺の上着を。もちろん、写真を撮る時だけだぞ。ちょっと小さくてお前には窮屈かもしれないけど、なんたってパッとサッの間のアッという一瞬だからな、なんとかなるだろ。

男2　お前は？　記念写真に入らないつもりか？
男1　俺だってお前に負けない写真好きだぞ。チーズと言う代わりにバターと言ってしまう頓馬な癖はなかなか治らないけど。入るさ、もちろん。撮ってもらうよ、一番前で。
男2　上着なしで！
男1　それはない。
男2　？
男1　二枚撮るんだよ、お前が入ってるのと俺が入ってるのと別々に。
男2　でも、そうすると俺とお前がふたり一緒に写ってる写真が……
男1　心配ご無用。ふたりで写す。
男2　ふたりっきりで？
男1　映画の上映が終わって三々五々みんなが帰ったあと、シャッターを自動にして何枚も何枚も。
男2　何枚も何枚も？
男1　ああ、何枚も何枚も。
男2　クー、マイッタ。

男1　わたしの真意、ご理解いただけた？
男2　ああ、ほとんど完璧に。
男1　脱いでくれるな。
男2　脱ぐよ、脱ぐ脱ぐ、喜んで。こうなったら上着とチョッキだけでなくワイシャツもステテコも、パンツだって脱いじゃおうかな。
男1　お前、ヤケになってンじゃないだろうな。
男2　燃えてるんだよ。
男1　「突然炎のごとく」か。
男2　「お熱いのがお好き」なんだ。
男1　これからはお前のことを「陽気なドン・カミロ」と呼ぼう。
男2　「勝手にしやがれ」！
男1　じゃ、いつもの「終着駅」で。
男2　「武器よさらば」。［注④］

ふたり、受話器を置く。

男1　早くしろよ、ほんとに押し詰まってきちゃったからな。
男2　（上着を脱ぎながら）あと五分？
男1　ああ。ズキズキと虫歯もうずく社会主義リアリズム的五分しかないんだ、もう。
男2　さっきの五分は？
男1　あなたが噛んだ小指が痛いメロドラマ的五分。
男2　そうか。だから妙に湿っぽくなったんだ。
男1　上手に上着。（と、ズボンが置かれた席の隣の席に置く）
男2　（同じく）下手にチョッキとネクタイ。
男1　これで万全。
男2　じゃ、そろそろ玄関のドアを開けてこようか。
男1　焦るなって。まだ袖にボタンがついてないんだ。こんなみっともない格好を客に見られたらどうするんだ、恥ずかしい。
男2　それくらいで恥ずかしいなんて言われたら、どうなるんだ、俺の立場は。
男1　いいじゃないか、みんなが来たらお前は裏に引っ込むんだから。
男2　まだ言うか、心の傷口に塩をすりこむようなことを。

男1　フイオンは可愛い子供を谷底に落とすんだ。
男2　俺はお前の子供じゃない。

男1、2の頬を打つ。

男1　お前じゃないだろ。
男2　ア、そうだ。
男1　ちょっと甘い顔すりゃすぐ図に乗りやがって…。ほら見ろ。お前があんまりイライラさせるからまた指が　…
男2　もういいんじゃないかな。
男1　なにが？
男2　その針に糸を通す作業《やっ》。
男1　針に糸を通さないでどうやってボタンをつけるんだ。唾でつくのか？　舐めればつくのか、切手みたいに袖にボタンが。
男2　だから、さっきカントクもおっしゃったように、袖にボタンのひとつやふたつ、あったってなくったって
男1　お前、自分の存在を否定するのか。
男2　否定されつつあるでしょ、現に。あと五分してお客が来れば、わたしは裏に引っ込まなきゃいけないんだから。
男1　お前はいいんだよ、大将が来ればすぐにカムバック出来るんだから。だけど、ここのボタンは
男2　誰もそこまで見てやしないって。たとえ見たって別に気にもとめないだろうし。
男1　大胆なご意見だな。
男2　ここまで来たら背に腹は代えられません。
男1　甚だ残念なことに気にするヤツがひとりいる。
男2　どこのどいつだ。
男1　こいつ。この俺というもの。
男2　メンドーな男だな。
男1　如何ともしがたい男だよ。ヤツはな、ネクタイが曲がってるとなぜか首まで曲がってしまう極めて微妙な男なんだ。小便するとなぜかしばらく内股になってしまう、すこぶる変わった男なんだ。たったワンカットの撮り残しが気になって、三日三晩も眠れなかった男な

んだよ。アッ。

男2　どうした？

男1　またもやいい知れぬ不安が甦って来た。やっぱりダメだ、今夜の完成レセプションは中止にしよう。

リーンと電話。

男1　はい、モシモシ。（と、例の調子で）

男2　コロコロ変わるリトマスオヤジ！

男1　ああ、奥様。先日はわざわざお電話などいただきまして。ええ、今夜なんです。ボツボツお客もお見えに　…え？　御大に代わる？　電話にお出になられるんですか？　オ、御大！　ど、どうもご無沙汰しております。近況報告方々一度お見舞いにお伺いしなければと思っていたんですが、いろいろアレコレありまして。ええ、奥様とは時々お電話で、はい、御大のお体の具合も、はい、お元気そうなお声を聞いて少し安心を　…、いらっしゃる？　御大が今夜こちらに？　いやそれは、そんなにご無理なさらなくても、いえいえ、そのお気持ちをお聞かせいただいただけで、…とんでもない、迷惑どころか、感激です、大感激です。本当に今夜、御大がいらっしゃって下さったらわたし、もう死んでも、ウッ。　…失礼しました。歳のせいでしょうか、最近すっかり涙もろくなってしまって。はい、はい、もちろん奥様もご一緒に。畏まりました。いちばんいいお席をご用意して、はい。ではくれぐれも道中お気をつけになって　…（受話器を置いて）ああ、こりゃ大変なことになったぞ。

男2　御大って、そんなに大変なひとなのか。

男1　なんたって御大って言うぐらいだからな。

男2　御大と大将ではどっちが偉いんだ。

男1　それについては三年ほど前に一度、頭を悩ませたことがある。

男2　で、結論は？

男1　考えあぐねて結論が出る前に熱が出た。

男2　そりゃ大変だ。

男1　とりあえず、奥様は控えめな方だからこの手袋片一方でお許し願って、上着《こいつ》を御大用に……（と、大将の席の後方に置こうとするが）いや、待てよ。御大を大将の風下に座らせて、せっかく治りかけてる病気がぶり返したら……いや、だからといって御大を前に出したら、口の悪い大将のことだ、御大の頭を指さして「光って映画が見えねえゾ！」なんて与太のひとつも飛ばしかねないし……

男2　だったら前と後ろに分けたりしないで、同じ列に肩を並べて

男1　両雄並び立たずって言葉を知らないのか。そんなことをしてみろ。五分もしないうちに映画そっちのけでつかみ合いの喧嘩が始まっちまうから。

男2　だって御大は病人なんだろ？

男1　大将の顔を見たら病気も裸足で逃げ出すよ。

男2　こりゃ聞けば聞くほど大変だ。

男1　ああ、もう時間もないし、どうすればいいんだ、どうすれば。

男2　この真ん中の椅子を取ったらどうだろう？

男1　この特等席を？

男2　これが災いの種なんだよ。だからこのタネを引っこ抜いて、こっちとこっちに座って貰えば席は離れるし、両雄はめでたく並び立つことが出来るわけだよ。

男1　一本！

男2　なんたって俺は助監督兼シナリオ共同執筆者兼

男1　ストップ。悪いけどお前の肩書を聞いてるヒマはないんだ。

男2　異議なし。本当は俺も言い飽きてンだ。

　　男2は引き抜いた椅子を脇にやる。男1は上着等を置き換える。

男2　しかし……

男1　なんだい。

男2　定刻まであと五分しかないのに、どうして誰

も来ないんだろう？

男1　時間に忠実なんだよ、みんな。

男2　定刻主義者め！

リーンとまた電話。

男1　ハイ、もしもし。あ、御大。さきほどはどうも。え？　どうしてそれを。隠してただなんてそんな。滅相もございません。いえ、まだお見えになってはおりませんがもうそろそろ…。さあ、どなたをお連れになるのかはお聞きしておりませんが、確かにおふたり、大将を入れて三人様が。え？　大将が三人なら、こっちはお供をふたり連れて奥様ともども四人でいらっしゃりたいと。はあ。いえ、こちらは一向に構いませんが、で、どなた様をご一緒に？　病院の院長さんと看護婦長さんを。ああ、それなら心おきなく。分かりました、ではお席をふたつ追加ということで、ハイ。ではそのようにご用意を　…。まるで子供だ。

男2　まさかこのワイシャツとステテコまで俺に脱げなんて

男1　物事には限度というものがある。そうそうお前にばかり犠牲を強いるわけにはいかないよ。時間もないし、ここはひとつ手分けして事に当たろう。

男2　初めっからそういう対応をしてくれたらもっと気持ちよく脱げたのにィ。

男1　俺は院長の方を担当するからお前は看護婦長の分を頼む。

男2　了解。じゃ、年老いた白衣の天使には純白のワイセツ、いや、ワイシャツを。（と、脱いで置く）

男1　権威にはからっきし弱いと評判の院長先生には、長いものに巻かれろ！（と、ベルトを抜いて置く）

男2　そんなのありか？

男1　アレもありコレもあり。生きてくうちにはなんでもあるさ。そしてそのうちなにもなくなる。さあ、もう本当に時間がないぞ。

男2　あと五分はあるんだろ。

男1　さっきまでは牛の歩みにも似たカントリー・タイム。これからの五分は、一秒刻みのシティ・タイムで計られるんだ。急げ。

男2　五分五分五分五分。ああ、耳の中に龍角散が溜まりそうだ。五分と言えば龍角散。お粗末さまでした。

男1　古ッ！　今度そんなお粗末なこと言ったら、その糠の頭に釘をぶち込むからな。

男2　監督、それだけはご勘弁を。

リーンとまた電話。

男1　ハイ、もしもし。あ、大将！　ああ、ハイ、さきほど確かにお電話が。ですから御大は合計四名様に。ああ、つまり大将も追加なさりたいと。結構でございます。で、どちら様を？　名をはばかれる方が五名様。ということは大将を入れて八名様でいらっしゃると。分かりました。では早速そのように。ハイ、失礼します。

男2　もう！　あと五人追加って、なんでそんな安請け合いをするんだ。

男1　大将に逆らってみろ、どうなるか分からないんだから。

男2　どうなるんだ、大将に逆らったら。

男1　だから、分からないって言ってるだろ。

男2　アンダーシャツはいい。ステテコも捨ててやる。だけどパンツは、パンツだけは絶対に死守するからな。

男1　やるよ。やればいいんだろ、俺が。（と、ポケットからハンケチを取り出す）

男2　おいおい、なんだ、それ。相手は名をはばかれる方々だぞ。ハンケチなんかで

男1　そうじゃないよ。俺はただ汗を拭こうと思って…、汗を拭いたらいけないのか！

また電話。

男1　（例によって例の如く）ハイ、もしもし。ああ、

御大！　またなにか？　ど、どうして大将が五人分追加されたことを、え、大将の側近に間者を放ってある。病院にいるから患者には事欠かない？　ああ、放ったカンジャは間の者と書くアレで、ハハハ、これは面白い。バカ！　やめろ、下らないことをお前　…（男2がズボンを脱がせようとしているのだ）

男2　だってもう時間がないから。

男1　だからってなにもこんな時にこんな、アッ、いえ、こっちの話で。え？　それでまた御大も追加を？　十人？　十人も増えるんですか！　いえ、十人が百人になろうと、御大のご希望とあればわたくしなんとでも　…（男2の手がステテコに及んだので）よせよ、いい歳をして。なにしてんだ、バカ！　あ、いえ、ちょっと熊がじゃれついて。とんでもございません、御大のことをバカだなんてそんなことは口が裂けても　…。ただ、こんなことを申すのは生意気なようですけれども、御大のお体のことを考えると、あまり大将と張り合ったりなさらない方が　…。そんな、誤解です。わたしが大将の肩を持ってるだなんてそんなバカなことは決して、ハイ、どうかそこのところをお汲み取りいただいて

また電話。

男1　すみません、他から電話が。（と、別の電話を取り）ハイ、もしもし。大将！　ハイハイ。復唱します。御大が十人増やすのなら自分は二十人追加する。分かりました。ではそのように。（と、切って前の電話を取り）どうもお待たせしました。え、いまの電話が聞こえた？　だから同じ病棟の患者さんで歩行可能な方全員、リハビリを兼ねてお連れになると。何人いらっしゃるんでしょう？　八十一人！　ク・ク・ク。いえ、泣いたのではございません、九九の八十一かと思いましたので。いえ、院長さん婦長さんがご一緒であれば何人来られようと　…

この間にも2は1の服を次々と剥いでいる。1は徐々に抵抗の度を弱め、もう無駄な抵抗はしない、いや、むしろ協力的でさえある。

また電話。

男1　あ、またもや電話が。（受話器を取って）ハイ、もしもし。また大将！　あ、いえそのあのつい口が滑って　…。え？　御大がその気なら、こっちはその筋の方をドーンと団体で送り込む？　何人様でしょう？　まだ集計が出てないがとにかく凄い数。分かりました。では、とにかく凄い数のお席を用意して、ハイ、お待ちしております。（切って）すぐそばにいるのにどうして出ないんだ！

男2　俺だってなにかと忙しいんだよ。

また電話。

男1　ほら、出ろよ。どうせ大将に決まってるんだ。

男2　なにを言われてもハイハイって言うんだぞ。

男1　分かったよ。

男2　ハイハイだぞ。

男1　（受話器を取って）ハイ、もしもし

男2　（受話器を取り）お待たせしました。どうも度々話の腰を　…えっ、もっと？　あっちが凄い数ならこっちはもっとモノ凄い数？

男2　（前に続けて）そうです。ハイハイハイハイハイ。三丁目の田中様、ラーメン三つに餃子五人前ですね。毎度ありがとうございます。

男1　バカ。なにがラーメン三つで、お前、なに言ってんだ、毎度ってなんなんだ！　ああ、いえ、ちょっと取り込んでおりますので、いったん切らせていただいて、後ほどこちらから。（と、急いで切って）バカ！　誰だよ、三丁目の田中さんって。

男2　知らないよ、お前がなにを言われてもハイハイ言えっていうから　…

この時点でパンツ一枚に剥かれているふたりの男

は、呆然と立ち尽くしている。
少し間。また電話。

男2　出ないのか。
男1　……
男2　出ようか、俺が。
男1　……
男2　出なくていいのか。
男1　いいよ。
男2　結局何人分の席をとっとかなきゃいけないんだ。
男1　（そろばんをはじいて）……計算出来ない。
もうひとつ電話のベルが鳴る。
男2　……うるさいなあ。まるで俺たちにパンツも脱げって催促してるみたいだ。
さらにもうひとつ電話のベルが。
男2　そんなに俺様のタマちゃんが見たいのか！
さらにもうひとつ。さらに……
男2　……つらつら考えてる時間あるかな。
男1　……あと五分だけ。
男2　まだ五分もあるわけ？
男1　内回りの五分がな。
男2　というと、さっきまでのは外回りの……
また電話。
男2　昨日は俺たち、なにをしたっけ？
男1　ええっと、……ダメだ、昨日のことを思い出すのに五分もかかる。
男2　あと五分。
男1　俺がいちばん好きなのは、金の鎖つきのペンダントだ。
男2　？　そんなもの持ってやしないじゃないか。
男1　俺は持っていないものが好きなんだ。

男2　この期に及んでいったいなんの話を　…？
　電話のベル、どんどん増えていって　…遠ざかり、消えていき　…
男1　…雨が降ってる。
男2　ほんとだ。雨が降ってる。さっき針を借りに表へ出たときはカラリと晴れたいいお天気だったのに。
男1　いつから降ってたんだろう？
男2　雨には泣かされたなあ。
男1　何度も泣いた、シトシトと。
男2　？　シクシクとだろ。
男1　あの頃俺たちはまるで雨だったんだ。
男2　ああ　…。シトシト。
男1　シトシト。
男2　シトシト。
男1　シトシト　…。いつまでも降りやまぬ雨。いつしか川の水かさは増し、橋は流され堤防は決壊し、あふれた水は俺のくるぶしを襲ったと思う間もなく、膝小僧から股間へ、股間から臍を越え、そして、ああ、洪水はわが魂に及び　…［注⑤］
男2　ハクション！（と、大きなくしゃみ）
男1　お前！　どうしてこういう時にそういうくしゃみをするんだ。
男2　知らないよ、出ちゃったんだから。
男1　なぜ出る。なぜとめない。かつては地球の自転をとめようとさえした男が。
男2　そうか。
男1　話をそらすな。
男2　そうじゃなくって。雨だよ。みんなこの雨で足止めくらってるんだ。
男1　うん？
男2　だから、そろそろ定刻だっていうのに誰も姿を見せないんだよ。
男1　分かったぞ。
男2　きっと軒下で
男1　そう、雨宿りなんかしてるんだ。まるで息切れしたサラブレッドのように気ぜわしく、空男2　の具合と時計の針を交互に見ながら。
まるでマヌケな駝鳥の腐った卵みたいに首をすくめて。
男1　ヨシッ。お出迎えに行こう！
男2　息切れしたサラブレッドを？
男1　ああ、マヌケな駝鳥の腐った卵をな。
男2　傘は？
男1　このまま行くんだ。
男2　裸で？
男1　裸で行って雨宿りしている連中に言ってやるのさ、みんなも裸になればいいいって、これならいくら濡れても平気だからってな。
男2　「ターザンの大逆襲」だ。
男1　「奴らを高く吊るせ！」
男2　ホラ、水中メガネ。（と、差し出す）
男1　オイ、水泳教室に出かけるんじゃねえんだぞ。
男2　だって洪水はわが魂に及んでンだろ。
男1　「砂漠は生きている」。［注⑥］
ふたり、水中メガネをかける。

男2　ああ、雨はいいよ。……ぼくネ、子どもの頃、何時間でも雨をみとったね。こないして頬杖ついて、雨が輪になって落ちて波紋を描くのが好きだったんやね。

家の庭に溜まる水をジーっと見てたの。落ちるでしょう、輪になるでしょう。落ちる、輪になる。落ちる、輪になる。ちょっとだけ水柱が立つでしょう。それが子どものぼくには全部軍艦の帆柱に見えたの。どういうんだろうね。

そういう動くもの、水が波紋を描くのなんか見て、飽きなかったね。雨が落ちると一瞬、小さな柱になる、ちょっとだけ。すぐ消えるけど。

昔よく見た海軍の絵で、マストに海軍旗がはためいたのを思い出して、だからみな船に見えたのね。動いたら消え、動いたら消え……動いたら消えるのが面白かったね。動いたら消え、動いたら消え……［注⑦］

男1　（水を差すように）ハクション！
男2　お前！
男1　ゴメン。話に水を差すつもりはないんだがもう時間が……
男2　そうだった。あと五分。
男1　ファイヴ・ミニュッツ。
男2　あと五分経ったらなにがどうなるんだ？
男1　俺たちの昨日の記憶が甦り、そして映画が始まる。
男2　コシッ。準備万端。「OK牧場の決闘」だ！
［注⑧］
男1　本番ヨーイ。
男2、カチンコを構える（真似を）。
男1　スタート！
カチンとカチンコの音がして、それをキッカケに暗転。
F・トリュフォーの「アメリカの夜」のテーマ曲が鳴り響く。
盛大な拍手をきっかけに明るくなると、正装で身を固めた男1・2が、客席に深々と頭を下げている。ふたり、顔を上げ
男1　サンキュー
男2　サンキュー
ふたり　サンキュー！
……
万雷の拍手とともに、再び彼らは闇に包まれて
THE END

［注］

注① 山田宏一・蓮実重彦 訳『ヒッチコック・トリュフォーの映画術』（晶文社）の、トリュフォーによって書かれた「日本語版あとがき」に引用されている、ＡＦＩ（米国映画協会）から功労賞を与えられたヒッチコックが、祝賀会の最後に述べた〈挨拶〉を引用・参考。

注② 「鷲は舞いおりた」以下、いずれも古い映画のタイトル。

注③ Ｓ・ベケット「ゴドーを待ちながら」より引用。

注④ 注②に同じ。

注⑤ 大江健三郎の小説のタイトルをテコにして書いた台詞。内容に重なるところはない。

注⑥ 注②に同じ。

注⑦ 淀川長治のエッセー『淀川長治自伝〈上〉』（中公文庫）の第一部「二歳の発見」を引用・参考。

注⑧ 注②に同じ。

かごの鳥

（共作）別所文

登場人物

はっぱ
ペン
謎のおじさん（声のみ）

1

後ろ手に縛られ、さるぐつわをかまされた〈少女〉がふたり、ゴロリと床に転がされている。傍らに鳥かご。中には一羽のカナリアが。

時代《とき》は昭和の初め。

念のために確認しておこう。彼女らは少女ではない。括弧つきの〈少女〉である。

ひとりは〝はっぱ〟といい、もうひとりは〝ペン〟という。

むろん、彼女たちはイモでもなければダイコンでもないので、ゴロリと転がされたままでいるはずはなく、縄を解かんと必死なのだが……。

それにしても。ここはいったい何処だろう？　という、誰もが抱くであろう当然の疑問は、次なる〝謎のおじさん〟の静逸なナレーションによって解かれよう（?）。

男の声　うたた寝から目覚めた子どもが、柔らかな母親の膝枕からそっと脱け出し、地下室へ、あるいは屋根裏部屋へと足を運ぶのは、もうひとつ別の、秘密の夢を見るためにほかならない。一方には底なしの暗闇、他方には過剰な光り。一方には重苦しいまでの響鳴、他方にはまばゆいばかりのさんざめき。地下室においては家は水の中にあり、屋根裏部屋においては家は風の中にある。

日常生活空間、即ち、中間的領域からはみ出したそれらの場所を、わたしは夢見る空間、夢中空間と名付けよう。子どもはそこで、時には鳥に、あるいは魚になるだろう。そしていつしか、人生という悪夢のひとかけらを味わうことにもなるだろう。夢中空間とは、数多の不幸の探知者でもあるのだ。

暗くなる。

2

「バカバカバカ、おじさんのバカ！」と、暗闇の中からはっぱの声。
明るくなる。ふたりは縄を解いたらしい。

はっぱ　ハゲチビデブの石頭！　インキン助平のうんこ垂れ！　でべそに釘打ってカラスの餌にしてやろか！　バカバカバカバカ、おじさんの馬鹿野郎！

いきり立って大声で叫んでいるはっぱをよそに、ペンは木箱を机に書き物をしている。

ペン　はっぱ。いくら大声出したって無駄よ。どうせむこうには聞こえっこないんだから。
はっぱ　ああ、もう駄目。耐えられないわ、頭の穴がブツブツ言いそう。
ペン　これでいいかしら。ちょっと読んでみてくれる？（と、手紙を差し出す）
はっぱ　（受け取るが読まずに）ウォーー！
ペン　いい加減にして。お母さまがびっくりして心臓麻痺でも起こしたらどうするの。
はっぱ　ペン。あなたよくそうやって落ち着いていられるわね。わたし達、殺されちゃうかもしれないのよ。嬉し恥ずかし乙女の花を、春も待たずにこんなところで、あんなおじさんにあなた、散らされても構わないって言うの？
ペン　わたし達にはお母さまがついてるわ。それになにより、お兄さまという強い味方が。
はっぱ　…兄さんは本当に迎えに来てくれるだろうか。
ペン　なんてこと言うの。あなた、あの時のことを忘れたの？
はっぱ　覚えているわよ、もちろん。確かあれは、わたし達が小学校へ上がる前の年。
ペン　チンドン屋さんについて川向うまで行ってしまって、気がついた時にはいつの間にかあたりは夕暮れ。

はっぱ　家へ帰ろうにも帰り道が分からず、橋の上でふたりで泣いていたら、そこへ兄さんがやって来て　…

ペン　学生服の金ボタンが夕焼けに光って、とてもきれいだった。

はっぱ　ああ、どうしてこんなことに。やっぱり千葉の研究所の方と一緒にお食事に行けばよかった。ペンになんか会わなければよかった。

ペン　アラ。これはわたしが招いた不幸だって言うの？

はっぱ　そうは言わないわよ。でも何故かしら、八年ぶりにあなたの姿を見かけた途端、嫌ぁな予感がこころあたりを　…

ペン　なに言ってンの。「アラー」って声をかけてきたのはあなたの方でしょ。

はっぱ　フン。道の真ん中で鳥かごぶら下げて、懐かしそうに、わたしが声をかけるの待ってたくせに。

ペン　急ぐわたしにお汁粉食べようって、無理矢理誘ったのはあなたでしょ。

はっぱ　バカね、社交辞令を真に受けて。

ペン　おかめ屋の前でわたしの袖を引いて離さなかったのは誰？

はっぱ　腕組んでのれんをくぐらせたのは、どっちよ。

ペン　よく言えるわね。お汁粉三杯お代わりしてもまだ足りなくて、ペロペロ舌なめずりしながらわたしの方をチラチラ見ていた、あの時のあなたの顔を思い出すと、ああ、鳥肌が立つわ。

はっぱ　三杯目が食べきれなくて、負けて悔しい花一匁って涙を流す、あなたの人間性が信じられないって言うの、わたしは。

ペン　もう！　あなたとは絶交よ、九年ぶりの、二十一回目の絶交！

はっぱ　望むところよ。ああ、やっぱり千葉の研究所の

ペン　シッ。（と遮る）

はっぱ　あっ。（と、顔を見合わせ）

ふたり　（耳をすまして）…おじさんが笑ってる　…！

ペン　ハゲチビデブの石頭！　インキン助平のうん

はっぱ　こ垂れ！　でべそに釘打ってカラスの餌にしてやろか！　バカバカバカ、おじさんの馬鹿野郎！

ペン　……（手紙を読む）オ兄サマ、助ケテ下サイ。閉ジコメラレマシタ。ココハ深イ深イ水槽デス。

ふたり　ワタシタチハ肺魚ノヨウニ、今ニ窒息シテシマウデショウ。オ兄サマノ耳ニ聞コエル苦シイ呼吸ガ、途切レテシマワナイウチニドウカ早ク迎エニ来テ下サイ。

はっぱ　コウシテじっとじっとシテイマス。

ペン　そーっとそーっと、そーっと呼吸シテ……

はっぱ　ペン。ものは相談だけど

ペン　みなまで言うな。二十一回目の絶交解除でしょ。

はっぱ　早くそのカナリア飛ばして兄さん呼ばなきゃ。

ペン、手を差し出して、ふたり握手。

ペン　はっぱ。あれは……？

はっぱ　雨の音……

ペン　いつの間に雨なんか？

はっぱ　今朝はからりと晴れて、あんなにいいお天気だったのに。

ペン　大丈夫かしら、お母さま。

はっぱ　なにが？

ペン　だってお外に出したらズブ濡れになって風邪を引いてしまうわ。

はっぱ　この生きるか死ぬかって時に、なによ、たかがカナリアの一匹二匹。

ペン　黙らっしゃい！

はっぱ　ハ、ハア。

ペン　お母さまは一昨年お亡くなりになった、わたしのお母様の生まれ変わりよ。たかがカナリアじゃありません。

はっぱ　だったら余計に。そうよ、たとえ火の中雨の中、おのれの身を捨ててまでもわが子のためを思うのが、海より深い母の愛じゃないかしら。ねえ、お母さま。（と、カナリアに）

ペン　女もつらいのね。

はっぱ　されど母は強し。（と、鳥かごからカナリアを取り出す）

ペン　（カナリアの足に手紙を結びつけながら）お母さま、よろしいですか。本郷区曙町十四、フェルト魚類研究所ですよ。そこにこのはっぱのお兄さまの、イズルさんがいらっしゃいます。その方に直接これを届けて下さいね。それがすんだらどこへでも。ええ、飯倉の家へなんぞ戻る必要はありません。お母さまのお好きなところへいらっしゃって下さい。もうお母さまは自由の身！

はっぱ　フェルト魚類研究所フェルト魚類研究所フェルト魚類研究所。チュッ。（と、カナリアにキス）

ペン　なんのおまじない？

はっぱ　うちのナマズの鼻赤もね、耳元で三回囁いてそれからキスしてやると、わたしの言うことなんでも聞くの、だから。

ペン　心配ご無用。お母さまは血統証付きよ。アタマいいんだから。（と、木箱を窓際に移動）

はっぱ　アタマいいってどのくらい？

ペン　かなりヤ。

はっぱ　ウッ、おしっこ洩れそう。

ペン　（木箱に乗ってカナリアを受け取り）お母さま、お手紙必ずイズルさんにお渡し下さいね。では、道中ご無事で。（と、窓から放つ）

はっぱ　（木箱に乗って）十四番地は路地に入って右よ。迷ったら角の交番で聞くのよ。分かったぁ？（と、叫ぶ）

ペン　…行っちゃった。

はっぱ　きっと助かる、わたし達。兄さんが必ず迎えに来てくれる。

ペン　でも…

はっぱ　なに？

ペン　たとえお母さまが無事、はっぱとお兄さまのお魚研究所にたどり着けたとしても、お兄さまはお母さまに気づいてくれるかしら。

はっぱ　はっ。もしかしたら兄さん、ずっと水槽ばかり見詰めてて、わたしがまだ帰ってないことにも気づいてないかもしれない。

ペン　それはマズイ。
はっぱ　ううん。たとえ兄さんが気づかなくても、メの六号や夕の二号や、しっかり者の鼻赤が騒いでくれたら兄さんだって
ペン　それ、みんなお魚でしょ。
はっぱ　そうよ。メの六号はメダカの水槽。夕の二号はタナゴの水槽。ああ、今頃はみんな、お腹をすかしてるだろうな。
ペン　どうしよう。
はっぱ　なにが？
ペン　よくよく考えたら、どうしよう、わたし。
はっぱ　どうしたの、急に。
ペン　ああ、こんなことになると分かってたら、もっとましなの着て来るんだった。箪笥の中にはいっぱいいっぱいあったのに、よりによってどうしてこんなのを。なんて間が悪いの。（慌てて手鏡を取り出し）ああ、なんてひどい顔！　誰かが笛を吹いたらいまにも踊り出しそうなおかめ顔。わたしときたらいつもこう。ついてないわ、ほんとについてない。ね
え、わたしきれい？　変じゃない？
はっぱ　変よ、すっごく変。
ペン　どうしよう。
はっぱ　なにが起きたの、いったい。
ペン　だってお兄さまがいらっしゃるんでしょ。八年ぶりにお兄さまにお会いするのよ。こんな格好じゃ、わたし会えない。
はっぱ　なにカマトトぶってんの、いい歳こいて。
ペン　歳の話はやめて。わたし達はいついつまでも永遠の少女でしょ。
はっぱ　そうだったそうだった。
ペン　ねえ、お兄さまはお変わりになった？　まだ昔のまんま？
はっぱ　ペンと同じ。
ペン　わたしと同じ？
はっぱ　変わったと言えば変わったし、変わらないと言えば変わらないし。さすがにもう学生服は着ていないけど。
ペン　当たり前でしょ、三十過ぎにもなって。
はっぱ　でも、あなた少し太った？

ペン　そうかもしれない。結婚して二年と半年。いろいろ気苦労多くて、毎日神経すり減らしてるもん。
はっぱ　そんなに神経使ってたら普通は痩せるんじゃないの？
ペン　きっと使い過ぎて筋肉がついちゃったのよ、神経に。
はっぱ　タフだわあ。
ペン　でも、これくらいが少女の標準でしょ。
はっぱ　太くもなし細くもなし？
ペン　そういうあなただってすこしお肉が
はっぱ　そりゃ食べてるもん。ご大家の若奥様のあなたと違って、わたしは毎日汗水たらして働いてるし。あれだけ食べてこの体形よ。
ペン　細くもなし太くもなし？
はっぱ　奇跡の少女の奇跡の標準。
ふたり　めでたしめでたし。ハ、ハ、ハ。（と笑う）
ペン　待って。こんなささいなことに喜びを見出してる場合かしら。
はっぱ　束の間の幸せくらい噛みしめさせて。
ペン　そうね。今のわたし達は、きっと世界で三番目に可哀そうな少女ですもの。
はっぱ　嘘でしょ。いまのわたし達より可哀そうな女の子が、他にいる？
ペン　この間、「少女倶楽部」で読んだんだけど、この世で一番可哀そうなのは、「安寿と厨子王」の安寿で、二番目が「マッチ売りの少女」の少女。このふたりは、誰がなんと言おうと不動の一、二番なんですって。
はっぱ　言われてみれば。わたし達には兄さんがいる。
ペン　標準になったわたしを見て、お兄さま、なんておっしゃるかしら。
はっぱ　兄さん、もうペンのことなんて忘れてるかも。
ペン　忘れるもんですか！
はっぱ　凄い自信ね。
ペン　だって……。割り箸って女学校の時のわたし達のあだ名、あれはお兄さまがつけたのよ。
はっぱ　そうだっけ？
ペン　ホラ、はっぱの家の縁側で、ふたりでハモニカのお稽古をしてた時よ。

はっぱ　ハモニカ！　思い出すわ、兄さんのハモニカ狂いときたら！

ペン　わたし達が額を寄せ合って、譜面をにらみながら吹いているのを見て、まるで別れ別れになる寸前の割り箸みたいだっておっしゃったの。

はっぱ、誰もが懐かしさを覚えそうな、でも誰も耳にしたことのない曲をハミングする。

ペン　それよ、それ。なかなかうまく吹けないわたし達にイライラなさったお兄さまは、わたしからハモニカ取り上げて、あの時、不思議な曲を吹いて下さったの。それがその曲。

ふたりは一緒にハミングする。

はっぱ　なんだかとっても懐かしい気持ち。

ペン　こんなに幸せで可哀そうな少女って、わたし達のほかにいるかしら。

はっぱ　ね、ここを出たらまずなにをする？

ペン　帰りたくない、あそこには。

はっぱ　よし。嫁ぎ先の飯倉の家へは帰らない。で？

ペン　あら、どうしてわたしが帰りたくないわけ聞かないの？

はっぱ　姑がインケンで、小姑が小うるさくて、奉公人が冷たくて、おまけに亭主がパッパラパーだからでしょ。

ペン　身もふたもない言い方。

はっぱ　違う？

ペン　残念だけど大当たり。

はっぱ　よくある話よ。災い転じて福となす。これを機会に忘れなさい別れなさい。

ペン　ひとごとだと思って。

はっぱ　ひとごとじゃないわ。事ここに至っては、あなたとわたしは一心同体よ。

ペン　うん。ふたり力を合わせてここから逃げなきゃ。

はっぱ　だからホラ、ここから出たらなにをしたいかって。

ペン　まずはお風呂で気分一新。
はっぱ　こいつ、お風呂とはにくいところに目をつけたわね。
ペン　知ってる？　西洋じゃ湯船の中に泡をぶくぶくたてて入るんですってよ。
はっぱ　知ってるわ。真っ白い湯船なのよ、木じゃないの。それにね、こうやってウーンとからだを伸ばして入るの。
ペン　女の人も歌をうたっていいのよ。
はっぱ　嘘?!
ペン　本当よ。歌いながらウーーンとやるの。
はっぱ　行儀悪いって言われないだろうか、世間様に。
ペン　泡がぶくぶく言ってるんだもん、誰にも聞こえやしないわよ。
はっぱ　お風呂から出たら？
ペン　洋服に着替えるわ。
はっぱ　ヨーフク！
ペン　わたし、前から一度モガの格好をして銀ブラしたかったの。ピッタリしたスカートをはいて絹のストッキング。黒い小さな帽子をかぶるの。口紅もきれいに塗って　…、みんな振り返るわよ。
はっぱ　ひょっとしてわたしも？
ペン　当たり前でしょ。
はっぱ　ヨーフクを?!
ペン　わたし達は一心同体でしょ。
はっぱ　さはさりながら、ヨーフクなんて。
ペン　オシャレよ、オシャレ。
はっぱ　恥ずかしい。（と、身をよじる）
ペン　わたしが選んであげるから。
はっぱ　だったらわたし、卒業式の時にノザキ先生が着てらしたようなのがいい。ダークグリーンのスーツにうすい黄色のブラウス。素敵だったわ。キリッとしてるのに女らしくて。わたしみたいにポキポキしてない。ずっとあんなになれたらと思ってた。
ペン　ノザキ先生もお亡くなりになったわね。
はっぱ　産後の肥立ちがよくなかったんですって。結婚なんかなさらなければよかったのよ。
ペン　忘れて忘れて。今日は楽しい銀ブラよ。

はっぱ　わたし、デパート行きたい。
ペン　じゃ、松屋に行きましょ。あの大ホールを見るだけでも元気が出るわ。
はっぱ　さあ、買い物買い物。
ペン　なにを買う？
はっぱ　新しい水槽がほしい。
ペン　松屋で水槽？
はっぱ　なにかご不審な点でも？
ペン　あなた、そんなもの担いで銀ブラするモガがいると思う？
はっぱ　だっていま一番必要なんだもの。さっきも話したナマズの鼻赤、可哀そうに、水槽が小さくていつも鼻先ぶつけてるの。
ペン　忘れて忘れて。漬物臭い生活はいっとき脇においといて、豊かで余裕の心持ち。必要なものより、どうしてもってことはないけれどあったら嬉しいものをお買いなさいな。
はっぱ　水槽があればわたし、嬉しいんだけどな。兄さんもきっと喜んでくれる。
ペン　勝手になさい。でも、一緒に歩かないでね、恥ずかしいから。
はっぱ　そういうあなたはなにを買うの？
ペン　わたしはピアノ。
はっぱ　ウワァー。（と、頭を抱えて）
ペン　やめて。びっくりするでしょ。
はっぱ　ピアノはやめて、お願いだから。
ペン　どうして？　素敵じゃない。こういう時でなきゃ買えないのよ。
はっぱ　駄目無理。他のものならなんでもいいけど、
ペン　おかしなひとね。
はっぱ　アレだけは堪忍勘弁。
ペン　なにかあったの、ピアノで？
はっぱ　（遮って）ウワァー、聞かないで。
ペン　じゃ、聞かない。
はっぱ　え、聞きたくないの？
ペン　話したいわけ？
はっぱ　話したいけど話せない、話せないけど話したい。
ペン　ああ、ストトントン。
はっぱ　娘十九はまだ純情よ。

ペン　誰が十九よ。
はっぱ　それは言わない約束でしょ。
ペン　すみませ〜ん。
はっぱ　へい、毎度。

買い物ごっこが始まる。

ペン　これ下さいな。
はっぱ　これちゅうと？
ペン　この、竪型じゃない平型の。
はっぱ　グランドペアノでっか?!
ペン　お幾ら？
はっぱ　二千円ダス。
ペン　ずいぶんお安いのね。包んでいただける？
はっぱ　こないなもん買うて、あんさんペアノ弾けまんのんか？
ペン　だから買って練習するのよ。
はっぱ　ハモニカも吹かれへんかったあんさんが？
ペン　ペアノはペアノ、ハモニカはハモニカ。隠された才能が芽吹くかもしれないでしょ。
はっぱ　あるかなきかの可能性に大枚二千円もはたくなんて、赤貧に泣く兄さんが聞いたらなんて思うかしら。
ペン　だからふたりでお稽古をして、お兄さまの前で弾いてあげるのよ。研究研究で疲れ果てたお兄さまのこころとからだを、わたし達のえもいえぬペアノの調べで、そっと優しく揉みほぐしてさしあげるの。
はっぱ　無理無理無理。割り箸の復活って言われるのがオチよ。それにうちは狭いし、グランドペアノなんてとてもとても。
ペン　ああ、庶民！
はっぱ　ほかのものを買いましょ。四階はドレス売り場よ。
ペン　ペアノが買えないんじゃわたしつまらない。お酒飲んじゃお。
はっぱ　あら、ぐれたのね。
ペン　あなた、シャンパン飲んだことある？
はっぱ　ザンパン？
ペン　きみは野良犬かッ。シャンパンよ、お祝いの

はっぱ　お酒。
ペン　お祝い？　なんの？
はっぱ　う～ん。わたし達の再会を祝して？
ペン　納得。
はっぱ　このお酒ってすごいのよ。栓がね、開けると
　ポーンと飛び出すの。
ペン　まるで鉄砲玉ね。
はっぱ　危ないから伏せて。

　　はっぱ、伏せる。

ペン　いくわよ。（開ける真似）ポーン！
はっぱ　ハッシ。（と、栓を受けとめる）
ペン　ナイス・キャッチ。
はっぱ　慶應の水原って素敵ね。
ペン　ううん、やっぱり早稲田の三原だわ。
はっぱ　今度一緒に、神宮へ六大学、見に行こ。
ペン　うん。
はっぱ　約束よ。
ペン　どうぞ。（と、注いだグラスをはっぱに）
はっぱ　サンキュ。ふたりの脱出を願って。
ふたり　かんぱーい。ぐびぐび。（と、飲む）
ペン　お味はどう？
はっぱ　甘い、かな？
ペン　甘くもあり。
はっぱ　辛い、かな？
ペン　辛くもあり。
はっぱ　苦いかも？
ペン　そして苦くもある。
はっぱ　いったいどういうお味なの、これは。
ペン　ウィック。酔っぱらっちゃった。
はっぱ　もう？
ペン　だってお腹が空いてるんだもん。
はっぱ　お汁粉二杯も食べたのに？
ペン　三杯食べたのはどこのどいつだ！
はっぱ　ウィック。面を出せ、このヤロー。
ペン　こちら、いいご機嫌ね。
はっぱ　アタボーよ。こちとら江戸っ子でィ。
ペン　いやあ、いい気分。気持ちが大きく大きくな
　ってきたぞ。

はっぱ　よおし。盛り上がったところでひとつ歌でもいくか。

ペン　待ってました、曙町！

はっぱ、〽うらのはたけで　ぽちがなく　と、「花咲爺さん」を歌いだす。遅れて、ペンも一緒に。ふたり、上機嫌で歌いだす、踊り出す。と、三番の歌詞の途中で、ペン、急にへたり込む。

はっぱ　どうした、ねえちゃん。

ペン　ごめん。久しぶりにからだを動かしたから、足がつっちゃって。

はっぱ　なんてナマクラな飯倉の若奥様だこと。

ペン　治った。さあ、買い物再開よ。次はなにを買う？

はっぱ　わたしはカメラがほしい。四角い紙の中に、メダカやタナゴや、ナマズの鼻赤の学習成果も収める。鼻赤はいま、パブロフ博士のヨダレ犬のような、音による条件反射の学習をしています。みなさんは考えたことがあるでしょうか。池のそばで手を叩いたり水槽のふちを叩くと、なぜ魚たちは寄って来るのかを。それは、人間の姿を認めたからでしょうか。空気や振動をからだで感じるからでしょうか。それとも内耳で音を感知するからでしょうか。わがフェルト魚類研究所では、長年にわたる実験・観察の結果、魚は音を聴くことが出来、聴き分けた音によってある行動を習慣化させることも出来る、との結論に至りました。

ペン、拍手する。

はっぱ　ありがとう、ありがとう。ナマズの鼻赤は、狭い水槽の中で身を縮めながらも、一万三千から六千ヘルツという範囲の音を感知できるのです。

ペン、拍手する。

はっぱ　わたしはみなさんに、鼻赤の雄姿を見せてあげたい。それから、兄が鼻赤と語り合う微笑ましい姿も。兄もきっと、たとえ勲章なんぞ貰えなくても、その研究の節目節目に写真を撮ってあげたら、どんなにか喜ぶことでありましょう。

　ペン、拍手、口笛。

はっぱ　ありがとう、ありがとう。（と、聴衆に手を振る）
ペン　お願い、わたしの写真も撮って。
はっぱ　いいわよ。でも、カメラのレンズはインディアンと同じで、決して嘘つかないってこと、忘れないでね。
ペン　心配ご無用。美しすぎる自分に不安を覚える歳でもないし。
はっぱ　ええい、その理由なきうぬぼれに正義の鉄槌を下してやる。（と、カメラを構える）
ペン　ちょっと待って。なにか小道具。そうだ、自転車。
はっぱ　ジテンシャ?!
ペン　ほら、撮って撮って。溌溂と、吹きすさぶ木枯らし切り裂いて疾走する乙女の雄姿！（と、自転車を走らせる真似）
はっぱ　なんだか子供が三輪車をこいでるみたい。ちょっとわたしに貸して。自転車はこう乗るの。（走る）
ペン　ワー、凄い凄い。まるでサーカスの曲乗りみたい。
はっぱ　お嬢ちゃん、よかったら後ろに乗ンな。
ペン　まあ、こちらのお兄さんたらなんて気風がいいの。
はっぱ　ペン、わたしにしっかりつかまって。
ペン　（両手をはっぱのからだに回し）わたし、死んでもはっぱを離さない。
はっぱ　どこへ行く?
ペン　世界の果てまで連れてって。
はっぱ　合点だ。
ペン　世界の果ての宇宙の果てまで。

はっぱ　冒険ね。
ペン　冒険よ。
はっぱ　ぞくぞくするわ。
ペン　宇宙の果てはきっと吸い込まれそうなくらい
　真っ暗よ。
はっぱ　星のない夜空。
ペン　光りもささない水底。
はっぱ　鼻をつままれても分からない。
ペン　シンシンと耳鳴りがしそうな静寂の世界へ。
ふたり　出発！

　　ふたり、つながって走る、疾走する。

ペン　速い速い！
はっぱ　シャンパンパワーさく裂だ。
ペン　鉄砲玉ね。
はっぱ　ノッテルかい？
ペン　ノッテルよ。ノッテルかい？
はっぱ　飲んでるよ。
ペン　速力全開！
はっぱ　燃える燃える、アルコールが燃える。
ペン　光れ光れ、アルコール燃えて光れ。
はっぱ　飛べ飛べ自転車、光の自転車。
ペン　危ない！

　　ふたり、勢いあまって壁にぶつかって転倒。起き上がる。と、その壁が反転して、深い穴が開いている。

ペン　はっぱ……
はっぱ　抜け穴だわ。
ペン　あな不思議。
はっぱ　助かった。
ペン　まさかこんな仕掛けがあろうとは。
はっぱ　急ごう。
ペン　あっ、駄目だわ、なんだか足がもつれて
はっぱ　ペン。酔っ払いごっこはもうおしまい。荷物をまとめて。
ペン　でも……

はっぱ、いっこうに動こうとしないペンの荷物もまとめている。

はっぱ　さあ、行くわよ。
ペン　待って。
はっぱ　待ったなし！
ペン　お兄さまは？　待ってなくていいの？
はっぱ　待ってられるはずないでしょ。ホラ、早くしないと、いまの物音聞きつけておじさんが来たらどうするの。
ペン　でも、もしいらっしゃってその時ふたりともいなかったらお兄さま、きっとガッカリなさるわ。
はっぱ　ペン！　逢引きの待ち合わせしてるんじゃないのよ。
ペン　もしも行き違いになったらどうするの？
はっぱ　なりません。
ペン　なるわ、きっとなるわ。わたしとイズルさんは、いつも行き違いだったんだもの。
はっぱ　このクソ忙しい時に、なにメロドラマのヒロインやってンの。行くわよ、わたしひとりでも。ほんとに置いていくから。
ペン　いいわ。もしもお兄さまに会ったら言って。わたし、ここにいますからって。いつまでもいついつまでも筆子はお待ちしておりますからって。
はっぱ　誰？　筆子って。
ペン　わたしよ、わたし。
はっぱ　ああ、そうか。あなたは筆子だからペン、わたしは葉っぱの子って書くからはっぱ。いつの間にか自分たちの本名忘れてしもうて。いやあ、まいったまいった。ハ、ハ、ハ。
ペン　待っています、イズルさん。筆子を救い出すことが出来るのは、あなたしか！
はっぱ　いかん、完全に自分に酔ってる。せっかく恥を忍んでバカやったのに。ええい、かくなるうえは力づく。（と、座り込んでいるペンの腕をとる）
ペン　いや、やめて、わたしはここでイズルさんをバーンと鉄砲の音が響く。

はっぱ　…なんの音?

ペン　猟銃よ。まさかお母さまが……!

はっぱ　まさか。だってだって、今頃はもう兄さんのところに

男の声　オ兄サマ、助ケテ下サイ。閉ジコメラレマシタ。ココハ深イ深イ水槽デス。

ふたり、驚いて木箱の上に駆けあがり、窓外を見る。

ふたり　(叫ぶ) お母さまーーーーーーー!

暗くなる。

3

暗闇の中で、男(おじさん)の声が響く。

男の声　もう場所も時間もない。意識を誘うような特別な地点もない。夢想は深く、ますます深まってゆき、いつしか柔らかな水をたたえる夢の大海原となろう。波は白さと透明さを内的物質から受け取る。その物質とは溶けた若い娘のことだ。もしもあなたが純粋無垢の穢れなき水をお望みならば、そこへ処女たちを溶かしこめばいいだろう。そしてもし、あなたが煮えたぎるメラネシアの海をお望みならば、そこへは黒人の若き乙女たちをば溶かしたまえ……

明るくなる。

天井から長いまだらの紐が垂れ下がっていて、はっぱはせっせと、それを更に長くと編んでいる。

彼女の周りには色とりどりの古布が山のように。
穴が開いた壁は元の状態に戻っている。ペンの姿は見えない。

はっぱ　（作業を中断し、その紐をひっぱる）うん、完璧完璧。さすが和歌山のおばあちゃん。わたし達の命をあずけるに足る芯の強さだわ。ペン、わたし達、助かるわ。これで助かる。ペン、ペン……。もう、いつまで泣いてるの。いくら泣いたって亡くなったものは帰って来やしないでしょ。さあ、早く元気を出してお仕事手伝って。（と、壁を反転させると）

ペンはその裏でスヤスヤと眠っていた。

はっぱ　ペーン！
ペン　（目を覚ます）……ア、おはよう。
はっぱ　この切羽詰まったときに、寝てたの？
ペン　ごめん。おやすみしてる場合じゃないことはよく分かってたんだけど、このところ寝不足で、ついウトウトと泣き寝入りってやつを。
はっぱ　あなたのそういう性格、いつもうらやましいと思っていたけど。
ペン　いまは？
はっぱ　憎い、ひたすら憎い！
ペン　抑えて。また頭の毛穴がプツプツ言うわよ。
はっぱ　うー。（と、呻く）
ペン　（紐を手にして）これは？
はっぱ　わたし達の命綱。これを窓から垂らして逃げるのよ。ちょっと考えたでしょ。
ペン　無理よ、そんな。窓の下には川が流れてるのよ。あなた、わたしが泳げないってこと、忘れたの？　おまけに大変な流れの速さ。いくら泳ぎの達者なあなただってあんな激流、渡れっこないわ。
はっぱ　だから、だからこれをふたりの命綱にするんでしょ。もっと長く長く編んで川幅以上の長さにすれば……
ペン　途中で切れたらどうするの。確かにわたし達は標準よ、太っちゃいないわ。でも、こんなヨレヨレの紐で二人分の体重を支え切れるはずないわ。

はっぱ　と思うのが素人の浅はかさ。この紐の編み方を教えてくれたおばあちゃんに聞いたんだけど、和歌山じゃこれで鯨を釣り上げるんだって。いくら川の流れが速いからって、鯨の重さに負けない紐だもん。きっとわたし達の力になってくれるわ。

ペン　いやよ、わたしは。

はっぱ　わたしを、ううん、わたしのおばあちゃんが信じられないって言うの？

ペン　どうしてそんな危険なことをしなきゃいけないの？　ジタバタしないで、お兄さまが助けに来るのを待ってればいいじゃない。

はっぱ　その兄さんに連絡がとれないから、こうしておばあちゃんにおすがりしようとしてるんでしょ。

ペン　叔母さまがいる。

はっぱ　オバサマ？

ペン　いまは亡きお母様の妹よ。

はっぱ　カナリアの妹というと、十姉妹かなにか？

ペン　本物の、わたしの本当のお母様の妹よ。これこれ。（と、ガラスの小瓶を取り出す）

はっぱ　それ、ずっと昔にペンの家で見せてもらったことある。（手に取って）きれいね。

ペン　叔母さまに貰ったの。

はっぱ　どうするの？　これを。

ペン　もう一度お兄さまに手紙を書いて、それをこの中に入れて川へ流すの。こんなきれいな瓶だもの、きっと誰かが拾うわ、拾って手紙を届けるわ。手紙が届けばお兄さま、必ず助けに来てくれる。

はっぱ　そんなに悠長に構えてたら、タナゴもメダカもお腹をすかして死んじまうわ。時間がないのよ、わたしには。

ペン　わたしだって同じよ。早く家に帰らないと

はっぱ　アラ、さっきはもう飯倉へは戻らないって

ペン　そうよ、決めたわよ。でも、わたしが黙って家を空けたのをいいことにお役所に死亡届でも出されたら

はっぱ　おいおい。

ペン　やりかねないひとなのよ、あの飯倉のお義母さんていうひとは。息子可愛さのあまりわたしのこと憎んでンだから。今朝だって、お母さまの定期検診があるんです、小鳥病院へ行かせてくださいってお願いしたら、なんて言ったと思う？　またお出かけ？　筆子さんは幸せね。わたしがこの家に嫁いできた時は、お姑さんがそれはもう厳しい方で、タダシを産むために里へ帰るまで、この家から一歩も出してはもらえなかったのよ。ええ、ただの一度も、一歩もよ。いつも家にいて家庭を守る、これが女の務めなのよって、何べん聞かされたことか。もう耳にタコよ。ホ、ホ、ホ。いいわね、筆子さんは、いつもフラフラお出かけ出来て。タダシが可哀そう！

はっぱ　いま明らかにされる、若妻筆子の残酷かごの鳥生活！

ペン　どうしよう、死亡届なんか出されたら。戸籍上は生ける屍。お役所へは離婚届はもちろん、結婚届も出せなくなっちゃう！

はっぱ　あなたってほんとに特殊な思考回路をもってるひとね。

ペン　でも、いったい誰がなんの目的でこんなところにわたし達を閉じ込めているのかしら。

はっぱ　こんなにフツーの女の子を誘拐するなんて。

ふたり　確かに美しい。

ペン　でも控えめで大人しげだし。

はっぱ　目立つ顔ではない。

ふたり　体重だって標準。

ペン　少し背は高いかもしれないけど。

はっぱ　その分、足なんててんで小さいんだから。

ふたり　おつむの中身もおおむね標準。

ペン　性格温和で子供好き。

はっぱ　少々のお金とお魚さえいれば大満足のきわめてフツーのわたし達なのに。

ふたり　言っときますけど、うちは全然お金ありませんから。毎日毎日、爪に火ともし赤貧でお米洗ってンですから。身代金なんか要求したって無駄ですよ。

ペン　右に同じ。確かにわたしはお金持ちの家に嫁いでますけど、わたしのためになんかびた一文出しませんから、いなくなって喜んでるんですから。

ふたり　聞こえてンの、おじさん！

はっぱ　間違いないよね、これはおじさんの仕業だってこと。

ペン　と思うけど。でも、なんでおじさん？

はっぱ　腕をギュッてつかまれた時、その手がヌルっとしてたからじゃない？

ペン　ヌルッというよりギトギトって感じ。

はっぱ　抜け道があったと喜ぶ間もなく、すぐさま行き止まりだって種明かしする、このひとの心を弄ぶ底意地の悪い手口。こんなことをするのは、おじさん以外に考えられないわ。

ペン　仁丹の匂いがしたの、気づかなかった？

はっぱ　はいはい。口が臭いって気にしてるのよ、きっと。

ペン　なんてセコいの、おじさんミエミエ。わたし、涙出そうになっちゃった。

はっぱ　匂いと言えば。エーテルかがされてアッと言う間に眠らされちゃったから、はっきり確認は出来なかったんだけど、髪の毛からもなにか特有の匂いがしてたでしょ。

ペン　そう言えば、なにかプーンと。

はっぱ　多分、あれはビオタール。

ペン　ビオタール？

はっぱ　毛生え薬よ。

ペン　おじさんだ。そんなものを使うのは正真正銘、疑う余地のないおじさんだ。

はっぱ　とは限らない。

ペン　うん？　どうしてそんな毛生え薬なんか知ってるの？

はっぱ　ここだけの話だけど

ペン　なに？

はっぱ　使ってるのよ、兄さんが。

ペン　ま、まさか！

はっぱ　この間、部屋のお掃除してたら、あったのよ、ビオタールが机の上に。

ペン　嘘よ、嘘。ありえない。ううん、例え部屋にあったとしても、お兄さまのものとは限らないし、そうよ、仮にそれがお兄さまのものだとしても、ご自分が使ってるとは限らないでしょ。

はっぱ　じゃ、どうしてそんなものが

ペン　なにかの間違いよ。

はっぱ　間違い？

ペン　見たの？　それをお兄さまが使っているのを。

はっぱ　いや、それは

ペン　見てないんでしょ、ほらご覧なさい。あなたはただのお魚好きじゃないんでしょ、曲がりなりにも科学を志す研究者でしょ。いいの？　そんな根拠のない、立証も出来ないことを安易に口走って。

はっぱ　…

ペン　イズルさんが毛生え薬を使ってる？　バカも休み休み言ってほしいわ。

はっぱ　ペン。

ペン　なに？

はっぱ　あなたもしかして　…

ペン　なによ。

はっぱ　ううん、いい。

ペン　水臭いひとね。

はっぱ　毎日魚扱ってますから。

ペン　聞きたいことがあれば聞けばいいでしょ。

はっぱ　あなた、こんなことをするおじさんに、誰か心当たりある？

ペン　話をそらしたな。

はっぱ　もしかしたらって、思い当たる節なきにしもあらず。

ペン　誰よ、それ。

はっぱ　気仙沼の太郎叔父さん。

ペン　太郎叔父さん?!　あの、気仙沼で唯一ピアノを（持っているという）

はっぱ　（遮って）やめて！

ペン　なによ、また急に。

はっぱ　思い出したら、あの時の恐怖が甦ってきた。

ペン　そうか。さっきの話したいけど話せない話ってこのことね。

はっぱ　まさしく。でも、勇気を振り絞って話すわ。

ペン　よろしく。
はっぱ　太郎叔父さん、田畑《でんばた》売って買ったもんだから、そりゃあ大切にしてたのよ。
ペン　なにを？
はっぱ　だから、その
ペン　ああ、ペアノね。
はっぱ　とにかく普通じゃないの、太郎叔父さんは。床の間に紫の綸子《りんず》で作った座布団置いて、その上にP乗せて。使わない時にはいつも絹の覆いがかかっていたわ。それがまた余計に子供心をくすぐるわけよ。
ペン　とにかく一度でいいから弾いてみたい、と。分かる分かる。
はっぱ　母に頼んでもらってやっとお許しが出たわ。でも居心地が悪かった。隣に叔父がぴたーっと座るんだもん。「弾いてみっか？」って口では言うんだけど、叔父さんのからだからは、弾くな、弾かせてなるものかって無言の圧力がかかってくるの。
ペン　こわーい。
はっぱ　まだまだ。ほんとに怖いのはこの先よ。思い切って右の人差し指をそーっと伸ばして、目の前にあるひとつの鍵盤に触れたわ。そしてゆっくり押してみた。音が微かに、微かに。もう一度、今度は強く押してみた。低い音がボーン。次は左手。わたしはもう夢中になっていて、きっとからだが前に乗り出していたのね、左の人差し指でそーっと黒い鍵盤を押したその時、頭の奥の方がすーっと潮が引いてくみたいになって、そのかわり、目と鼻の奥がツーンと熱くなったの。叔父がワーッと叫んだのと同時に、わたしの鼻からポタッともしかして……！
ペン　真っ白い鍵盤に真っ赤な鼻血が一滴！
はっぱ　元祖鼻赤！
ペン　太郎叔父さんはもう半狂乱よ。
はっぱ　はっぱは殴られ蹴られ吊るされて
ペン　と思いきや。
はっぱ　思いきや？
ペン　不思議なことになにもされなかったの。

ペン　そりゃまたなにゆえに？

はっぱ　でも、たった一言、ゾーっとするような冷え切った声で

ペン　なんて言ったの？

はっぱ　許さ〜ん。

ペン　怖い！　そういうの一番怖い。

はっぱ　怖いなんてもんじゃなかったわ。あの時の、あの声あの顔あの手つき。今でもときどき夢に出てきてうなされるんだから。

ペン　でもそれ、ずいぶん昔の話なんでしょ。

はっぱ　十五、六年前？

ペン　なんで今頃になってその時の怒りをこんな形でぶつけてくるわけ？

はっぱ　分からない？

ペン　分かるはずないでしょ

はっぱ　だから怖いのよ、太郎叔父さんは。

ペン　おい、地獄さ行《エ》ぐんだで。

はっぱ　はあ？

ペン　二人はデッキの手すりに寄りかかって、蝸牛が背のびをしたやうに延びて、海を抱え込んでゐる函館の街を見てゐた。

はっぱ　なにがおっしゃりたいのか？

ペン　「蟹工船」。

はっぱ　小林多喜二！

ペン　知ってるんだ。

はっぱ　あなた、そんなもの読んでるの?!

ペン　読んでない読んでない。わたし蟹好きだからついつい題名にひかれて、立ち読みでいまのところをちょちょっと目を通しただけ。

はっぱ　でもひょっとして

ペン　壁に耳あり障子に目あり。

はっぱ　折悪しく、その時たまたま特高の刑事なんかがその本屋にいたりして。

ペン　アカの関係者と勘違いされ

はっぱ　それでここへ？　本の立ち読みくらいで？

ペン　思い出してごらんなさいよ。わたし達を拉致してここへ連れてくるまでの手際のよさといったら。フツーのひとにあんな真似が出来ると思う？

ふたり　おい、地獄さ行《エ》ぐんだで。

はっぱ　怖い！　拷問なんかされちゃうのかしら。

ペン　当ったり前よ。まずは青竹で背中をビシバシ。

はっぱ　（叩かれて）痛〜い。

ペン　お次は大きな算盤の上に座らされて、膝にこ〜んな石を乗せられるの。

はっぱ　（乗せられて）重〜い。

ペン　かてて加えて、鼻の穴に蝋燭の蝋を流し込まれ。

はっぱ　熱いよ〜、息も出来ないよ〜。

ペン　トドメはこれだ。

はっぱ　それは？

ペン　特大の浣腸じゃあ。

はっぱ　やめて〜。（と、逃げる）

ペン　（追いかけて）尻だ。尻出せ、はっぱ。

はっぱ　ワーって、きみは変態か！　なんでこうなるの？　わたしはまったくの赤の他人よ。関係してるアカって言ったら水槽の水垢くらいのものなんだから。

ペン　相手はおじさん、そんな言い分が通るもんですか。

はっぱ　……あの時の声、マスク越しだったからくぐもっていたけれど

ペン　「お嬢さん、ちょっと失礼」

はっぱ　確かに聞き覚えが……

ペン　言われてみればわたしにも……

はっぱ　あなた、太郎叔父さんに会ったことあったっけ？

ペン　ううん。だからあの声は太郎叔父さんじゃなくて……キャッ。

はっぱ　（見上げて）天井から水滴が。雨漏りするんだわ。

ペン　雨、凄い降りになってきたわね。

はっぱ　川の流れも一段と勢いを増してる。大丈夫かな、兄さん。

ペン　大丈夫かなって？

はっぱ　兄さん、雨がダメなの。大雨になるといつも頭が痛いって……

ペン　ああ！　わたしもよ、わたしだって。大嫌いだ、雨なんて！

はっぱ　なにか暗い思い出があるのね、てんで臭そう

なやつが。

ペン　聞かないで。

はっぱ　でも、話したいんでしょ。

ペン　話したいけど話せない、話せないけど話したい。

はっぱ　好きにして。わたしお仕事するから。（と、紐作りを再開する）

ペン　うらやましいわ、過去のないはっぱが。

はっぱ　ひとをヒラメみたいに言わないで。

ペン　ヒラメには過去がないの？

はっぱ　あなた、過去あるヒラメって知ってる？

ペン　お兄さまに聞いてみよ。

はっぱ　兄さんは来ないわ。

ペン　いらっしゃるわよ、今からお手紙書くもん。

はっぱ　言ったでしょ、兄さんは雨が苦手だって。きっと今頃は蒲団の中で頭抱えてウンウン唸ってるわ。

ペン　どうしよう。なにかない？　お兄さまのためにいまわたしがしてさしあげられること。

はっぱ　ダカラコレ手伝ウノコトヨ。ふたりでやれば夜が来る前には十分な長さに出来て

ペン　（遮って）あなた本気？　本気であんなにゴーゴー暴れてる川を、こんなくたびれた紐で渡れると思ってるの？

はっぱ　心配しなさんなって。そりゃ確かに見かけはわたしに似て華奢よ。でも、和歌山のおばあちゃんは芯が強くて丈夫で長持ち。今年で八十六なんだけど、今でも毎日元気に働いてンだから。

ペン　そんなに長生きしてなにかいいことあるのかしら。

はっぱ　なんだ、そのうつろな眼差しは。

ペン　もしかしたらわたしの人生は、あの日あの時にもう終わっているのかもしれない。

はっぱ　こいつ、てんで臭そうな話を始める気だな。

ペン　それは今から八年前。

はっぱ　ペンが十七？

ペン　あのひとが二十と三つ。

はっぱ　恥ずかしながら青春だい。

ペン　若すぎたのよ。焦っていたのね、ふたりとも。

人目を忍んで会うのだけれど、会えば別れが辛くなり、会わなきゃ余計に辛くなる。

はっぱ　ああ、コリャコリャと。

ペン　いつもふたりで一緒にいたい。早く結婚してしまいたい。

はっぱ　そりゃ無理よ。だってあなたは弱冠十七。

ペン　おまけに彼は貧乏学生。周囲に相談したって反対されるにきまってる。

はっぱ　そこで？

ペン　駆け落ち。

はっぱ　待ってました、ご両人！

ペン　上野発十八時〇五分、青森行き。

はっぱ　なんで青森？

ペン　ふたりで雪が見たかったの。

はっぱ　サブッ！

ペン　地獄耳のお爺様、千里眼のお父様、犬も顔負けの鼻持つ弟、それに柔道五段の書生の眼を盗み、泣いて翻意を促すお母様の手も振り切って、表通りへ飛び出したその途端、わたしのはやる気持ちをあざ笑うかのように、真っ黒な雲が恐ろしい勢いで走っていくかと思う間もなく、突然降り出す雨あられ。

はっぱ　あられも降ったの？

ペン　言葉の綾よ。

はっぱ　おあやや母親にお謝り。おあやや母親にお謝り。

ペン　（無視して）頬を突きさす雨粒の中を、わたし素足で駆けて行ったわ。

はっぱ　履物は？

ペン　下駄の鼻緒が途中でぷっつん。

はっぱ　不吉！

ペン　悔しかったわ、二円五十銭もした桐の下駄。

はっぱ　捨てちゃったの？

ペン　だって鼻緒をすげてる暇ないし、手に持って走ったら絵にならないし。

はっぱ　焦っていながら算盤弾くこのしたたかさ！

ペン　でも、とうとう上野駅には着けなかった。

はっぱ　犬のうんこでも踏んづけたのかしら？

ペン　途中で倒れたの。気がついたら病院の白いベッドの上。高熱が幾日も続いて、最初は肺炎の診断だったんだけど実は結核だったの。それからわたしは信州のサナトリウムに送られて……

はっぱ　血色のいいこの顔見てると冗談としか思えないけど。あの時そんなことがあったんだ。突然学校へは来なくなるし、お宅に伺っても、女中さんが妙にツンツン、門前払いを食わせるし。わたし、悲しいやら悔しいやらで、もう二度とペンとは口をきくもんかと思って今日まできたんだけど。

ペン　はっぱには何度も手紙を書こうとしたのよ。でも、事の次第をうまく言葉に出来なくて……

はっぱ　冷たいやつ。兄さんには手紙を書いたくせに。

ペン　！　どうしてそれを知ってるの？　まさか、あなた読んだの？

はっぱ　そんな下劣なことしないわ。本当は読みたかったけど、読まずに燃やしたわよ。

ペン　も、も、燃やした?!

はっぱ　悪いとは思ったけど悔しかったんだもん。だから兄さんにも黙って

ペン　ウーー（と、低く呻く）

はっぱ　あ、ペンが犬に。

ペン　許サ〜ン！

はっぱ　わ、今度は太郎叔父さんに。怖〜い。

ペン　わたしのこの八年間は一体なんだったの？　なにを諦めそしてなんのために我慢をしてたの？　はっぱ、返して。返してよ、わたしの青春。

はっぱ　許して。なんだかよく分からないけどとにかく謝る。ごめん。でも、あの時の兄さんは、とても手紙なんか読める精神状態だとは思えなかったし。

ペン　待っていたのに。わたし、信州のサナトリウムで迎えに来てくれる日を指折り数えて待っていたのに。来ないはずだわ、手紙が届いてないんだもの。てっきり振られたと思ってた。今の今まで、わたしを捨てて学問の道を選ばれたんだと思ってた。だから望まれるままあんな男と結婚したのに。

はっぱ　ペン　…

ペン　きっとイズルさんは今でもわたしのことを恨んでいるわ、憎んでいるわ。当然よ。あの手紙読んでないんだもの、あの日わたしの身になにが起きたのか、全然ご存じないんだもの。

はっぱ　泣くな！

ペン　ごめん。

はっぱ　やっぱりね。時々そうじゃないかって思ってた。でも、思うたびにまさかまさかと打ち消して。友達甲斐のないやつ。はっきり言ってくれたらよかったのに。

ペン　なんだかはっぱを裏切るようで　…

はっぱ　裏切ったんでしょ、結局は。

ペン　今日こそ言おうって、毎朝決意の心に鉢巻き締めて学校に行くんだけど、はっぱにおはようって肩叩かれると、何故か気持ちが萎えちゃうの。

はっぱ　わたしバカだもんね。おまけにガサツで埃っぽくて、ゲタゲタ笑いで大喰らい、歩幅も広くて寝る時ゃイビキまでかくもんね。

ペン　そんな豪快なあなたがうらやましくて。

はっぱ　冗談ポイよ。兄さんによく言われたわ。おまえのイビキ、クーヒョヒョヒョ、うるせえぞって。そんな風に言われることがなぜか嬉しくて。

バカですね。兄さんはわたしの男っぽさを喜んでると思ってた。ふたりきりになると、ボクボクなんて言っちゃって。兄ちゃん、ガハハなんて、まるで弟みたいに。兄さんの傍らで小指ちょっぴり動かすのにも、神経ピリピリ使っていたのに、それを絶対悟られまいと血のにじむような努力したですよ。

少女歌劇のこと鼻で笑ったり、見に行く友だちのことバカにしてたけど、ほんとはわたし、とても行きたかったの。でも兄さんが、くだらんくだらん、所詮女の学芸会って言うから、そうだそうだって相槌打ってた。ところがどう？

兄さんは宝塚の桜町君子の大ファンだったの。机の引き出しに写真がいっぱい。ふたりで牽制しあって見栄はっちゃって、ほんとにくだらない。なんだったんだろう、わたし達兄妹。おまえ、少しは女らしくしろよ。言われるたびに、また詰まらない冗談をって聞き流してたけど、いま思えばあれは兄さんの本心だったのね。だって、兄さんが見詰めていたペンは、わたしと違って女らしいんだもんね。

ペン　はっぱだって結構（女らしい）

はっぱ　気休めは言わないで。

ペン　ごめん。

はっぱ　謝るところをみると、やっぱり気休めだったのね。

ペン　ごめん。

はっぱ　…兄さんもどうしてペンとのこと、話してくれなかったんだろう？　きっとわたしなんか頼りにならないって思われてたのね。ごめん、力になれなくって。でも、ふたりの身近にわたしみたいななんにも知らないバカがいたお陰で、いつバレルかバレたらどうしようって、ふたりの恋の炎は、更に熱く熱く燃えあがったのじゃなくって？　お礼の一つ二つは言ってくれても罰は当たらないんじゃないかしら、今頃遅いけど。

ペン　はっぱ　…

はっぱ　ああ、なんてわたしは嫌みな女だろう。ごめん。

ペン　ううん、謝らなきゃいけないのはわたしの方。唯一無二の親友を今の今まで騙していたなんて。わたし恥ずかしい。

はっぱ　ううん、恥ずかしいのはわたし。あのサナトリウムからの手紙だって、きっと無意識のうちにふたりの仲を裂こうとしたんだわ、だから兄さんにも見せないで。恥ずかしい。はっぱは恥ずかしいです。穴があったら入りたい。穴がなければこの紐で（と、紐で首を絞めようとする）

ペン　なにをするの。（と、はっぱを止めようとするが）

はっぱ　きゃっ。

紐がぷっつり。

ペン　切れちゃった！
はっぱ　おばあちゃんが……
ペン　ずいぶん簡単にコロッといっちゃったわね。
はっぱ　南無阿弥陀仏南無阿弥陀仏。
ペン　鯨釣り上げても大丈夫じゃなかったの？
はっぱ　どうせわたしは鯨顔負けの女ですよ。ええい、もうこうなったらヤケだわ。潮でもなんでも噴いてやる。
ペン　あきらめるのは早い。まだ叔母さまがいるわ。（と、小瓶を示して）
はっぱ　あなた、あの川の音が聞こえないの？　あんな中へこんなものを流したら、濁流に飲み込まれるか、そうじゃなければ岩に当たって粉々に砕けてしまうのがオチよ。
ペン　叔母さまは女手一つで五人の子どもを育て上げた女丈夫よ。流れにまかせて身を持ち崩すような、そんなひ弱な女じゃないわ。
はっぱ　駄目だって。たとえ運よく兄さんのところに届けられたとしても、兄さんは雨が

ペン　（被せて）ああ。わたしのせいだわ。あの日のわたしの裏切りがいまも心の傷となっていて。許して、お兄さま。
はっぱ　ううん。悪いのは鯨そこのけのわたし。
ペン　ううん。本当に悪いのは、結核なんかで倒れてしまった脆弱なわたし。
はっぱ　ううん。もっと悪いのは、身近にいながらふたりの恋のキューピッドになれなかった、鈍感なわたし。
ペン　ううん。最悪なのは友情を捨てて男に走ろうとしたわたし。
はっぱ　ううん。極悪なのは、えーとえーと、なんて言おう？
ペン　「ごめん・許して・わたしが悪いの合戦」はこれでおしまい！
ふたり　ハ、ハ、ハ。
ペン　とにかくダメ元でお兄さまに手紙を書くわ。
はっぱ　当たって砕けろね。
ペン　砕けちゃったらおしまいでしょ。
はっぱ　もといｌ。溺れる者は藁をもつかむ。

ペン　きっと来てくださるわ。可愛い妹のためだもん。
はっぱ　そうね。ペンの手紙の文字を読んだら、冷たく閉ざされた兄さんの心にちょっぴり光が差し込むかもしれない。
ペン　楽天的ね、わたし達。
はっぱ　育ちがいいのよ。
ペン　…オ兄サマ、助ケテ下サイ。閉ジコメラレマシタ。ココハ深イ深イ水槽デス。
はっぱ　ワタシタチハ肺魚ノヨウニ、今ニ窒息シテシマウデショウ。オ兄サマノ耳ニ聞コエル苦シイ呼吸ガ、途切レテシマワナイウチニドウカ早ク迎エニ来テ下サイ。
ふたり　コウシテじっとじっとシテイマス。
ペン　そーっとそーっと、そーっと呼吸シテ　……キャッ！
はっぱ　あんなところからも雨漏りが
ペン　アッ、あそこも。
はっぱ　あっちもこっちも
ペン　グズグズしてたら本当に水槽になってしまう。
はっぱ

ペン　（手紙を小瓶に入れ）叔母さま、お願い。筆子と友達を助けて。お兄さま、早く早く、一秒でも早く。
はっぱ　（木箱に乗って窓外を見て）ペン！
ペン　（木箱に上がり）向こう岸がなくなってる！
はっぱ　堤防が決壊したんだわ。
ペン　川幅がさっきより五倍も十倍も広がって
はっぱ　森の木がどんどん流されていく。
ペン　こんなところに叔母さまを投げ入れたりしたら
はっぱ　人生の荒波乗越えて五人の子どもを育て上げたんでしょ。
ペン　でも　…
はっぱ　（小瓶を奪って）虎穴に入らずんば虎子を得ず。運を天にまかせるしかないのよ。（と、窓から放り投げる）

ペン、手で顔を覆う。

はっぱ　やった！　うまくいったわ。流れてく流れてく。

ペン　ほんとに？（窓外を見ようとした途端）

ガシャーンと、ものの砕ける音が響く。

ふたり　叔母さまーーーー（と、叫ぶ）

暗くなる。

4

暗闇の中で、おじさんの声が響く。

男の声　深い水を前に、きみはきみのヴィジョンを選びとることが出来る。きみの望み通りに動かない水底か、流れか、岸辺か。あるいは、無限をさえも見ることが出来る。見ることも見ないこともすべてきみの自由だ。水の妖精すなわち幻影を内包している。夢の一瞬は魂全体を内包しているのだ。

ペンの声　はっぱ、もう少しよ。どうしよう、ね、どうしたらいいの。

はっぱの声　うるさいわねえ。

明るくなる。あちこちに雨漏りを受けるための器が置いてある。

ペンは台の上で爪先立ちして、窓の外を見ている。

はっぱはゆっくり歩き回っている。

はっぱ　静かにしてよ、考えごとしてるんだから。
ペン　この期に及んでなにを考えることがあるの。
はっぱ　あなた、気にならないの？
ペン　なにが？
はっぱ　おじさん。ふたりとも声に聞き覚えがあるのよ。わたし達の知ってるひとがこんなひどい目にあわせているのよ。それが誰だか、あなた知りたくないの？
ペン　そりゃ知りたいわ、でも今は
はっぱ　あっ。あんなところからも雨漏りが。（と、置かれた器の幾つかを移動する）
ペン　はっぱ！　川の水が溢れてもう手の届きそうなところまで来てるのよ、今更雨漏りもへちまもないでしょ。
はっぱ　大雑把に見えて、生まれつき細かなことが気になる性質《たち》なの、わたしは。（と、移動作業を完了し）これでよし。さあ、永遠の少女よ、出かけよう！
ペン　わたし、立ちませんからね。
はっぱ　腰が抜けたの？
ペン　さっきから言ってるでしょ、わたしは泳げないんだって。
はっぱ　為せば成る。こんな小さなメダカだってスイスイ泳ぐのよ。
ペン　魚じゃないの、わたしは。
はっぱ　理屈で世の中渡れるかッ。
ペン　よして、そんなおじさんみたいな言い方。
はっぱ　そう。問題はそのおじさん。これがはっきりするまではわたし、死んでも死にきれない。
ペン　やっぱり死んじゃうの？　わたし達も。
はっぱ　言葉の綾でしょ。おあやや母親にお謝り。おあやや
ペン　お母さまも叔母さまも、それにはっぱのおばあちゃんもみんな亡くなってしまった。
はっぱ　わたしがいるゾ、ミス・ワイズミュラーが。
ペン　ミス・ワイズミュラー！
はっぱ　またの名を曙町の女ターザン。わたしがひと声叫べばスワ一大事とばかり、ナマズの鼻赤を先頭に、メダカやタナゴが水槽から飛び出

してこの雨の中、仲間も引き連れ川を上って必ずわたし達を助けに来てくれる。

ペン　はたしてナマズやメダカがわたし達の助けになるだろうか？

はっぱ　塵も積もれば山となる！

ペン　どれだけメダカが集まったって鯨にはなれないわ。

はっぱ　理屈で世の中渡れるか！

ペン　それはばっかり。

はっぱ　落ち着いてひとの話を聞きなさいって言ってるの。魚たちが次々と水槽を飛び出すのよ。いくら兄さんだって、さすがになにか起きたって気づくはず。

ペン　そうか。

はっぱ　頭は生きてるうちに使わなきゃ。

ペン　もう。その手があるのに、どうしてもっと早く教えてくれなかったのよ。

はっぱ　ターザンみたいな声を出すのって勇気がいるの。すっごく恥ずかしいんだから。

ペン　照れてる場合じゃないでしょ。

はっぱ　娘十九はまだ純情よ。

ペン　聞く耳持たず。ちょうどいい具合に紐があるわ。これに捉まって、さあ早く、ターザンみたいに叫んで。

はっぱ　ええい、女は度胸だ。行くぞ、鼻赤。（天井から垂れ下がった紐に捉まり）アーアア〜〜、アーアア〜〜、アーアア〜〜（宙を飛行する？）

ペン　面白そう！　やらせてやらせて。（と、はっぱに代わって）アーアア〜〜、アーアア〜〜、アーアア〜〜

はっぱ　こらこら坊主。遊びじゃないんだ、これは。

ペン　いけない、我を忘れてしまって。（と、慌てて木箱に乗り外を見る）ああ、もう駄目。ほんとにすぐそこまで水が来ちゃってる。

はっぱ　（ペンに並び）まだまだ、これくらいなら。

ペン　ほんとに？

はっぱ　余裕のよっちゃんよ。

ペン　ほんとに？

はっぱ　ほんとよ。

ペン　わたし、ひとりじゃなくてよかった。

はっぱ　右に同じ。
ペン　…そう言えば、前にもこんなことあったわね。
はっぱ　ペンの家の蔵に閉じ込められた時のこと？
ペン　あの時も雨が降ってた。
はっぱ　雨降りだったから蔵の中でおままごとしていて
ペン　蔵の中は遊び場じゃないって、お母様にはきつく言われてたんだけど
はっぱ　でも、秘密の匂いがいっぱいで、お尻のえくぼもぞくぞくするから
ペン　夢中になって遊んでて、気がついた時にはお外は真っ暗。
はっぱ　びっくりして、早く家に帰らなきゃって重い扉を押したんだけど
ペン　押しても引いてもビクともしない。
はっぱ　呼べど叫べど声が表に届かない。
ペン　だってこ〜んなに厚いんだもん。
はっぱ　おまけに雨降り。
ペン　お母様は、言いつけを守らないから罰が当たったんだと仰ってたけど
はっぱ　決まってるでしょ、誰かが外から鍵をかけたのよ。
ペン　あの時も、はっぱを迎えに来たお兄さまが気がついてくれて
はっぱ　だから今日だって…。でも、誰だったんだろう、あの時の犯人は。
ペン　弟よ。
はっぱ　イッペイくん?!
ペン　わたし達が一緒に遊んでやらないもんだからその腹いせにやったのよ。あの後、いくら問い詰めても自分じゃないってしらばっくれるからわたし憎らしくって、あの子の太股を痣が残るほど思いっきりつねくってやった。
はっぱ　こわい。特高の刑事顔負けね。
ペン　あっ、もしかしたらあの時の仕返しに逸平がいま歳幾つ？　イッペイくん。
はっぱ　いま歳幾つ？　イッペイくん。
ペン　二十歳だったかな。
はっぱ　二十歳でおじさんにされたんじゃ、わたし達いったいどうしたらいいのよ。

ペン　それに、逸平は去年からイギリスに留学してるし。
はっぱ　いい加減なやつ。
ペン　こりゃまた失礼！
はっぱ　…おじさんとはいったい誰か。
ペン　わたしが知っててはっぱも知ってるおじさん。
はっぱ　毛生え薬を必要としていて口臭を気にしてるおじさん。
ペン　あっという間にわたし達を拉致できる俊敏な、おじさんらしからぬおじさん。
はっぱ　無口なおじさん。
ペン　独りよがりのおじさん。
はっぱ　せっかく監禁したのにそれ以上はなんにもしない、気の弱いおじさん。
ペン　そのくせ平気でお母さまを射ち落とす、冷酷非道なおじさん。
はっぱ　思い出せない？　いま挙げたすべての条件にぴったり当てはまるおじさんが、わたし達のほんの身近に確かにいたような気がするんだけど……
ペン　あのひとならあつらえたみたいにピッタリだけど。
はっぱ　あのひとって、ご主人のこと？
ペン　おじさん丸出し。でも
はっぱ　わたしは一度も会ったことないから失格！
ペン　ゴボ天は？
はっぱ　女学校の担任だったゴトウ先生?!
ペン　チビで禿げててギラギラしてたから、みんなでよく、絵にも描けないおじさんだって言ってたじゃない。
はっぱ　意外性があって面白いんだけど。
ペン　ずいぶんクールなお答えね。
はっぱ　三年ほど前に、からだをこわして北海道の田舎の方へ帰ったって話よ。こんなことするために、病をおしてわざわざ北海道から出てくると思う？
ペン　油っ気がなくなってゴボ天失格！
はっぱ　先生なんかじゃない。もっと、もっと身近なひとで　…分かった！
ペン　誰？

はっぱ　キノシタさん。
ペン　うちの書生の？
はっぱ　間違いないわ。髯は濃いのに髪は薄くて、若いのに爺むさく、柔道五段だからわたし達を料理するくらいはお茶の子さいさい。どうしてこんなことをするのかは分からないけど、理由もないのにこれくらいのこと平気でしそうな顔つきだったし。
ペン　ひどい言われよう。
はっぱ　身内だからかばうわけ？
ペン　せっかくだけど、木下さんは去年の暮れに満州で
はっぱ　兵隊さん？
ペン　名誉の戦死よ。
はっぱ　惜しいひとを亡くした。
ペン　英霊に、敬礼！
　ふたり、敬礼する。
はっぱ　…（呟く）頭がプツプツ言ってる。
ペン　ここへ来てからどれくらい経ったんだろう？
はっぱ　プツプツ、プツプツ。
ペン　まだほんの一時間くらいのような気もするし、もう幾日も過ぎてしまったような気もするし
はっぱ　ああ、じれったい。誰なの？　ちょっと手を伸ばせば掴まえられそうなほど身近にいるのに、伸ばした途端、するりと体《たい》をかわして記憶の闇の中へと姿を隠してしまうひと。誰？誰なのよ。
ペン　はっぱ、もう一度ターザンやって。（と、はっぱに紐を示し）怖いの、わたし。
はっぱ　（紐に捉まり）アーアア〜〜、アーアア〜〜、アーアア〜〜
ペン　静かにして！
はっぱ　なによ、やれって言うから
ペン　聞こえない？
はっぱ　川の音？
ペン　そうじゃなくって、ホラ、耳をすまして
はっぱ　（耳をすまして）…あれは
ペン　聞こえる？

はっぱ　兄さんだ。あれは兄さんのハモニカの

例の、兄が作ったというハモニカの不思議なメロディが、ゆっくりこちらに近づいてくる。

はっぱ　ペン！
ペン　はっぱ！
はっぱ　これぞ奇跡！　わたし達の願いが兄さんのところまで届いたのよ。
ペン　助かったのね、わたし達。

ふたり、ひしと抱き合う。

はっぱ　（慌てて離れ）駄目駄目、まだ助かったわけじゃないんだから。さあ、早く荷物まとめて。
ペン　どうしよう。ね、わたし、イズルさんに会ったらどこからなにを話せばいいの？
はっぱ　会ってから考えればいいでしょ、そんなことは。
ペン　でもわたし　…。ね、わたしきれい？　変じゃない？

はっぱは、荷物をまとめつつ雨漏り受けの位置を移動したりと、忙しい。

はっぱ　変よ、すごく変。
ペン　ああ、どうしよう。（木箱に上がって外を見る）わぁー、はっぱ、絶体絶命よ、ほんとにギリギリの大ピンチ！
はっぱ　ペン！　そんなことはいいから、早く自分の荷物を
ペン　大丈夫よね、お兄さまが来て下さったんだもの。落ち着かなくっちゃ、落ち着いて。（と、手鏡を取り出し）鏡よ鏡よ鏡さん
はっぱ　ペン！　絶体絶命のピンチのギリギリじゃなかったの。
ペン　理屈で世の中渡れるか！
はっぱ　兄さん、ここよ。聞こえる？　わたし達ここにいるのよ。（と、遠くへ呼びかける）
ペン　お久しぶりでございます。わたしのこと、覚

えていらっしゃいますか。あれから八年。月日は矢のように過ぎ、もしかしたら、わたしとの思い出は忌まわしいものとして、あなたの記憶からはとうの昔に消されているのかもしれませんが

はっぱ　なにをジャラジャラ言ってるの？

ペン　だから、失礼のないようにご挨拶のお稽古を勝手にしやがれ！

はっぱ　あ、ハモニカの音がどんどん近くまで。

ペン　兄さん、こっちこっち。サンキュー、ありがとう。はっぱ嬉しい！

はっぱ　ああ、イズルさんがすぐそこに。

ペン　早く開けて。なにしてるの？　鍵？　鍵がないの？　おじさんはやっつけたんでしょ。やっつけて手に入れたんでしょ。違うの？

はっぱ　お兄さま、筆子です。まさかこんなところでお会いするとは

ペン　兄さん、早く開けて。

はっぱ　あ、お兄さま、どちらへ行かれるのですか。

ペン　兄さん、ここここ。ここにいるのよ、わたし達は。

はっぱ　イズルさん。

ペン　兄さん、ふざけてる場合じゃないの。

はっぱ　川の水が溢れて窓のすぐ下まで来てるんです。

ペン　だから一刻も早く

はっぱ　兄さん！

ハモニカの音はどんどん遠ざかっていき……

ペン　イズルさん、意地悪はやめて。

はっぱ　兄さん、戻って。

ペン　イズルさん、聞こえないの、イズルさん、イズルさん。

はっぱ　兄さん、行っちゃ駄目！　兄さん、帰ってきて。兄さん、兄さん

そして、消えた。

ペン　どうして？　わたし達のなにが気に入らないの？

はっぱ　……

ペン　わたしよ、わたし達じゃなく。やっぱりわたしのこと、お許しになってないんだわ。はっぱ、ごめん。巻き添え食わせちゃって。わたしさえいなければあなたまでこんなことには

はっぱ　……

ペン　おじさん。

はっぱ　おじさんがどうしたの？　まさか、お兄さまもおじさんに見つかって

ペン　そうじゃなくて。やっと分かったのよ、おじさんは誰かっていうことが。

はっぱ　…誰？

ペン　どうして今まで気がつかなかったんだろう。ううん、ずっと前から、もしかしたらって頭の片隅にはあったのに、そうじゃない、そんなことがあるはずないって打ち消してたの。

ペン　それは、誰？

はっぱ　ペンが今、もしかしたらって思っているひと。

ペン　お兄さま。

はっぱ　そうよ。兄さんがおじさんだったのよ。

ペン　違う。お兄さまだったら、わたしはともかく、どうしてはっぱにまでこんなこと

はっぱ　分からないわ。分からないけど、確かに兄さんはビオタールの愛用者よ。口臭もきつくて、実験でエーテルも使い慣れてる。

ペン　あまりお喋りはしない。

はっぱ　だけど自分勝手で我が儘で

ペン　気が小さくて他人の目をとっても気にする。

はっぱ　魚のお腹をメスで切り裂く時のあの冷徹な眼差しも。それになにより、太郎叔父さんを思い出させる、低くて響くあの声は　…

ペン　嘘。

はっぱ　ピッタリよ。悲しいくらいにピッタリじゃない。

ペン　どうしてイズルさんがおじさんなのよ。

はっぱ　会えば分かるわ。

ペン　　…どうして？

はっぱ　理屈で世の中渡れるか！

ペン　（天井から垂れ下がった紐を手にして）アーア、アーー

はっぱ　（素早くとって代わって）アーア、アーー
ペン　（素早くとって代わって）アーア、アーー
はっぱ　（素早くとって代わって）アーア、アーー
ペン　よおし、元気出た。
はっぱ　よっ、楽天家！
ペン　ね、お酒飲まない？
はっぱ　早手回しの脱出祝いね。
ペン　準備万端、お酒がなみなみと注がれてる。（と、雨漏り受けを手にして）
はっぱ　駄目よ。水盃なんて二度と会えない別れの時にしか酌み交わさないものなのよ。
ペン　そうか。これから戦争に行くんじゃないもんね。
はっぱ　お祝いはやっぱりシャンパンでなくちゃ。
ペン　じゃ。（と、シャンパンの瓶を手に取る仕種）
はっぱ　ううん。今度はわたしが。（と、ペンから瓶を受け取り）行くわよ。ポーン。
ペン　ハッシ。
はっぱ　ナイス・キャッチ。わたし達がこの次に会う場所は？
ペン　神宮。
ふたり　乾杯！
はっぱ　グビグビグビ。（と、飲む）
ペン　ゴクン、ゴクゴク。（と、飲む）
はっぱ　ああ、いい気持ち。その気になりさえすればなんだって出来ちゃいそう。
ペン　同感同感太田道灌。
はっぱ　尼寺へ行け、尼寺へ。
ペン　こんなに酔っ払ったまま水の中に入って平気かしら。
はっぱ　しらふで川が渡れるか！
ペン　よっ、あなたみたいにナリタ屋！
はっぱ　（切れた短い紐を拾い上げ）ペン、行くわよ。
ペン　飛びこむの？
はっぱ　溢れた水が流れ込んでくる前に。（紐を示し）この紐の先、しっかり持って。絶対に離しちゃ駄目よ。
ペン　（紐を握り）あの実践女子の真許《まもと》三枝子さん達も、きっと今のわたし達と同じ気持ちを抱えて三原山の火口に飛び込んだのね。

はっぱ　同じじゃないわ。わたし達は生きるために飛び込むんだもの。
ペン　（こみあげて来る気持ちを抑えて）……
はっぱ　ペン。美少女であるための条件ってなんだか知ってる？　健康で快活でひとしく普遍性に対する欲求を抱き、困難に打ち克つ力を持ち、その上、それぞれの身についたハイカラさを備えていることなんだって。
ペン　分かったわ。少女と言うには少ぉし歳をとり過ぎたような気がしないでもないけど。
はっぱ　あなた、震えてる？
ペン　全然。
はっぱ　怖いの？
ペン　少ぉし。
はっぱ　勇気よ、勇気。泳げないと思うからいけないの、浮こうと思うから沈んじゃう。ペン。水と空とは親戚よ。水中を泳ぐ魚は空を飛ぶ鳥。だから、泳いでやろうなんて思わないで、鳥になって空を飛ぼうと思えばいいの。
ペン　要するに、お母さまになればいいのね。
はっぱ　そうよ。強い強いお母さまになって
ペン　困難に打ち克って
はっぱ　美少女になるのよ、わたし達。
ペン　なんだか矛盾してない？
はっぱ　兄さんがおじさんになってしまったことに比べれば
ペン　はっぱ
はっぱ　なあに？
ペン　これ、夢じゃないよね。

　　はっぱ、ペンの頬をつねる。

ペン　うー、現実は痛ぁい！
はっぱ　行こうか。（と、木箱に乗る）
ペン　世界の果てまで？（と、並んで乗って）
はっぱ　宇宙の果てまでふたりで一緒に。
ペン　冒険ね。
はっぱ　冒険よ。
ペン　わたし、はっぱと会えてよかった。
はっぱ　わたしも。

ペン　タ・シ・ア・タ・マ。

暗くなる。

ふたりの声　ひのふのみ！

ドボーンと、ふたりが川の中へ飛び込んだ音。あたかもそれをきっかけにしたかのように、ゴーゴーと流れる川の音、ボリュームを上げる。そして。耳をつんざかんばかりだった激しい流れの音が一転、嘘のようにかき消えると、代わって、兄が吹いていたのであろうハモニカの奏でるメロディが、再びゆっくりと近づいてくる。

明るくなる。

折り重なって横たわっているはっぱとペン。ここはどこなのか、ふたりは眠っているのか死んでいるのか、定かではない。ペンは鳥かごを抱いている。ハモニカの音がかき消え、そして、例の「おじさん」の声が聞こえる。

男の声　夢見る者が驚異の水に入ったときの最初の印象は、「雲の間や夕焼けの中の憩い」に似たものであり、それから少しばかりの時間が過ぎた後には、「柔らかな草の上に横たわっている」ような気もするだろう。

夢見るものを支えている物質とはなにか。それは雲でも芝草でもなく、水なのだ。水はわれわれを寝かしつける。水はわれわれに母なるものを返してくれる。

ふたり、ゆっくり上体を起こし、互いに顔を見合わせ、にっこりと笑って……

幕

［注］

男＝おじさんによって計四度語られる言葉は、いずれも、ガストン・バシュラールの『空と夢　運動の想像力にかんする詩論』（宇佐美英治 訳、法政大学出版局）の一部をもとに書かれている。

あたま山心中　散ル散ル、満チル

登場人物

兄と呼ばれる男
妹（ミチル）と呼ばれる女
妹によく似た看護師（ミチルと二役）

暗闇の中から、囁くように、女の声が聞こえる。

女の声 さあ、起きて。ほら、お寝坊さんたち、起きなさいったら。恥ずかしくないの？ もう時計は八時を打って、お日さまは森の上まであがっているのよ。

まあ。なんてぐっすり眠ってるんだろう、二人とも、バラ色のほっぺをして。

チルチルはラヴェンドの匂いがするし、ミチルはスズランの香りがするわ。

ゆっくり明るくなる。

満開の桜の下。帽子をかぶった「妹」が座っている。彼女を囲むように置かれた幾つもの旅行鞄の、あっちを開けこっちの荷物を取り出し。なにやら探し物をしている。忙しい。

女の声 （前に続けて）子どもってなんてかわいいんでしょ。でも、お昼まで寝かせておくわけにはいかないわ、なまけものになったら大変だもの。それにからだにもよくないって言うし。さあ、チルチルや、起きなさい。チルチル、チルチル……［注①］

その呼びかけに応じたかのように、「兄」が現れる。手にペンチ。

兄 なんだい？

妹 なに？

兄 いま呼んだだろ。

妹 ううん。

兄 ……おかしいな。

妹 おかしいわね。どこに入れたのかしら。

兄 誰だろう？

妹 これお願いね。わたしの鞄、もういっぱいで入らないの。（と、食料品等の入った袋を示し）

鳥かご直った？

兄 （受け取って）いや、まだ……

妹 ずいぶん手間どってるのね。（作業再開）

兄 長いこと使ってなかったからな。

妹　扉が錆びついてるだけじゃなかったの？
兄　ほんとに？
妹　なにが？
兄　ほんとに呼んでない？
妹　まだ言ってる。
兄　だって確かに聞こえたんだから。
妹　どこかで犬でも吠えたのよ。
兄　イロ－は死んだよ。
妹　生きてたらきっとまた一緒に行くってきかなかったわね。
兄　今度の旅は二人っきりさ。ほかには誰もいないんだ、誰もね。
妹　あっ、ついでにこれもその袋の中に入れといて。
兄　ローソク？　こんなにたくさん、いったいどうするんだ。
妹　忘れてる。
兄　なにを？
妹　明後日はなんの日？
兄　明後日？　誕生日だろ、ぼくの。分かってるよ。
妹　嘘よ。言われていま気がついたんだから。それ、あなたの歳の数だけあるのよ。おぞましいでしょ。
兄　半分置いていこう。
妹　現実の直視を避けるのね。
兄　おまえ、クスリは？
妹　うん。これが終わったら　…
兄　（袋からハムを取り出し）こんなの持って行くのかい？
妹　早く食べないと。もう賞味期限が過ぎてるの。

兄、ハムの臭いをかぐ。

妹　大丈夫よ、まだカビは生えてないんだから。
兄　そうやってなんでも見境なく食べるから
妹　だってもったいないでしょ。
兄　いくらもったいないからって　…

はらはらと桜の花びらが数枚、舞い落ちる。

妹　魔がさしたのよ、あれは。
兄　なにも種まで、サクランボの種まで食べることはなかったんだ。
妹　誰かが言ってたわ、不運とはまるでかたつむりのようなものだって。
兄　どういう意味だ、それ。
妹　知らない、わたしが言ったんじゃないから。
兄　(チーズを出して)これ……
妹　いいのよ、いらなければ。あなたが食べるんじゃないかと思って入れといたのに。
兄　それに、この食パンも
妹　あんまり出さないで。
兄　もう硬くなってるじゃないか。
妹　いいわよ、わたしが食べるから。
兄　触ってごらん。ほら、尋常な硬さじゃないんだよ、指で押したってへこまないんだから。
妹　いやなひとね。どうしていちいちひとのやることに難くせつけるの?
兄　別に難くせをつけるつもりはないけど、荷物はなるべく少なくした方が……(と、缶詰を出している)
妹　それも置いてくつもり?
兄　だから
妹　ハイハイ。わたしが持ってけばいいんでしょ。(と、袋をひったくる)
兄　だって、そんなに長くいるわけじゃないんだから。
妹　長くなるかもしれないでしょ。
兄　いくら長くなったって……
妹　分かったって言ってるでしょ。骨惜しみばかりするんだから。
兄　……
妹　代わりにこれ、そっちに入れて。(と、枕を渡す)
兄　(受け取って)なんだよ、これ。
妹　見て分からない?
兄　枕まで持って行くのかい?
妹　わたしはそれじゃないとぐっすり眠れないの。
兄　いつから?

妹　昔っから。長いこと一緒に暮らしてて、そんなことも知らなかったの？
兄　…ごめん。
妹　ああ、嫌になっちゃう。
兄　…おまえ、クスリは？
妹　だから、これが片づいたらって。
兄　だけど、先生は食後三十分以内に
妹　うるさいわね。いまはそれどころじゃないの。
兄　…なにを探してるんだ。
妹　チケットよ。
兄　チケット？
妹　そう。これくらいの大きさでどこどこ行きって書いてあって、駅の改札で係のひとに渡すとパチンと鋏を入れてくれるアレ。見たことあるでしょ。アレを切符もしくはティケットって言うの。
兄　ぼくを誰だと思ってるんだ。
妹　？　兄さんじゃないの？
兄　（ポケットから切符を出して）これだろ。
妹　もう！　持ってるなら持ってるってどうして早く言ってくれないの。
兄　わたし失くしそうだから兄さんお願いって、おまえが渡したんだよ、おまえがぼくに。
妹　そう？
兄　そうなのよ。
妹　…歳のせいかしら。最近すっかり忘れっぽくなってしまって。
兄　ぼくが預かっててもいいんだね。
妹　失くしたらダメよ、電車に乗れなくなっちゃうんだから。
兄　いったいぼくを誰だと思ってるんだ。
妹　…誰だったの？
兄　よせよ。
妹　電話よ、さっきの。
兄　ああ。…間違い電話だよ。
妹　また？　最近兄さんが出るといつもね。
兄　失礼なヤツなんだ。
妹　それにしてはずいぶん話し込んでたじゃない。
兄　立ち聞きしてたのか。
妹　そんな余裕があったと思う？

兄　ひとりごとだよ。

妹　口寂しいのかしら。

兄　この頃よくあるんだ。いつの間にかひとりでブツブツ喋ってる。

妹　ご苦労さま。

兄　気がついた時にはもうとまらない勢いなんだ。あらあら。

妹　いまだってそうさ。「ちょっとぉ」。受話器をとるといきなりこれだ。「ちょっとぉ」。若い女の声だった。「ちょっとぉ」。喉の奥に毒キノコが生えてるみたいな嫌な声さ。「ちょっとぉ。三十分前に出前を頼んだイケタニだけど。かつ丼ふたつ早くして。なにしてんのよ！」ガチャン。なんなんだ、きみは！　もう電話は切れてるんだよ、それは分かってる。だけど悔しいだろ、ひとことくらい言い返してやりたいじゃないか。なんなんだ、きみは。なんなんだ、きみは。

兄

妹　そんなにかつ丼を食べたきゃ自分で作ればいいだろ。豚肉を買ってきてさ。肉屋へ行けば売ってるよ。ロースでなきゃダメだからな。一人分百グラム見当。まずはスジ切りをして、塩こしょう。粉と卵を水で溶いた衣にくぐらせ、パン粉をつけたら油で揚げてやったらいいじゃないか。誰だって出来る。ふわっと中まで火が通ったら、食べやすい大きさに切っておき。こっちの鍋にはおだしが入ってる。入ってるったら入ってるの！　そこへ切ったたまねぎと、しょうゆにみりんに砂糖を入れて、少し煮詰める。少しだ、少し。分かるだろ、これくらい。いい案配になったらとんかつをその鍋に入れる。それから卵だ。まず一コ。ささっと溶いたヤツをカツの上にかけて卵でとじ、いったんふたをして、半熟程度になったところで次なる二コ目。今度の卵には三つ葉を入れてとじるんだ。コレコレ。この二段構えがいま明らかにされたおいしさの秘訣。ゆっくり五つばかり数えたら火を消し、ふっくら炊きあげた丼のご飯にそっと優しくのせたらホラ、かつ丼の出来上がり。見ろ、

妹　このおいしそうなこと。まいったか、まいったダろ。ハ、ハ、ハ。だけどほんとは、ぼくはかつ丼より天丼の方が好きなんだ、バカ！

兄　兄さん、もう寝た方がいいわ。

妹　ダメだよ、まだ。

兄　だって、ずいぶんお疲れのご様子よ。

妹　鳥かごを直さなきゃいけない。せっかく青い鳥をつかまえたって、かごに入れることが出来なきゃ持って帰れないからね。（と、去る）

ひとりになった妹、かぶっていた帽子を脱いで別のものをかぶる。もうひとつ、別のをかぶり。考える。とっかえひっかえ。鼻歌。ほとんど聞こえないくらいの微かな歌声。子守歌のような　…

葱買《ねふか》うて　葱買《ねぶか》うて
枯木の中を枯木の中を　帰りけり　…［注②］

兄の声　よせよ。

妹　なに？

兄　（現れて）いつもママが言ってただろ。ネズミが増えるから夜更けの鼻歌はいけないって。

妹　わたし、歌なんかうたってないわ。

兄　歌ってたよ。

妹　歌ってないもの。

兄　…どこかで猫でも鳴いたのかな。

妹　チレットはもう死んだわ。…みんな逝ってしまった。

兄は両手に、水の入ったコップとクスリ瓶を持っている。

兄　ほら、クスリだよ。あんまり遅くなるとアレだから。

妹　兄さん、知ってた？

兄　なにを？

妹　この前の旅のとき、森の中でわたしたち、ポプラやカシワやイトスギや、牡ウシやヒツジやオオカミに襲われたでしょ。あれは猫のチレットがみんなをそそのかしたのよ。

兄　スパンコールをちりばめた薄地のシャツに、黒い絹のタイツ。
妹　あの時のチレットの衣裳ね。覚えてる。
兄　みなさん、ごきげんよろしゅう。
妹　そう。あいつのアジテーションはそんなあいさつから始まったの。

いきなり「芝居」が始まった。

兄　みなさん、今日という今日は大変な日なのでありますわたしたちの敵がみなさんの力を抜き取って、自分の意のままにしようとやって来るのです。それはチルチルと言って、これまでみなさんをさんざん痛めつけてきた、あの木こりの息子です。
妹　ええ、そうなんです。チルチルはあたしたちの秘密を知っているたったひとつのもの、あの青い鳥をあたしたちから取り上げようとしているんです。
兄　ぐずぐずしてはいられません。あいつらをやっつけてしまわねば
妹　あいつら？
兄　チルチルは妹のミチルと一緒なんです。
妹　妹の方も？
兄　妹もろとも始末してしまおうではありませんか。
兄・妹　おお！（と、片手を突き上げる）［注③］

空気が微妙に和らいだ。

妹　（帽子をかぶり直し）どう？　これ。
兄　ああ、いいじゃないか、あったかそうで。
妹　そう？　でも、こっちの方がハイカラさんでしょ。
兄　うん、ぼくもどちらかって言うと……ね。
妹　まるであつらえたみたいだ。まさかそれが飲み屋の忘れ物だとはね、誰も思わないよ。
兄　なによ。これオオタさんからのプレゼントじゃなかったの？
妹

兄　そうだよ。オオタが飲み屋のカウンターの下に落ちてたのを拾って、それで

妹、憤然と帽子を脱ぎ捨てる。

兄　捨てるなよ、せっかくオオタが　…（と、拾う）

妹　この間の植木屋さん、確かオオタさんの紹介で来たって言ってたわよね。

兄　あいつは昔からずっとおまえのことが好きだったんだ。

妹　毎月第三火曜日に、宅急便で肥料の油カスを送って来る飛騨高山のイノウエさんというのも、あれ、ほんとはオオタさんなんでしょ。

兄　子どもっぽいっていうのか、屈折してるっていったらいいのか。そういう風にしか自分の気持ちを相手に伝えられない、そういうヤツなんだ。

妹　信じられないわ。

兄　信じてやれよ。あいつだって悪気があってこんなこと

妹　あなたよ、アナタ。信じられないのはあなたなの。誰のものかも分からない帽子を妹の頭に乗せて、よくそうやって平気でいられるわね。

兄　あとで聞いたんだよ、実はって。おまえも気に入ってるみたいだし、言いだそうにも言いだしにくくって。

妹　だったら言わなきゃいいでしょ。黙ってりゃ、バカは有頂天でいるんだから。ペラペラペラペラ。どうして喋るの？　あなた男でしょ。どうして腹におさめておけないの、あなたというひとは。

兄　あなたじゃない。

妹　…兄さんはなにも分かってないのよ。

兄　（クスリ瓶を示して）クスリ、飲むかい？　昨日までのものとはちょっと違うんだ。明日からしばらく旅行に出かけるって言ったら、いい機会だからクスリを変えてみようと先生がおっしゃってね。

妹　（クスリ瓶を受け取って）…ひとつ聞いていい？

兄　なんだい？
妹　兄さんはわたしのこと、病院の先生になんて言ってるの？
兄　だから、アレだよ、頭が　…
妹　あたまが？
兄　いつも、こう　…
妹　重いとか？
兄　そう。
妹　じゃ、要するにこれは、あたまを軽くするおクスリなわけ？
兄　そんな単純なものじゃないんだ、と思うけど。もう少し、抜本的なって言うか根本的にって言うか？
妹　そう、根こそぎにって言うのかな。先生の話しぶりから察するに、頭部中央に出来た、一種の、なんて言うか、珍しい、そう、とても珍しい、だけど良性の巨大なオデキ、のようなもの、と考えているらしいんだ。本当は手術をするのがいちばん手っ取り早いんだけど、でも、場所が場所だからとおっしゃってね、
兄　それで　…、なにを勘ぐってるんだ。
妹　別に　…
兄　いくらクスリを飲んでも治らないのは、おまえが兄さんの言うことを信じないからさ。
妹　病気なの？　わたしは。
兄　ビョウキだよ。だからこのクスリを飲まなきゃいけないいんだ。
妹　…あなたが誰だか分からなくなる、時々だけど。
兄　あなたじゃない。
妹　いくつ飲めばいいの？
兄　三錠、いや、五錠。夕食からもうずいぶん時間が経ってるし、そういう時には少し多めに飲むようにって、先生もおっしゃってたからね。
妹　（飲もうとして）…あっ？
兄　どうした？
妹　…風が吹いてる。
兄　（見回して）…台所の窓が開いてる。
妹　（頭上を指さし）そろそろ満開ね。

兄　(見上げて)ああ……
妹　やっぱり明日は、帽子をかぶって行かないことにするわ。
兄　きれいだな。
妹　おクスリ、これでも飲まなきゃいけない?
兄　ぼくと一緒に青い鳥を探しに行きたければね。
妹　ミチルはビョウキなんだから。
兄　でも、これを飲むといつも眠くなるのよ。
妹　眠ればいいさ、明日は早いんだから。
兄　まだお仕事が……
妹　兄さんがやっておくよ。さあ早く。先生がおっしゃってたよ、目をつむって一気に飲んだ方が効き目が早いって。
妹　苦くない?
兄　甘いよ。甘いはずだよ。この前の旅のとき、ぼくらと一緒に出かけた砂糖の精のあめんぼうよりもね。さあ……(と、差し出したコップを持つ手が震えている)

妹、それを受け取ると錠剤を口に含み、コップの水と一緒に飲み込む。

兄　ああ、いい子だ。
妹　兄さん。
兄　目を開けちゃいけない。そのまま、そのまま眠るんだ。
妹　わたしが眠るまでどこへも行かないでね。
兄　分かってる。いままでもこれからもずっと一緒だよ。
妹　いつまでも?
兄　ああ、どこまでも。…気分はどうだい?
妹　毛虫が……
兄　ケムシ?
妹　三匹ばかり、喉元あたりで這いまわってる、みたいな?
兄　きっとこれから夜桜見物に出かけるんだ。
妹　アナタニモ分ケテアゲタイ
兄　すぐに楽になるよ。もう少しの辛抱さ。
妹　そうね。もう少しすればきっと、毛虫は蝶になってどこかへ飛んで行ってしまうわね。

兄　蝶っていえば……

妹　なあに？

兄　オオタから聞いた話だからどこまで信じていいのか分からないけど

妹　COME ON!

兄　南米の、まあ、なんとかって国にしておこうか。南米だからとにかく暑いわけだ。内臓がねじきれるような暑さで、空気も焦げるっていうから、それがどれほどのものかは想像出来るだろ。

妹　扇風機さえ汗をかくってやつね。

兄　そんな暑い昼下がり。たとえば、海や川を渡る涼やかな風を求めて、若い女が香水をつけて海岸や川べりを歩いていたとする。

妹　するとどうでしょう！

兄　その香水の匂いに誘われて蝶が、何百何千、もう、数え切れないほどの蝶が、汗を吸おうと女のからだに群がってくるというんだ。

妹　聞いてるだけでこそばゆくなるようなお話。

兄　その国特有の、まぶたの裏に金属板を埋め込むような強い陽ざしの中で、遠くからそんな光景を眺めていると、たぶん、熱に浮かされてもいるんだろう、白いシーツに包まれて、女はまるで無数の蝶たちとともに透きとおるような青い空へと、風に揺られながら舞い上がって行くように見えるんだって。［注④］

妹　残念ね。ここは南米のどこかではないし、蝶もそんなに……

兄　でも、おまえはとてもいい匂いがする。

妹　花の香りよ。

兄　……触ってもいいかい？

妹　いいけど、枝は折らないでね。

兄、そっと桜の幹に手を触れる。

兄　まさか、こんなことになるなんて……

妹　相性がよかったのね。ご縁があったっていうのか。

兄　兄妹だろ、ぼくたちは。

妹　兄さんのことじゃなくて、この桜とわたし。

芽が出て葉が出て、アラアラオヤオヤ、どうしたものかと二度三度重い頭をひねっているんだもの。フッと気がついたらもう満開っていう間に、

兄　……

妹　あっ。

兄　ああ。風が吹いてる。

花びらが舞い落ちる、幾枚も。

妹　ザワザワしてる。ハラハラしてる。

兄　（呟くように）月満ちて、花が散る。散ル散ル、満チル。チルチル・ミチル。（立ち去ろうとすると）

妹　（目を開けて）どこへ行くの？

兄　壊れた鳥かごを直さなきゃいけない。それから……

妹　それから？

兄　（確認するように）台所の窓を閉めて、ガスの元栓を開けて……

妹　兄さん。

兄　目をつぶってゆっくりおやすみ。（と、去る）

妹　兄さん。

兄の声　電気を消すよ。

暗くなる。

妹の声　兄さん、目覚ましはちゃんと六時にセットした？

兄の声　今夜は徹夜さ。兄さんはきっと眠れない。

どこからか、先に妹が微かに歌っていたあの子守歌が聞こえる。それは聞き覚えのある母の声……

葱買《ねぶか》うて　葱買《ねぶか》うて
枯木の中を枯木の中を　帰りけり

歌声にかぶせるように、遠くで電話のベル。

妹の声　兄さん、電話よ。兄さん、どこにいるの？

どこ？　兄さん、兄さん。

バサバサと鳥の羽ばたき。

少年の声　やあ、大変だ。おいでよ、早く。ここだよ。いるよいるよ、とうとう見つけた。何千羽の青い鳥だよ。何万何億、こんなにたくさん。おいでよ、ミチル。こいよ、チロー。みんなおいで。手伝ってくれ、抱えきれないや。

ゆっくりと明るくなる。
桜の木の下には木製の小さな椅子が二脚、並んでいる。その両端には旅行鞄が置かれてあり。誰もいない。

少年の声　（前に続けて）ほら、手の中に入ってるよ。ごらん、月の光を食べてるよ。ミチル、どこにいるの？　ああ、青い羽根がたくさん落ちて来る。あんまりたくさんで、まわりが見えなくなってしまうよ。

兄が現れる。服装が外出用に変わっている。あたりを見回し、妹を探しているのだ。

少年の声　（前に続けて）ああ、ぼく、引っ張られそうだ、空の上まで持って行かれそうだ。さあ、ここから出よう。「光」が待ってる。こっちだよ、ミチル。チローもさあ早く［注⑤］

羽ばたき、遠ざかる。

兄　ミチル、どこにいるんだ、ミチル、ミチル。

妹の声　よしてよ兄さん、そんな大きな声で。

鳥かごを持って、妹が現れる。

妹　ここは家じゃないのよ、他人様もいらっしゃるんだから。

兄　誰もいないじゃないか。

妹　車掌さんがいるわ。

兄　どこへ行ってたんだ。
妹　それを聞きたいのはこっちの方だわ。さっき検札にきたのよ。だけどチケットは兄さんが持ってるし。いったいどこをうろついてたの？
兄　トイレだよ。トイレに行くって言ったじゃないか。
妹　嘘。トイレにはいなかった。わたし、探したんだから。
兄　この車両のトイレはふさがってたんだよ。
妹　ほかに乗客もいないのに？
兄　車掌がいるんだろ？
妹　運転手さんもいるわね、きっと。
兄　そいつらが使ってたんだ、多分。
妹　でも、隣の車両もそのむこうのトイレにも兄さんはいなかったわ。
兄　グリーン車まで行ったんだ、五つばかりむこうの。どうせお邪魔するんなら少しでも綺麗な方がいいと思ってね。
妹　そう。ならいいんだけど　…（と、椅子に座る）

兄　なにを勘ぐってるんだ。
妹　別に。でも　…
兄　しつこいな。
妹　いなくなってかれこれ三十分よ。ずいぶん込み入ったご用がおありだったのね。
兄　ここ三日ばかりご無沙汰してたからな。
妹　あんまり遅いから、お友達でも出来て話し込んでるのかと思ったわ。
兄　バカ。あそこはひとりで孤独をかみしめるところだ、友情を育む場所じゃない。

と、兄が座ろうとすると

妹　ちょっと手を見せて。
兄　洗ってきたよ。ほら、濡れてるだろ。そう言われるだろうと思って拭かずに来たんだ。
妹　いいわね兄さんは、いつまでも子どもでいられて。
兄　よせよ、もう四十だぞ。
妹　（ハンカチを差し出し）これで拭いて。

兄、ハンカチを受け取って、これみよがしに丁寧に手を拭く。

妹　（ボソッと）カズ枝さんは確か二十六だったわね。
兄　なんだって？
妹　…よかったわ、いいお天気になって。
兄　いまなんて言ったんだ。
妹　え？
兄　いま
妹　だから、いいお天気になってよかったって。（鞄から折り畳み傘を取り出し）傘なんか持って来なきゃよかった。これ、商店街の福引で当たったのよ。（と、立ち上がって、傘を広げ）覚えてる？　あなたが抽選器をまわして、銀色の玉が出たからわたしたち、キャーって手を取り合って喜んで。特等は確か二泊三日の温泉旅行だったから喜んで喜んで。まさか、一等がこの折り畳みの傘だなんて、金と銀の間にそんなに落差があるなんて知らなかったから、ヤッタヤッタとあなたは得意満面で…、忘れられないわ。
兄　雪が降ってた。
妹　途中で降りだしたのよ。歳末の大売り出しだったのね。
兄　早速役に立ってよかったわねって。
妹　わたしが？
兄　なぐさめてくれたんだ。
妹　でも、温泉に行きたかったねって。
兄　ぼくが？
妹　（傘を畳みながら）降るかもしれないわよね、お山の天気は変わりやすいって言うから。
兄　まだ小学生の子どもだったわたしは、温泉へ行っていったいなにをするつもりだったんだろう？
妹　兄さん、ネクタイは？
兄　え？
妹　さっきまでしてたでしょ。
兄　あるよ。持ってはいるんだけど。（と、ポケッ

トから取り出す）
妹　トイレで外したの？
兄　首がしまってると用がたせないんだ。
妹　初めて聞いたわ。
兄　話すほうだって初めてさ。
妹　思いもよらぬ肉体の神秘。
兄　嘘だよ。なんだか急に暑くなってきたもんだから……（と、急に落ち着きがなくなる）
妹　（座って）いま何時かしら。
兄　（ネクタイをもてあそびながら）ネクタイって首に絞める以外、なんの役にも立たないように思われてるけどさ。
妹　お弁当、売りにこないのかしら。
兄　これで案外役に立つんだよ、特に旅先ではね。
妹　お弁当は……（と、前後を見る）
兄　たとえば、滑って転んで腕の骨を折ってしまった。さあ大変だ
妹　そう言えばサンドウィッチが……（と、鞄の中を探す）
兄　でも大丈夫。そんな時にはホラ、こんな風にして使えるし、（と、ネクタイで腕を首から吊って見せ）それから
妹　あら、どうしたんだろう？
兄　山道を歩いていたらマムシに噛まれた。さあ、どうする。慌てることはない。ふくらはぎをやられた場合には、これでこんな風に強く縛って、傷口から毒を吸いだす。（と、太股を縛ってみせ）ね。それから、疲れてしまった、もう歩けない。だけどもうひと踏んばりが必要だって時には、こうして鉢巻きにしてだね
妹　なにをしてるの？
兄　だから、こいつの使用法をあれこれ
妹　よして、みっともない。ネクタイは首に巻くものでしょ。
兄　本来はね、首に絞めるもんなんだけど、……ちょっと絞めてみるかい？
妹　ここにサンドウィッチを入れといたんだけど、兄さん、食べた？
兄　食べたよ。
妹　食べたの？

兄　さっきふたりで食べたじゃないか。
妹　いいのよ。食べたんならいいんだけど、なんだかお腹がすいちゃって。
兄　おまえの方がたくさん食べたんだよ。
妹　しょうがないでしょ、わたしひとりのからだじゃないんだから。（と、頭に触れながら）
兄　車掌は？　なんて言ったんだ。
妹　しゃしょう？
兄　さっき検札に来たんだろ。
妹　ああ……
兄　おまえのそのあたまを見て何か言ったはずだよ、言わなきゃおかしいもの。
妹　確か……、そう、いい季節になりましたねって。
兄　そつのない切り出し方だ。
妹　苦労されてるのよ、兄さんと違って。
兄　立場が立場だけに好奇心をむきだしにするわけにもいかず。
妹　かといって見て見ぬふりをするのも不自然過ぎるし。
兄　そう、目の前には見たこともない人がいるんだからね。
妹　だから、ニコニコ笑いながらわたしのあたまを見て、「いい季節になりましたね」って。
兄　なるほど。それで？
妹　新婚さんですか？
兄　おまえの頭がシンコンさん？
妹　そうじゃなくって、わたしたちが
兄　ぼくたちが？
妹　新婚さんですかって。
兄　からかわれたんだ。
妹　悪意のこれっぽっちもなさそうなひとなのよ。
兄　だったらただのぼんくらだよ。
妹　いやね、そういう言い方。
兄　誰かに似てるって言うんだろ。
妹　…誰だったかしら？
兄　死んだパパだよ、きっと。
妹　死んだパパ……？
兄　知ってるかい？　今度の誕生日がくると、ぼくはパパよりひとつ年上になるんだ。

妹　知らない間にずいぶんなお歳になられて、まあまあ。
兄　ってことは、ミチルは幾つになるのかな？
妹　去年までは、兄さんより三つばかり年下だったはずだから。
兄　じゃ、十八か。
妹　四捨五入すればね。
兄　高等数学だ。

ふたり、声をあげて笑う。

妹　でもおかしいのよ。わたしより先に生まれた兄さんの産声を、わたしは確かに聞いたことがあるような気がするの。
兄　だったら聞いたんだよ。
妹　わたしの耳は地獄耳？
兄　なんたってその頭だからな。
妹　ひとの気も知らないで。
兄　知ってるよ、この木は桜だ。（と、妹の頭を指さし）
妹　（無視して）お弁当、売りに来ないのかしら。
兄　ほかには？
妹　なにが？
兄　車掌だよ。
妹　やけにこだわるのね。
兄　世間の目ってやつを知りたいのさ。鵜の目鷹の目がこんなおまえをどう見るのかをね。
妹　桜の木の下には死体が埋まってるんだって。
（と、座って）
兄　その車掌が言ったのかい？
妹　誰かの言葉でしょ、きっと。
兄　気にしてるんだ。
妹　生きてる心地がしないわ。
兄　勘違いしちゃいけない。シタイっていったって死んだからだのことじゃなくって、欲望のことなんだから。
妹　死体が欲望？
兄　あれがシタイこれがシタイって言うだろ。
妹　あのシタイ？
兄　アレアレ。

妹　おやおや。つまりわたしは、桜の木の下に渦巻く欲望ってこと？

兄　生きる希望さ。

妹　イヤー。

兄　奇声を発したね、喜びのあまり。

妹　去り際に、車掌さんが帽子をとってお辞儀をしながら言ったのよ。「いやぁ、枯れ木も山の賑わいとか申しますが、今日はいたって少ないお客様ですのに、なにがなんだか気がせいて気がせいて。ではまたお大事に」。

兄　きっとヤツは怖くなったんだ。おまえとふたりっきりでいたら、なにかとんでもないことが起こりそうな気がして。確かに、こうして桜の花を頭上にいただいてると、なぜだか気がせいて気がせいて、してはいけないことまでシタイ気持ちにさせられる。

妹　気持ちになれば？　なにがしたいの？

兄　言わぬが花さ。

妹　…あっ。

兄　風が吹いてるよ。

妹　（桜を見上げて）…動いてる。

兄、ネクタイの両端を妹に気づかれぬよう、そっと左右の指に絡ませる。

妹　兄さんとまたこうして旅に出られるなんて、夢のようだわ。

兄　もしかしたら、夢かもしれないよ、これは。

妹　（隣の椅子をトントンと叩いて）兄さんも座ったら？

兄　ああ。（と、座る）

妹　寒いの？

兄　いや、暑いくらいだよ。

妹　でも、震えてる。

兄　ああ、指先だけが。きっと花冷えなんだ。（と、額の汗を拭う）

妹　あとどれくらいで着くのかしら。

兄　もうすぐだよ。あと十分か十五分もすれば急に暗くなるはずだから…

妹　トンネルに入るのね。

兄　その長いトンネルを抜けると、そこが「思い出の国」さ。
妹　また、死んだおじいちゃんやおばあちゃんに会えるかしら。［注⑥］
兄　パパにだって会えるよ、おまえの思い出の中に生きてさえいれば。
妹　兄さん、見て。子どもたちが手を振ってるわ。
兄　ああ、振ってるね。
妹　振ってるでしょ。
兄　振ってる振ってる。
妹　犬が走ってる。
兄　シェパードかな、あれは。
妹　むこうで草を食べているのは？
兄　牛かな？
妹　角が生えてる。
兄　やっぱり牛だ。
妹　…きれいな夕陽。
兄　…誰だったかな。赤く染まった西の空を食べてしまいたいって書いた詩人がいたっけが。
妹　兄さん。
兄　なんだい？
妹　楽しい？
兄　楽しいよ。
妹　カズ枝さんといるよりも？
兄　（ゆっくり席を立ち）…
妹　枕、投げちゃおっかな。（と、脇の鞄を膝に）
兄　いまなんて言った。
妹　（鞄から枕を取り出し）小学生の時よ。二泊三日の修学旅行から帰ってきたあなたに、どうだった？　ってわたしが聞いたら、楽しかったよ、面白かったよ、夜、みんなで枕投げをしたんだよって。
兄　ミチル。
妹　なに？
兄　誰なんだ、カズ枝って。

妹、立ち上がっていきなり兄に枕を投げつける。

兄　痛ッ！
妹　ほら、今度はあなたの番よ。

兄、枕を拾って投げ返す。妹もそれを拾って……。
兄は山なりで投げ、妹はそれに苛立って強く投げ返す。繰り返す。

妹　兄さん。
兄　なんだい？
妹　これが枕投げ？
兄　そうだよ。こうして枕を投げ合ってるんだから。
妹　楽しい？
兄　楽しいよ。
妹　静かな遊びね。
兄　なんだか、のどかな昼下がりの公園でキャッチボールをしてるみたいだ。
妹　ひょっとして兄さん、手加減してない？
兄　ビョウキだからね、おまえは。
妹　ちょっと待って、靴を脱ぐから。
兄　よせよ、そんなにムキになったらからからだに障るから。
妹　分かった。（と、行きかける）
兄　どこへ行くんだ。
妹　車掌さんを呼んでくる。わたしに代わって枕投げをしてもらうの。
兄　ミチル。
妹　だって兄さんはちっとも楽しそうじゃないんだもの。
兄　楽しいよ、楽しいと言ってるじゃないか。
妹　（枕を投げ捨て）楽しくないのよ、わたしは。
（と、行ってしまう）

兄は妹を見送って。枕を手に取り顔にあて、そっと匂いを嗅ぐ……。
そして、鞄に枕を入れて……

兄　（ひとりごとのように）「おおお……おゥ！　手ェ」「なんだっ、足ィ」「なんだじゃねェ。いまおもてェ歩いてきてな、てめえよりおいらの方がぐっとくたびれてる。（正座しながら）家ン中へ入ってやれやれと思って座る途端に、おまいがおれの上に乗っかるってえのぁ、どういうわけのもんだ、置きどころを考えろ！」

落語「あたま山」の一席。以下、次第に調子があがり、声も大きくなっていく。

兄　「生意気なことォ言ってやがら。手と足じゃ貫禄が違う。ひとさまに物をやればばッたって、手でやったりもらったりするんで足じゃ出来めえ。神仏をおがめばッたって、手で拝む。足で拝んでみろ、罰があたら。そんな生意気なことォ言ってると力ァ入れて（と、膝を押す仕種）」「押すなよ」「押したが（膝をぽんと殴って）どうしたァ」「この野郎、殴りやがったなァ、覚えてろよ。今度湯へへえったら、てめえに洗わせてやる」…なんてバカな話があったもので。

…こんな奇抜なお話もございます。ケチ兵衛さんてェひとがおりましてな。このひとがさくらんぼうを食べていたところ、根がけちんぼうですから、種ももったいないからって一緒に食っちまった。このォ種がお腹ン中でもって、体内の温かみでもって、つい育ってしまってな、種から芽が出てだんだんだんだん、これが成長しますと、頭から突き抜けて立派な幹ンなって枝を広げて、春になりますと、これはまた見事な桜の花が咲きはじめました。（幇間）「旦那さま、いかがでございます？　あたま山の評判をお聞きンなりましたか。一本の桜の木でございますが、それはそれは見事なもので、ええ、え。どうです、これから出かけようじゃありませんか」ッてんで、芸者衆もひきつれてワーッと繰り込んできまして、朝からどんちゃん騒ぎ。

お賑やかに、三味線・太鼓の鳴り物が入る。

妹、戻ってきて、熱演している兄を見ている。

兄　（妹に気づかず）なかにゃ酔っ払いでくだァ巻きながら、「なによォ？　おれの言うことォ聞かれねえてか、さぁ、矢でも鉄砲でも持ってこい！」ってこれが喧嘩ンなる。うるさくってしょうがない。頭をひとつ振りますと、みんな「地震だ、地震だ」ッて逃げてっちゃった。

鳴り物、やむ。

兄　ああ、こんな木があるからいけないんだってンで、これィ手をかけて、えいッと引っこ抜いたらば［注⑦］……（妹に気づき）お帰り。
妹　どこへ行ってたの？
兄　どこって、ずっとここにいたよ。
妹　嘘。ちょっとトイレにって出かけたでしょ。
兄　だから、出かけて戻ってきたんじゃないか。
妹　わたし、探したのよ。
兄　行き違いになったんだ、きっと。
妹　ちょっと手を見せて。
兄　さっき見せただろ。
妹　いいから。
兄　（手を差し出し）洗ってきたよ。
妹　濡れてない。
兄　拭いたから。
妹　そう。……ならいいんだけど。
兄　なにを言ってるんだ、いったい。
妹　もう一度洗って来てくれる？
兄　どうして？
妹　食事にするから。（と、椅子に座る）
兄　さっき食べたじゃないか。
妹　食事にするの！（と、食パン等の入った袋を、鞄の中から取り出す）
兄　分かったよ。
妹　ちょっと待って。ハンカチ……（と、探す）
兄　ハンカチなら持ってるよ。（と、ポケットからハンカチを出す）
妹　……どうしたの？　それ。
兄　さっきこれで拭けって渡してくれたじゃないか。
妹　誰が？
兄　おまえ以外に誰がいるんだ。

妹　でも、それはわたしのじゃないわ。
兄　そうだよ、もともとはぼくのなんだから。
妹　…あなたの？
兄　あなたじゃない。
妹　だから、わたしのじゃなくてあなたのものなんでしょ。
兄　違う。
妹　違うの？
兄　ぼくのことをあなたって呼ぶのはよせって言ってるんだ。
妹　わたしは地獄耳よ。そんなに大きな声を出さなくたって聞こえるわ。
兄　早く夢から醒めてもらおうと思ってね。
妹　変よ、兄さん。
兄　どこが？
妹　たかがハンカチ一枚のことでそんなにムキになったりして。
兄　ムキになんかなってないよ。これはぼくのハンカチだって言ってるだけじゃないか。
妹　…隠さなくったっていいのに。

兄　隠す？　なにを。
妹　だからもういいのよ、分かったから。早く手を洗ってきて。
兄　どうしてそんな奥歯に物が挟まったような口のきき方をするんだ。
妹　二、三日前から右の奥歯が痛いの。
兄　ミチル　…（と、なにげなく妹の肩に触れると）
妹　汚い手で触らないで！（と、兄の手を振り払い、離れて）…見たのよ、わたし。
兄　なにを？
妹　兄さんはわたしの知らない、若い女と楽しそうに話をしてたわ。
兄　いつ？　どこで？　ぼくが誰と話をしてたんだ。
妹　…あのひとがカズ枝さんなのね。
兄　…なにを言ってるんだ。
妹　「ねえ、おじいさん、わたしは今日あたり、生きてる孫たちが会いに来てくれるような気がするんですがねぇ」

妹はひとりで、メーテルリンクの『青い鳥』の「思い出の国」の場を演じ始める。

妹 「ああ、わたしもそんな気がするよ。膝のあたりがチクチクするからね。きっとあの子たち、わたしたちのことを思い出してくれたんだ」

「あの子たち、すぐ近くまで来ているような気がするわ。わたしの目の中でうれし涙が踊ってますもの」

「ぼくたちここにいるよ。おじいさん、おばあさん」

「まあ、チルチルや、ミチルや」

「チルチルはまあずいぶん大きくなって」

「それからミチルも。ごらん、このきれいな髪を、かわいい目を。この子はなんとまあいい匂いがするじゃないか」

「おじいさん、ちっとも変わってないなぁ、おばあさんも。ううん、ふたりとも前よりずっときれいになってる」

「そうだよ。わたしたちはもう歳をとらないんだ。おいで、このドアのところへ。この印、覚えてるかい？　前に来たとき、ここで背を測ったんだよ。さあ、チルチル、まっすぐ立ってごらん。おお、指四本分。こりゃ驚いた。今度はミチルだよ。どれどれ。やあ、四本半だ。おお、おお、この腕白どもがこんなにこんなに大きくなって　……(兄が行くので) さようなら」

兄 手を洗いに行くだけだよ。

妹 そうやってあなたはいつも逃げるのよ。

兄 汚いから洗ってこいって言ったじゃないか。

妹 どうしてそんな見えすいた嘘をつくの？　はっきり言えばいいでしょ。彼女が待ってるから、わたしはいいから、どうでもいいから、カズ枝のところへ行くんだって。

兄 カズ枝なんて女がいったいどこにいるんだ！

妹 ……まだ三月も半ばだというのにポカポカと、桜のつぼみもほころびそうなとても暖かな日曜日だったわ。お昼を食べたら買い物に出かける約束をしてたのに、時計の針が十二時を回ってもあなたはぐずぐずと、いつまでもベッドの中で新聞を読んでいる。わたしはイライラと、何度も食事の用意が出来てると告げに行き、そのたびにあなたは、分かった分かったと答えて。

電話のベルが鳴る。電話はいつだって突然かかって来るものだけれど、あの時はなにかとてもいきなりな感じがして、わたしは一瞬どぎまぎしたわ。あなたは俺だ俺だと足早にやって来て、それはいかにもおまえはむこうへ行けと言わんばかり。「カズ枝か、カズ枝だろ。いまどこにいるんだ、えっ、おい、どこにいるんだ、カズ枝、答えろ、どこからかけてるんだ」…台所で幾度も温め直したコーヒーを、さらにまたもう一度温め直しているわたしの耳に、あなたのそんな声が聞こえたわ。あなたはなんにもなかったように台所にやって来て、コーヒーにたっぷりとミルクを入れて、立ったままひと息で飲み干し、ちょっと出かけるからと、まるで悪戯を見つけられた子どもみたいに照れたように笑って。

「晩ご飯はどうするの？」「食べるよ」「食べるのね」「食べるよ、決まってるじゃないか」「ほんとね」「しつこいよ」

…その夜、あなたは帰ってこなかった。翌日も、その翌日も。あなたはとうとう帰ってこなかった。

兄　…そのあなたというのは、ぼくじゃないね。

妹　あなたよ。

兄　ぼくじゃない。

妹　どうしてそんな見えすいた…

兄　だってぼくはここにいるじゃないか。

妹　すぐにいなくなるわ。…いなくなる。わたしを置いて、誰もいなくなってしまう。

兄　分かってるのかい？　ぼくはあなたの…

妹　ほら、電話が鳴ってる。早く来てってあなたを呼んでる。

遠くで電話のベルが鳴っている。

兄　その日、春休みに発表する学芸会の稽古で遅くなり、家に着いた時にはもう六時を過ぎていた。母はいなかった。お腹がペコペコだった。食堂のテーブルの上にサンドウィッチと、そして、お芝居の衣裳を買いに行くから帰りは遅くなるかもしれません、と書いた母の伝言が置いてあった。電話のベルが鳴った。確か、二つ目のサンドウィッチを頬張った時だ。受話器をとると、少しなまりのある男の声が母はいないのかと尋ねた。いないと答えると、少しためらう間があって、彼は警察のものだがと、そこで初めて自らの身分を明かし、さらに、本当は坊やには直接話したくはないんだがと前置きをして、いいかい、落ち着いて聞くんだよ、実は坊やのおとうさんが　……
彼はゆっくりと、言葉を選びながら父の死を告げた。
受話器を置くとぼくは食堂に戻り、残りのサンドウィッチを食べた。残らず食べた。とにかくお腹がすいていたんだ。翌日、ぼくは母と一緒に父が死んだという北国へと出かける。ぼくは走る列車と寄り添うように流れる窓の外の風景を見ている。母はほとんど喋らない。遠くで牛がのんびりと草を食んでる。ぼくはあの時、生まれて初めて本物の生きてる牛を見た。線路の脇に立ちぼくらに手を振る子ども達、走る犬。ぼくはまだ八つのガキだったが、もう二度と彼らのように無邪気にはなれないだろうと思った。血を流したような夕焼けがとてもきれいで　……

妹　あなたが誰だか分からなくなるわ、時々だけど。

兄　だからその、桜の木の枝にロープを渡し、両端をお互いの首に巻きあって若い女と心中した、気弱な男のたったひとりの息子だよ。

妹　どこへ行くの？

兄　クスリの時間だ。（と、去る）

ヒューと風が吹いて、桜の花びらが舞う。

思いをめぐらせているのか、妹はじっとおし黙ったままだ。そして、めぐる思いの中からフッと浮かび上がり口をついて出たのは、以前にも聴き、そして歌ったあの懐かしい子守歌である。

枯木の中を枯木の中を　帰りけり
葱《ねぶか》買うて　葱《ねぶか》買うて

兄が戻って来る。白い手袋をして。

妹　…車掌さん？
兄　またどこかへ隠したね。
妹　切符でしたら
兄　クスリだよ。
妹　すみません、まだ帰って来ないんですよ。
兄　別にいいんだけどさ。
妹　いったいなにをしてるのかしら。
兄　クスリはあれだけじゃないんだし。
妹　わたしちょっと　…
兄　たとえば、これ。（と、ポケットからネクタイを取り出す）
妹　ちょっとあの子を見てきます。
兄　これが効くんだ。（と、行こうとする妹を止めて）
妹　…あなたは？
兄　そろそろ駅だよ。
妹　思い出の国？
兄　きっと青い鳥が見つかるよ。亡くなったパパにも会える。
妹　身ぎれいにしなくっちゃ。
兄　ごらん、兄さんの手はもう汚れてないから。（と、手袋をした手を見せ）
妹　兄さんはとてもおしゃれです。
兄　そう。だから、ミチルもネクタイを絞める。強く絞める。強く強く力いっぱい絞める。
妹　それが効くのね。
兄　まるで夢のようにね。
妹　でもわたし、これをどうやって結んだらいいのか　…
兄　それはぼくの仕事だ。（と、妹の首にネクタイを巻く）

妹　ありがとう。
兄　いいかな、絞めて。
妹　強く絞める。強く強く
兄　力いっぱい絞める。（と、呪文のように）
妹　なんだか暑くありません？
兄　窓を閉めたんだ。そろそろトンネルに入るからね。
妹　あっ、花びらが　…
兄　クスリが効き始めたんだ。

花びらが舞う。

妹　あなたは？
兄　なんだい？
妹　あなたも一緒ね。
兄　もちろんさ。ぼくたちはどこまでも一緒だよ。（と、妹の首を絞める手にさらに力が入って）

暗くなる。ゴーと列車がトンネルの中を走る音。

妹の声　兄さん　…
兄の声　大丈夫だよ、ちょっとの間さ。あっと言う間にトンネルを抜けて、明るくなったら　…

列車の音は兄の言葉をかき消して、耳を聾さんばかり。
列車の音が遠ざかり、明るくなると　…
満開の桜の下。妹は幾つかの旅行鞄に囲まれて、何事もなかったかのように、縫い物をしている。
食パン等が投げ出されているのは前景のままだが、二脚の椅子は、桜の木の脇に移動している。

妹　え、なあに？　それから？　ああ、さっきの話の続きね。どこまで話したのかしら　…、ああ、そうそう。
だからもう、うるさくてたまらないから、桜の幹に手をかけて、エイッと引っこ抜いたのね。（と、縫い物の手を止めずに話し始める）やれやれ、これで静かに暮らせるわいなんて思ったんだけど、根っこから抜いたから、ケチ兵衛さんの頭のてっぺんには大きな大きな穴ぼこが出来ちゃった。
さて、ある夏の日の昼下がり。ちょっとした用足しに出かけたところが、突然雨が降ってきて。それがすごい夕立で足の先まで濡れねずみ。頭の窪みにも、その雨水がたっぷりたまってしまったの。すぐにそれを掻き出せばよかったんだけど、ケチ兵衛さんはケチだから、もったいないと思ってそのまま頭の水を捨てずにいたの。そしたら、どうでしょ。段々と水がなじんできて、まずぼうふらが湧く、それからふなが湧く、どじょうが湧く、土手のあたりには草なんか生えてきて、まるで池みたいになっちゃった。こうなるとそれが当たり前みたいに、朝早くから子どもたちがやってきて、釣り糸をたれる、ドボンと飛び込んで水遊びをする、池のまわりを走り回って、泣く子、笑う子、暴れる子、頭の上では前にも増してもうしっちゃかめっちゃか、大変な騒ぎになってしまって ……［注⑧］

兄が現れる。手にロープを持っている。

妹 （気づいて）ご苦労さま。
兄 ？
妹 お疲れでしょ。
兄 いえ、それほどでも ……（妹は自分のことを誰と思っているのか？）
妹 少しお休みになったらどうですか？ わたしもこれが終わればお手伝い出来ますし。
兄 お構いなく。これはわたしの仕事ですから……。（と、さりげなく、ロープの両端に輪を作り始める）
妹 お芝居の衣裳なんです、子どもの。
兄 そりゃ大変だ。
妹 本当はとっくの昔に仕上げてなきゃいけないんですけど、ぐずなもんだからこんなお引越し間際まで ……
兄 （やっと設定が飲み込めて）いえいえ、わたしの方は勝手にやらせていただきますから、気に

なさらずに、お母さんはお母さんのお仕事を…（と、桜の枝にロープをかける）

妹　あら、それは…

兄　いけませんか？

妹　いいんですけど…、あなたお食事は？

兄　はい？

妹　よろしければ、これ（食パン）、残り物であれですけど…

兄　ありがとうございます。でも、まだ仕事中なんで。

妹　分かったわ。家で誰か食事の用意をして待ってる方がいらっしゃるのね。

兄　ああ、ええ、まあ…

妹　うらやましい。

兄　別にそんな、母ですよ。

妹　おひとりで？

兄　ええ。でも、ぼくが誰だか分からないんです。

妹　わたしだって知らないさ。

兄　ええっと、それは…？

妹　だから探してきてもらいたいんだよ。歌をうたう草の方はなけりゃないですませるが、青い鳥の方はぜひとも入り用なんだ。

兄　お芝居の台詞ですね。

妹　わたしの小さな娘がひどく患っていて、その娘のためなんだよ。

兄　その子はどうしたの？（と、妹にあわせて）

妹　さあ、よくは分からないんだが、きっと幸福になりたいんだろうよ。

兄　そう。

妹　お前たち、わたしが誰だか分かるかね。

兄　お隣のベランゴーおばさんに似ているようだけど…

妹　似てるもんか、ちっとも似てやしないよ。わたしは、わたしは…

兄　（小声で、台詞を教えるように）魔法使いの魔法使い？

妹　（同じく）魔法使いのベリーリュンヌなんだよ。

兄　失礼ですが、あなた様は？

妹　?!

兄　どなたでしたかしら？

兄　さあ、それは　…

妹　さあだなんて、ご自分のことよ。

兄　じゃ、そう言うあなたは？　誰なんです？

妹　（笑いながら）わたしなんてあなた、名乗るほどのものではありませんもの。

兄　ああ言えばこう言う。

妹　さあ、出来たわ。

兄　おめでとうございます。

妹　でも、着てくれるかしら、あの子。

兄　大丈夫ですよ。

妹　男の子のくせになにかとうるさいんです。

兄　父親に似たんですね、きっと。

妹　試しに着てみます？

兄　わ、わたしがですか?!

妹　着られるかしら？

兄　ちょっと寸法が　…

妹　あの子もきっとそういう顔をするんです。だからこうして、何度も何度も作り直して　…（と、縫ったものをほどき始める）すみません、すぐに終わらせますから、ええ、これが終わり次第、すぐにわたしもお手伝いを　…

兄　いえいえ、わたしの方は勝手にやらせていただきますからあまり気に

妹　お芝居の衣裳なんです、子どもの。

兄　なるほど。

妹　本当はとっくの昔に仕上げてなきゃいけないんですけど、ぐずなもんだからこんなお引越し間際まで　…ああ、わたしったらなにをしてるのかしら、お茶もお出ししないで。（と、立ち上がる）

兄　お茶くらい自分でいれますから。

妹　すみません、なにからなにまで。

兄　…（立ち上がった妹の足元を見ている）

妹　（その兄の視線を追って）…

濡れている。

妹　濡れてるわ。雨かしら？

兄　ああ、とうとう降ってきましたね。（と、去る）

妹はおもむろに傍らの折り畳み傘を手に取って、開く。すると、当然のように思いはめぐり、その視線は枝から垂れ下がったロープの両端の、ちょうど人間の首を入れるのにピッタリの大きさの輪に吸い寄せられる。

妹　（呟くように）雨が……、雨がしとしと降っていて……傘の柄を握りしめるわたしたちの足元には、泥にまみれた花びらが、一枚二枚三枚……。もしかしたら、あの時あの子はそんな風に呟いていたかもしれない。見上げれば、それとは裏腹に満開の桜は誇らしげに咲いていて、けれど、そのむこうに広がるどんより曇った空には、鳥もなく、虹もなく……。雨はどこから降ってくるのかなどと、場違いなことを考えていたのかいないのか。とにかくわたしはポカンと空を見ている。あるいは、そんなわたしをあの子は不安げに見ていたのかもしれない。時よ、はやく流れよとばかり、数を数えながら。

兄が雑巾を手にして、戻って来る。

兄　ああ、まいっちゃうなあ。こう毎日毎日雨降りじゃ洗濯物が乾きゃしない。（と、濡れたところを拭く）
妹　バカ。
兄　なにかおっしゃいました？
妹　バカよ、あなたは。帰ってくるなりお掃除なんて。
兄　好きなんです、拭き掃除。
妹　罪滅ぼしのつもりかも知れないけど、わたしからみれば嫌みにとれなくもないのよ。ホラやっぱりだ、俺が少し目を離すと部屋の掃除もろくろくしないんだから……

兄は、妹が自分のことを父、つまり、彼女の夫と見なしていることに気づく。

兄　誤解だよ、それは。

妹　分かってるわ、バツが悪いんでしょ。
兄　そう、なんとなく照れくさいっていうか……
妹　だってこんなに待たせたんですものね。
兄　気にはしてたんだ。でも……
妹　いまさら俺が悪かったって頭を下げるのもお芝居じみてるし。
兄　嫌いなんだ、お芝居は。
妹　だからって、ただいまと言いながら平然と、いつものように、何食わぬ顔で、何事もなかったように玄関のドアを開けられるほど図々しくはなれないし。
兄　おっしゃる通りです。
妹　（苦笑して）なに、その言い方。
兄　ちょっと他人行儀だったかな。
妹　そりゃもう確かに他人だけど。
兄　きついな、相変わらず。
妹　それにしても、ずいぶん変わったわね。
兄　そう？
妹　変わったわよ。
兄　どこが？
妹　お皿一枚洗ったことのなかったあなたが、雑巾持ってお掃除なんて。
兄　たまにはね、これくらいしないと。
妹　うるさいのね、カズ枝さんが。
兄　カズ枝か。まあ、あいつは若いからね、男だから女だからなんて言わないし、言わせないんだ。
妹　ご苦労様。
兄　でも、元気そうで安心した。
妹　元気そう？　誰が？
兄　きみだよ。
妹　いまはね。でも時々頭が重くなって、時々だけど。お酒を飲んだり歌ったり、みんなで騒ぐでしょ。わたしもハッキリ断ったらいいんだけど、とにかく相手は大勢でひとりやふたりじゃないから、それもけっこう大変なのよ、だから……。こんなこと、いつまで続くのかしら。
兄　大丈夫だよ、今日はぼくがついてるし。
妹　よくそんなことが言えるわね、ぬけぬけと。

兄　だって、いまのぼくに出来ることっていったら……

妹　座って。

兄　？

妹　座るの、ここに。

　　兄、座る。妹も兄の対面に座って。

妹　あなた、分かってる？　ひとの頭の上で、よりによって自分の女房の頭の上でよ、知らない女と心中をして新聞沙汰になったのは誰？　恥知らず！

兄　……やっぱりぼくは帰ってこなかった方がよかったみたいだね。

妹　またそうやって逃げる。

兄　なにをどうしたら許してくれるんだ。

妹　居直るの？

兄　分からないから聞いてるんだよ。

妹　あなたには責任があるはずよ。

兄　責任？

妹　あるでしょ。

兄　セキニン……

妹　忘れてしまったの？

兄　忘れちゃいないよ。でも、いろいろあり過ぎて……

妹　例えば？

兄　え？

妹　いろいろあったって、なにがあったの？

兄　いや、だから、つまりその……

妹　もう沢山！

兄　……ごめん。（と、頭を下げる）

妹　早く食べて、片づかないから。

兄　？

妹　食べないの？

兄　いや、食べるけど……（なにを言われてるのか？）

妹　約束したでしょ、必ず食べるって。……待ってたのよ。あの日、あなたが食べるって言うから、必ず食べるって言うから、わたし、晩ご飯を作って待っていたのに……

兄　（傍らの食パン等を示して）これを食べればいい

兄　のかい？
妹　そうよ、いますぐ。
兄　（ハムの塊を手に取り）これがセキニン。
妹　約束したんだから、あなたは。
兄　（ハムの臭いを嗅いで）…もう少し早く戻ってくればよかった。（と、かぶりつく）

妹、兄をジッと見ている。

妹　（苦笑して）もう少し落ち着いて食べたら？
兄　きみがあんまり見つめるからだろ。
妹　だって久しぶりなんだもの。
兄　心配してたんだ。もしかしたらもう忘れられてしまってるんじゃないかって。
妹　…忘れられるものなら忘れてしまいたいわ。
兄　言わなければよかった。（と、食パンを口に入れる）
妹　手も洗わないで。
兄　あ。（と、立とうとするが）
妹　いいから、早く食べて。
兄　ごめん。
妹　…おいしい？
兄　うん、おいしいよ。ハムは口に入れたらそんなに匂いも気にならないし、硬い食パンも、奥歯で噛みしめると甘さが口の中に広がって……
妹　ほんとにおいしい？
兄　ほんとだよ。
妹　カズ枝さんが作ったものよりも？
兄　そこは、いい勝負かな。
妹　（苦笑して）そんなに気を使わなくってもいいのに。
兄　ハサミでもなんでも、適当に使ってやらないと錆びつくからね。
妹　あなたはきっと早死にするわ。
兄　そうかな。
妹　あきれた。あなたはもう死んでるのよ。
兄　え？　ああ、そうだ、すっかり忘れてた。
妹　頼りないひとね、ほんとに。
兄　ハッハッハ。（と、笑って）…シンドイ。

妹、なにを思いついたのか、鞄の中を探し始める。

兄　ところで、タダシはどうしてる？
妹　タダシですか？
兄　あいつもそろそろ四十だろ。久しぶりにあいつの顔を見たいんだが。
妹　ダメですよ、あの子は。あなたと同じで遠くへ行ったっきり……
兄　札幌だろ。
妹　札幌へ行ったっきりですよ。
兄　帰って来ないのかい？
妹　帰って来るもんですか。わたしのことなんか忘れてしまってるんですよ、きっと。
兄　でも、これはタダシの旅行鞄だろ？（と、鞄を手にして）
妹　だから？　鞄がひとりで歩いてきたっておっしゃるんですか？
兄　だから、もしかしたらタダシは帰って来てるんじゃないかって。

妹　ダメですよ、あの子は。あなたと同じで遠くへ行ったっきり……
兄　さっきからなにを探してるんだ。
妹　だから……いいでしょ、なんだって。（自分でも分からなくなってる）
兄　チケットだったら
妹　違うわよ。アレよ、アレ。（ハムが目に入り）そう、ハム。ハムよ、ハム。
兄　ハムならここにあるじゃないか。（と、手に取って）
妹　それはハムでしょ。
兄　だってハムを探してるんだろ。
妹　違うの。なにを言ってるの、あなたは。だから、ハムをアレする……えっ？
兄　？
妹　なんのこと？　チケットって。
兄　だから、これだよ。（と、胸ポケットにあった切符を見せる）
妹　（手に取り）チケットだわ。
兄　そうだよ、チケットだよ。

妹　…（これはなんのチケットなのか？）

兄　ミチル。

妹　…ミチル？

兄　まさか忘れてしまったんじゃないだろうな。ぼくらは青い鳥を探しに行かなきゃいけないんだ。こんなところでいつまでもグズグズしてるわけにはいかないんだよ。

妹　お隣のベランゴーおばさんの

兄　そう。幸福になりたがってるビョウキの小さな娘さんのためにね。

妹　あなたが誰だか分からなくなるわ、時々だけど。

兄　ぼくもだ。自分が誰だか分からなくなる、時々だけど。

妹　かわいそうに。

兄　もう何日も眠ってないんだ。夢ばかり見てる。

妹　あなたのためになにかわたしに出来ることはないかしら。

兄　…（縫いかけの衣裳を手に取り）これはぼくの衣裳だね。

妹　？

幾度目かの劇中劇が始まる。「青い鳥」の冒頭である。

兄　ミチル。

妹　兄さん？

兄　眠ってるのかい？

妹　兄さんは？

兄　眠ってて話が出来るもんか。

妹　ねぇ、今日はクリスマスなの？

兄　まださ、明日だよ。でも、サンタクロースのおじいさん、今年はぼくたちになんにも持ってきてくれないんだってさ。

妹　どうして？

兄　母さんが言ってた。サンタさんにお願いに行く暇がなかったんだって。でも、来年は必ず来るって。

妹　…

兄　どうしたんだ。

妹　お芝居でしょ、これは。
兄　ああ、多分ね。だけど、時々はお芝居じゃないんだ、時々だけど。
妹　ごめんなさい、こんなことしてられないわ。わたし帰らなきゃ。（と、あたりのものを鞄に詰め込む）
兄　どこへ？
妹　わたしが帰るのを待ってるの。
兄　誰が？　誰が帰りを待ってるんだ。
妹　だから　…タダシよ。
兄　タダシは帰ってないんだろ。
妹　そうよ。だから　…いけない、あの子が帰る前にこれを縫い上げてしまわないと　…（と、鞄の中から衣裳を取り出した拍子に、中にあった登山ナイフを見つけ）あら、こんなところにあったわ。（と、それを取り出す）
兄　（驚いて）な、なんだ、それ。
妹　ナイフよ。でも、わたしはこれをなにに使おうとして　…？
兄　分かった。ハムだ。
妹　そうそう。あなたはお口がお小さくていらっしゃるから。（と、ナイフでハムを切ろうとするが）
兄　（素早く奪い取り）自分でやるよ。
妹　すみません。　…（縫いかけの衣裳を手に取り）すぐに終わらせますから。これ、お芝居の衣裳なんですよ、子どもの。
兄　…（枝から垂れたロープを見ている）
妹　本当はとっくの昔に仕上げてなきゃいけないんですけど、ぐずなもんだからこんなお引越し間際まで　…ああ、わたしったらなにをしてるのかしら、お茶もお出ししないで。（と、立ち上がる）
兄　いいんだよ、お茶は。
妹　分かってます。コーヒーでしょ。
兄　コーヒーもいらない。
妹　いったいなにをお出しすれば満足いただけるの？
兄　なにもいらない。
妹　なぜ？　どうして？
兄　だからもう、…胸がいっぱいで　…

妹　食べたくなければ食べたくないってハッキリ言えばいいでしょ。そうよ、あの日も。…お昼を食べたら買い物に出かける約束をしてたのに、時計の針が十二時を回ってもあなたはぐずぐずと、いつまでもベッドの中で新聞を読んでいる。わたしはイライラと、何度も食事の用意が出来てると告げに行き、そのたびにあなたは、分かった分かったと答えて。電話のベルが鳴る。電話はいつだって

兄、耐え切れず、妹を抱きしめる。

妹　(突然のことに驚くが) 電話のベルが鳴る。電話はいつだって突然かかって来るものだけれど…

兄　ミチル。

妹　苦しい。

兄　忘れるんだ。みんな忘れてしまうんだ。

妹　忘れてしまいたいわ、わたしだって。でもダメなの、頭が重いの、時々だけど。お酒を飲んだり歌ったり、みんながわたしの頭の上で騒ぎ始めると…こんなことしてられないわ。離して。わたし行かなきゃいけないところが

兄　ぼくも一緒に行くよ。

妹　ありがとう。そう言っていただけると心強いわ。急がないと…(と、ナイフを手にする)

兄　どうするんだ、そんなもの。

妹　いけない？

兄　なにに使うんだ。

妹　おクスリの代わりでしょ。

兄　ミチル…

妹　さあ、雪が降り始める前に行かないと…

兄　どこへ行くんだい、これから。

妹　お山よ。

兄　お山？

妹　わたしが帰るのを待ってるの。

兄　誰が？　誰が待ってるんだ、おまえの帰りを。

妹　神さま。

兄　…神さま？

妹　お山へ行く道は裏山の裾を廻って次の山の柊

の木の下を通って裾を廻り、三つ目の山を登って行けば池がある。池を三度廻って石段から四つ目の山を登ること。頂上に登れば谷のま向こうがお山。谷を廻れば次の山を左に見て進むこと。谷を廻れば二里半。途中七曲りの道があって、そこが七谷《ななたに》というところ。七谷を越せばそこから先はお山の道になる。お山は道はあっても道がなく、楢の木の間を上へ上へと登れば神様が待っている。［注⑨］

兄　そのお山というのは、楢山のことだね。

妹　ううん、わたしのあたま山よ。花が散って夏が過ぎ、秋がきてしまえばそろそろ雪が降り始める季節。その頃になればきっとわたしのお山も静かになるわ。

兄　…誰なんだ、きみは。

妹　ミチルでしょ？

兄　ぼくは？

妹　チルチル。

兄　（溢れ出そうな感情をおさえて）行こう、神さまが待ってるおまえのお山へ。

妹　もしかしたら青い鳥だって見つけられるかもしれない。

兄　そうだね。ほんとにそんなことになったら兄さんはきっと、泣いてしまう。

妹　（辺りを見回しながら）雲行きが怪しくなってきたわ。急がないと。

兄　大丈夫だよ。（ロープの輪を指し）あそこを抜けていけば近道なんだ。

妹　知らなかったわ、こんなところに抜け道があったなんて。

兄は、二つの輪の下に椅子を置く。

妹は椅子の上に立ち、輪を覗く。

兄　ほら、覗いてごらん。

兄　なにか見えるかい？

妹　ええっと、兄さんは？

兄　（妹と同様にして）ああ、遊園地が見えるよ。

妹　遊園地？
兄　湖の上の長い長い橋のむこうに。
妹　…ゴンドラが回ってるわ。
兄　遊園地は空っぽなのに
妹　はんなりとした音楽といっしょに
兄　ゴンドラがまわってる。
妹　ゆっくり、ゆっくり、上から下へ
兄　下から上へ
妹　空っぽのゴンドラが回っていたわ。
兄　日陰から遊園地の人が出てきて
妹　咳をして
兄　湖の方を見ながら体操をはじめた。あんな体操を神社の境内で見たことがある。足をはだけて
妹　メリヤスのパッチを見せて
兄　背の高い老人が、一ィ二ィ三ッといっていた
妹　傍にさびしい犬がいたわ　…
兄　遊園地のまん中にハイカラな食堂があって
妹　わたしたちはまるで田んぼの中を行くように歩いていったわ。

兄　透けて見えるドアの向こうに、「今日はホットサンド」と書いてあった。
妹　わたしはひんやりとしたそのドアを押し
兄　続いて入ったぼくは
妹　大きな声で
兄　ホットサンドふたつ！　と叫んだんだ。［注⑩］
妹　…誰だったのかしら、あの時のわたしは。
兄　ママだよ。
妹　あなたは？
兄　タダシ。
妹　…

花が舞い落ちる。

妹　風が吹いてる。
兄　雪だよ。雪が降ってきたんだ。
妹　急ぎましょ。
兄　この輪の中に首を入れて、目をつむって、椅子を蹴ってストンと落ちればアッという間だよ。

妹　この輪の中に首を入れて（と、首を入れる）
兄　目をつむって

妹が目をつむると、暗くなる。

妹の声　椅子を蹴ってストンと落ちて、アッと言うのね。
兄の声　言えるかどうかは分からないけど。

二脚の椅子が転がる音。

妹の声　あっ。

少し間。

妹の声　ねぇ、今日はクリスマスなの？
兄の声　まださ、明日だよ。でも、サンタクロースのおじいさん、今年はぼくたちになんにも持ってきてくれないんだってさ。
妹の声　どうして？
兄の声　母さんが言ってた。サンタさんにお願いに行く暇がなかったんだって。でも、来年は必ず来るって。
妹の声　来年って、遠い？
兄の声　そりゃ近くはないけど……、あれ？　母さんたちランプを消すの忘れてるぞ。よし、いいこと考えた。
妹の声　なに？
兄の声　起きよう。
妹の声　ダメよ、叱られる。
兄の声　平気だよ。ご覧、あの鎧戸のところ。
妹の声　まあ、なんて明るいんでしょう。
兄の声　お祝いの明かりだよ。
妹の声　なんのお祝い？
兄の声　お向かいの、お金持ちの家の子どもの家さ。クリスマスツリーがあるんだ。窓を開けてみようか。
妹の声　ダメよ、叱られる。
兄の声　大丈夫だよ、ぼくたちしかいないんだもの。

窓を開ける音。楽しい音楽が聞こえる。

兄の声　ほら、聞こえるだろ。

桜の木につけられた電飾が点滅して、音楽が遠ざかると、明るくなる。兄がひとり、座り込んで鳥かごを抱え、手にしたペンチで扉の部分を修理しようとしている。彼の周りに幾つかの旅行鞄があるのは前景と同様だが、桜の枝から垂れ下がっていたロープはない。

女の歌声が聞こえる。幾度も聴いたあの歌だ。

葱《ねぶか》買うて　葱《ねぶか》買うて
枯木の中を枯木の中を　帰りけり　…

＊

あれから三十年ほどが経過して。ここは老人介護施設の一室。

兄（前景と見た目はまったく変わらない）、あの懐かしい子守歌がどこから聴こえるのかと、辺りを見回す。

と、白衣を着た看護師が現れる。妹に似ている。

看護師　そろそろ夕ご飯のお時間ですよ。
兄　ああ、すぐ行くよ、これが終わったら。
看護師　ずいぶんご精が出るのね。
兄　鳥かごだよ。明日、これを持って出かけるんだ。
看護師　まあ、いいわね。どこへ行くの？
兄　どこって　…そりゃ、行ってみなきゃ分からないよ。
看護師　ひとりで行くの？　大丈夫かしら。
兄　もう子どもじゃないんだ、ぼくは。
看護師　そうじゃなくって。わたしもご一緒出来ないかなと思って。
兄　ダメだよ。
看護師　ダメなの？
兄　ダメだよ。
看護師　どうして？

兄　だって　…

看護師　分かった。ひとりじゃないんだ。

兄　へ、へ、へ。（と、照れくさそうに笑って）秘密だよ。

看護師　誰と行くの？

兄　だから、秘密だって言ってるじゃないか。

看護師　教えて、誰にも言わないから。

兄　へ、へ、へ、へ。

看護師　もしかして、ミチルさん？

兄　…ミチル？

看護師　違った？

兄　ミチル、ミチル、ミチル　…（思い出そうとするが）

看護師　これ、お部屋に運んでおきますから。（と鞄を持って、去る）

兄　…ミチル、ミチル、チルチルミチル？　…ミチルは妹　…いや、妹はいない。ぼくには妹なんかいない。（辺りを見回し）…誰もいない、もう誰も　…。パパが死んで　…（記憶をたどる）パパは死んだって誰かが電話で教えてくれたんだ。首を吊って、若い女と首を吊って、パパが死んでママも死んで　…ママは、ママも　…ママもあたま山の桜の木の枝にロープを渡して　…

遠くで三味線・太鼓の鳴り物の音が　…

兄　いや、違う。もう桜の木は抜いてしまってうるさくて、飲んで歌って騒ぐから頭が重くてうるさくて、根こそぎ抜いたら水がたまって、雨が降り出しぼうふらが湧きふなが湧きどじょうが湧いてうるさくて　…

鳴り物の音はかき消えて、あの「子守歌」が聴こえる。

兄　（その音はどこから？　と辺りを見回しながら）子どもは釣りをする、夜には夜で大人たちは舟を出し芸者衆も繰り出してうるさくて　…（と、桜の木にゆっくりと近づく）耐えられなくてそのあたまケ池に飛び込んで　…いや、ゴンドラが　…

「子守歌」はかき消え、代わって、楽し気で優しい遊園地から流れる音楽が　…

兄

あたまケ池の長い長い橋の向こうの空っぽのゴンドラは、はんなりとした音楽といっしょにゆっくりゆっくり、上から下へ下から上へ…（桜の木にすがりつき）咳をして、メリヤスのパッチを見せて、さびしい犬が、田んぼの中を行くようにあなたはドアをあけ、ひんやりしたドアをあなたがあけると、ぼくは大きな声で叫んだんだ。　…ホットサンドふたつ！　…（泣いているのかもしれない）

おしまい

［注］

注①　メーテルリンク「青い鳥」（堀口大学訳）を書き換えつつ引用。

注②　与謝蕪村の俳句を変形して引用。

注③　①に同じ

注④　ガルシア・マルケス『エレンディラ』（鼓直・木村榮一訳、ちくま文庫）の解説文（木村榮一）からヒントを得ている。

注⑤　①に同じ

注⑥　①に同じ

注⑦　落語「あたま山」は八代目林家正蔵口演のものを使用しているが、主人公の「けち兵衛」という名は、五代目古今亭志ん生のものから転用している。

注⑧　⑦に同じ。

注⑨　深沢七郎「楢山節考」（新潮文庫）からの引用だが、原作では、「楢山」となっているところを、劇作の都合上、「お山」と書き換えている。

注⑩　天野忠の詩「遊園地にて」（『現代詩文庫　天野忠詩集』思潮社）を引用しつつ、書き換えている。

眠レ、巴里

登場人物

ノゾミ（姉）
アキラ（妹）
星川（サラ金）

これは、夢・現＝生・死の間を行き交う、
ふたりの姉妹の物語である。

1

暗闇の中から。

ノゾミの声　（低く）ちょっと。ねえ、ちょっと。……
　アキラ、ちょっとアキラ起きてよ。
アキラの声　なによ。
ノゾミの声　シッ！
アキラの声　え？
ノゾミの声　ドアのところに……
アキラの声　？
ノゾミの声　聞こえない？
アキラの声　え？
ノゾミの声　誰か……
アキラの声　誰かいるの？
ノゾミの声　シッ！

ぼんやりと明るくなる。
ベッドの上のノゾミとアキラ（ともにパジャマを着ている）、抱き合い屈んで下手にある玄関のドアに目をこらしている。
部屋の真ん中に小さなテーブル。その上にラジカセ。床に電話、。中央奥にある窓越しにエッフェル塔が見える。上手側に台所、トイレ、浴室等がある気持ち。

アキラ　あいつ？
ノゾミ　バカ。なんであいつがわざわざここまで。
アキラ　……
ノゾミ　電話しようか。
アキラ　どこへ？
ノゾミ　フロント。
アキラ　フロント？
ノゾミ　ホテルの。
アキラ　そうか。
ノゾミ　あやしいヤツがいますって。

アキラ　そうか。ここ、板橋の家じゃないんだ。
ノゾミ　ちょっと待って。怪しいヤツってフランス語でなんて言うの？
アキラ　分かんない。英語でいいんじゃないの？
ノゾミ　そうよね、ここは三ツ星なんだから。
アキラ　三ツ星ホテルかあ。（と、部屋の中を見回しながら）
ノゾミ　それで？
アキラ　なに？
ノゾミ　なんて言えばいいの？
アキラ　怪しいヤツ？
ノゾミ　そう。
アキラ　ユニークマン？
ノゾミ　ふざけないで。
アキラ　だって……
ノゾミ　（受話器を取って）アロー、アロー。……切られてる。
アキラ　どうして？　どうすればいいの？　もし入って来たら。
ノゾミ　なにかない？
アキラ　なにかって？
ノゾミ　これでいいわ。これでガツンと……（と、テーブルのラジカセを抱え上げる）
アキラ　死んじゃうよ。
ノゾミ　見つかったら終わりなんだよ、わたしたち。
アキラ　せっかく巴里まで来たのに、なんで？
ノゾミ　祈ろう。
アキラ　え？
ノゾミ　怖かったら祈るの。
アキラ　なんて？
ノゾミ　神様。
アキラ　神様。
ノゾミ　神様！
アキラ　神様！
ノゾミ　わたしたちを
アキラ　わたしたちを
ノゾミ　助けて下さい。
アキラ　助けて下さい。
ノゾミ　繰り返す。
アキラ　繰り返す。

ノゾミ　繰り返すの！
アキラ　繰り返すの！
ノゾミ　シッ！
アキラ　…
ノゾミ　（耳を澄まして）…

ノゾミ、ラジカセを抱えて恐る恐るドアまで行って、外の気配をうかがう。

ノゾミ　帰ったみたい。
アキラ　ＯＨ！（と、欧米人のように肩をすくめて）
ノゾミ　なにそれ。
アキラ　祈りが通じたのね、きっと。
ノゾミ　ウー、重い。
アキラ　下ろせばいいでしょ。
ノゾミ　（ラジカセを下に置き）ああ、すっかり筋肉落ちちゃった。
アキラ　でも、誰だったのかしら。
ノゾミ　うん。
アキラ　あいつじゃないとしたら…
ノゾミ　きっと目をつけられたのよ、どこかの国の誰かに。日本人はみんなお金持ってるって思われてるし。
アキラ　また来るかしら？
ノゾミ　来ないわよ、もう。どうして？
アキラ　だって嫌じゃん。
ノゾミ　そりゃそうだけど…
アキラ　なに？
ノゾミ　別に。
アキラ　（傍らの腕時計を取り見る）三時半か。（と、言って欠伸する）
ノゾミ　眠いの？
アキラ　まだ生きてるし。
ノゾミ　なんだか目が覚めちゃった。明日どうしようか。
アキラ　明日？
ノゾミ　そうか、もう今日になってンだ。初めてのパリの日曜日。ボン・ジュール。
アキラ　きれいね。
ノゾミ　わたし？

アキラ　違う。アレよ。（と、窓を指さし）エッフェル塔。
ノゾミ　これ、夢じゃないんだよ。
アキラ　なんだか夢みたいだけど。
ノゾミ　とんでとんで。
アキラ　遠路はるばる巴里まで来ちゃったんだもんね。
ノゾミ　このホテルに泊まりたいのですが。
アキラ　（フランス語で）ジュ　デジィール　セジュル　ネ　ア　ロテル。
ノゾミ　部屋はありますか？
アキラ　エクス・ブー　ザヴェ　ユンヌ　シャンブル？
ノゾミ　トレビアン！
アキラ　メルシー。
ノゾミ　ノンノン。メルシー。（と、Rの発音を正して）
アキラ　（真似て）メルシー。
ノゾミ　ウイウイ。
アキラ　…あそこの部屋にはもう誰もいないんだよね。
ノゾミ　当たり前でしょ。
アキラ　でも、わたしたちがここにいること、きっと誰も知らない。
ノゾミ　そうよ。知っているのは夕方になるとどこからともなくやって来て、エッフェル塔が見えるこの部屋のあの窓を、トントンと優しくノックする巴里の風だけ。（と言いながら、ラジカセから音を出そうと悪戦苦闘）
アキラ　ＯＨ！（と、肩をすくめる）
ノゾミ　だからなんなのそれは。

アキラ、鼻歌を歌う。

ノゾミ　電池、切れちゃった。
アキラ　だから歌ってるんでしょ、わたしが代わりに。
ノゾミ　（ラジカセを強く叩いて）無用の長物。
アキラ　メニューを見せて下さい。
ノゾミ　ド　ネ　モア　ラ　カルト。
アキラ　ステーキとフライドポテトをお願いします。
ノゾミ　アン　ビフテック　フリット、シルヴ　プレ。
アキラ　赤ワインを一本下さい。

ノゾミ　（少し考えて）……ユンヌ　ブテーイル

アキラ　（かぶせて）生牡蠣を下さい。

ノゾミ　デ　ズュイトル　……

アキラ　（皆まで言わせず）チーズを下さい。パンを下さい。あれと同じものを下さい。パンをもう少し下さい。アンコール　アン　ブ　ドゥ　パン、シル　ヴ　プレ。チョコレートケーキとバニラアイスお願いします。……

（意味不明のジェスチャーをして）……（ヒステリックに）もう！　分からないの？　ここの自慢料理は何ですかでしょ。アンコール　アン　ブ　ドゥ　パン、シル　ヴ　プレ。　アン　ブ　ドゥ　パン、シル　ヴ　プレ。もうなんでもいい、水でいい。オー　ミネラル、シル　ヴ　プレ。オー　ミネラル、オーミネラル。水を下さい。水！　水！　水を！

ノゾミ　……

アキラ　ああ、疲れた。

ノゾミ　ダメよ。

アキラ　分かってる。

ノゾミ　ガイドブックにも書いてあったでしょ、生水は厳禁だって。

アキラ　だから分かってるって言ってるでしょ。（と、ベッドで横になる）

ノゾミ　……暑い。

アキラ　窓を開ければいいのよ。

ノゾミ　（辺りを見回し）ねえ、ボールペン知らない？　わたしの三色の

アキラ　知らない。（と、背を向ける）

ノゾミ　ちょっと。

アキラ　なに？

ノゾミ　寝てる場合じゃないでしょ。そんなにゆっくりもしてられないのよ、時間なんてアッと言う間に過ぎちゃうんだから。

アキラ　だから？

ノゾミ　とりあえず、今日からむこう三日間の計画を立てるのよ。さあ、早く起きて。

アキラ　まかせた。

ノゾミ　ちょっと。（と、アキラの体を揺する）

アキラ　（その手を払い）眠いの、わたしは。

ノゾミ　あ、そう。あとで文句言わせないからね。

ノゾミ、床を這いまわり、そこいらのものを蹴散らしながらボールペンを探す。

アキラ　なにしてンの。
ノゾミ　だからわたしの三色の
アキラ　書ければなんだっていいんでしょ。（と、面倒そうに言い放って）

アキラ、床にあった自分のバッグからシャープペンシルを取り出して、ノゾミに差し出す。

アキラ　消しゴム、使わないでね。
ノゾミ　どうして？
アキラ　汚れるの嫌だから。
ノゾミ　バッカみたい。
アキラ　あんたの妹だもん、バカに決まってるじゃん。
（と、再びベッドで横になる）
ノゾミ　…大きな背中。

アキラ　うるさい。
ノゾミ　子供の頃はあんなに可愛かったのに。
アキラ　静かに寝かせてくれる？
ノゾミ　（ガイドブックを開いて、ノートにメモをしながら）
…生まれて半年くらい？　…口なんかこんなに小さくて。…わたしが指を入れてやると、くちゅくちゅやるの。…前歯が二、三本生え始めてて、…それがなんだかくすぐったくて気持ちがいいの。…お母さんにそれ見つかってよく怒られたけど、やめられないの、だって、…気持ちいいんだもん。ふっ（と笑って）…二分くらい入れとくと爪の先にたまった黒い垢なんかとれたりして…
アキラ　（振り向いて）なにそれ。
ノゾミ　きれいになるんだよね、指先真っ白。
アキラ　最低！
ノゾミ　子どもだもん、これくらい誰だってやってるわよ。
アキラ　やってない。あんた以外誰もしない、そんなこと。

ノゾミ　そうかな？

アキラ　なんで？　なんでそんなひどいことが出来たわけ？　わたしになにか恨みでもあったわけ？

ノゾミ　あんたも喜んでたんだから。

アキラ　今度やったらその指、噛み切ってやるから。

ノゾミ　なにムキになってるの？　可愛い昔話じゃない。

アキラ　全然可愛くない。なんで？

ノゾミ　アッ、お目目ぱっちり。目が覚めたみたいね。

　　アキラ、枕をノゾミに投げつける。

ノゾミ　（受け止めて）おっとっと。

アキラ　悔しい！

ノゾミ　…そうか。この話、今までしたことなかったんだ。

アキラ　聞いてたらあんたとの付き合い方も変わってた、きっと。

ノゾミ　どういう風に？

アキラ　とりあえず、そのシャーペン返してくれる？

ノゾミ　セコイ女。

アキラ　汚い女よりましですッ。（と、奪い取って）

ノゾミ　綺麗は汚い、汚いは綺麗　…。あっちの世界とこっちの世界では、なんでも逆なんだって。白いは黒い、黒いは白い。低いは高い、高いは低い。大人は子どもで、子どもは大人で、ブスは美人で、美人はブスで。　…あんた死んだらもてるかもしれない。

アキラ　…（呟くように）わたしが死んだらノゾミちゃん、どうする？

ノゾミ　…爪ってなんでこんなに伸びるんだろう？　そんなに頑張ることないのに　…（と、自分の爪を見ている）

アキラ　ねえ、わたしが先に死んでひとりになったら　…

　　ノゾミ、アキラに枕をぶつける。

アキラ　痛ーい！

ノゾミ　シーッ！　隣に聞こえたらどうするの、バカ。
アキラ　（横になって）…

ノゾミ、ラジカセの電池を取り出し並べ替えて、音が出ないか試しているが…

ノゾミ　（あきらめて）ああ…。早く夜が明けないかしら。朝になったらまず、サンジェルマンまで足を伸ばして。ビュッシ通りの朝市。変わったバッグ屋があるんだって。（と、傍らの雑誌を手に取って、頁を繰り）…ええっと、ああ、ここ・ここ。（読む）朝の市場は気持ちがいい。赤、黄色、緑が目にとびこんでくる。野菜や果物たちはテントの日陰にいながらも、太陽を感じる喜びを隠し切れずにいる。このサンジェルマンのビュッシ通りの三十番地に、アリババの洞窟のようなバッグ屋がある。表には出ていないけれど、エルヴェ・シャプリやD・ラヴィラのものが店内豊富に揃っているので、チェックする価値あり。マビヨン通りのJ・C・ゴリュポーは、パン、ケーキ、デリを売るサロン・ド・テ。ホテルでの朝食にもそろそろ飽きた頃ならぜひここへ、だって。出来立てのクロワッサンやパン・オ・ショコラなどをのんびりと

アキラ、その雑誌を奪い取って投げ捨てる。

ノゾミ　なにするの。
アキラ　…
ノゾミ　言いたいことがあるんならハッキリ言えばいいでしょ。
アキラ　眠いの、わたしは。
ノゾミ　どれだけ寝たら気が済むの？
アキラ　しょうがないでしょ、疲れてるんだから。（と、再び横になる）
ノゾミ　巴里に行きたいって言ったのはあんたよ。
アキラ　時差ボケだよ、時差ボケ。
ノゾミ　あとどれだけ？

アキラ　なにが？

ノゾミ　どれだけ寝たら起きるの？

アキラ　だから起きるわよ、そのうち。

ノゾミ　そのうちそのうちって、昨日もそうやって一日中寝てたじゃない。

アキラ　なんで？　どこか行きたいところがあればわたしなんかほっといて、ひとりで行けばいいでしょ。

ノゾミ　そんなに眠いの？

アキラ　そう。死にたいくらい。

ノゾミ　だったら死ねば？

アキラ　死んだら化けて出てやるから。

ノゾミ　絶対よ、絶対。待ってるからね、わたし。

アキラ　ムカツク。

ノゾミ　…雨だ。雨が降ってる…。みんなどうしてるんだろう？　巴里が三時半過ぎだってということは、日本はプラス八時間だから…。いるかな。いればいいんだけど…（と、電話の受話器をとって、ダイヤルを回す）あ、もしもし、お母さん？　わたし。そう、ノゾミ。よかった、いてくれて。だって、せっかく電話したのに留守だったら寂しいじゃない。そっち、いまお昼でしょ。昼ご飯は？　これから？　なに食べるの？　へえ。こっち？　こっちはまだ夜明け前だもん。うん、元気だよ、ふたりとも元気でやってる。食べ物？　全然。だってこっちはパンとかすごくおいしいし。アキラなんてこっち来てから五キロも太ったって。まさか。そんなことになったら顔が違うって税関通してくれないもん。嘘よ、冗談に決まってるでしょ。（と、笑って）お母さんは、なんでもすぐに信用するんだから。

アキラ、布団から顔を覗かせ、ノゾミを見ている。

ノゾミ　（前に続けて）昨日？　昨日はねえ、まずノートルダム寺院へ行って、お昼はモンパルナスでクレープを食べて。え？　そう、あれ。バタ臭い西洋のお好み焼きのこと。それからポンピドー・センターへ行って。(笑って) 違うわよ、美術館よ、美術館。行くわけないでしょ、巴里まで来てゲームセンターなんか。アキラ? いるよ。ふて腐れて寝てる。うん、ちょっと。ケンカっていうか ……。だって、アキラがまたわけの分からないこと言ってヒステリー起こすから ……。分かってる。それは分かってるけど ……

アキラ　なにしてるの?

ノゾミ　電話。お母さん。代わる?

アキラ　切られてるんじゃなかったの?

ノゾミ　祈れば通じるのよ、祈れば。(と、受話器を差し出す)

　　アキラ、受け取って耳に当て ……

ノゾミ　どうしたの? 通じてるはずよ。黙ってないでなにか喋ったら?

アキラ　シッ!

ノゾミ　……

アキラ　(小声で) 誰かが笑ってる。……誰だろう?

ノゾミ　(アキラの受話器に耳を近づけ) ……

アキラ　神様かな。

ノゾミ　……そうかも知れない。

　　頬をすり寄せるようにして、受話器から聞こえる音に耳をすましているふたりを包み込むように、暗くなる。

2

アキラ、食事をしている。前シーン同様のパジャマ姿で。右手にお箸、左手に茶碗。テーブルには皿、小鉢等が並べられているが、もちろん（?）、それらの上にも中にも、食べ物のサンプル以外なにもない。

ノゾミ　（現れて）味の素、やっぱりもうなかった。

アキラ　それでそれで。

ノゾミ　なに？

アキラ　さっきの続き。「じゃあ、これはなんだ？」とか言ってお父さんがバンバンちゃぶ台を叩くわけ。そうすると息子は、「ちゃぶ台はこれだと思うけど……」とか言って、お母さんを横抱きにしてお尻をペンペン叩いてンの。「バカ、それはお母さんじゃないか。ちゃぶ台は飯を食うもんだろ」って、お父さんがこーんな口して怒ると、「だ、だからこうやって食う！」とか言って、息子はお母さんのお腹にお茶碗とか乗せてご飯を食べてンの。「ふざけるのもいい加減にしろ！」「ふざけてなんかナーイ！」とか言ってふたりとも、こーんな口して怒ってて、「じゃあ、これはなんだ」とか言って、お父さんがふすまをバンバン叩くと、「リンゴじゃないか」って息子が言って、そうするとお父さんとお母さんが、びゅーんとぶっ飛んじゃって……

ノゾミ　ちょっと。どうでもいいけど唾をこっちに飛ばさないでくれる。

アキラ　ゴメン。それでだからもうお父さん頭に来ちゃって、そのふすまをバンバン叩きながら「お母さん、面白いからコレ、皮剥いて食べさせてやれやあ」とか言って、「皮を剥くってどうやって？」とか、お母さんがオロオロしてると、「カンナがあるだろ、カンナがあ、オラオラオラオラ」とか言ってお父さんはふすまをカンナで削って、「食え、食ってみろ、オラオラ、どうだ、リンゴのアジか、テ

イスト・オブ・リンゴかあ」とか言って、息了の口にふすま突っ込んでンの。脇に「ゴリゴリ」とか書いてあって。［注①］

ノゾミ　（さっきから、海苔の佃煮の瓶と格闘していて）なにこれ。開かないじゃない。なんでこんなにきつく締めなきゃいけないの、もう！（と、尚も開けようと）

アキラ　わたしじゃないから。

ノゾミ　じゃ、ほかに誰かいるわけ？　わたしたち以外にこの部屋に誰か。もう……（諦めてテーブルに置く）

アキラ　どれどれ。（と、その瓶を取って蓋を開けようとするが）……あれ？　ほんとに開かない。昨日は簡単に開いたのに……

ノゾミ　ホラ、やっぱりあんたじゃない。

アキラ　なんで？　わたしは普通に軽くクルッとやっただけでしょ。

ノゾミ　馬鹿力！　わたし、もう一週間以上それ食べてないのよ。

アキラ　ここは巴里のホテルでしょ、なんでそんなに海苔の佃煮なんか食べたいわけ？

ノゾミ　夢の途中だからッ！

アキラ　分かった。開ければいいんでしょ、開ければ。

ノゾミ　いいわよ、もう。

アキラ　開けるよ。

ノゾミ　しつこいんだから。ポット取って。

アキラ　もうお終い？

ノゾミ　ちょっと休憩。

アキラ　かゆい。（と、足を掻きながら）なにかいるのかしら。

ノゾミ　巴里にだってダニくらいいるわよ。

アキラ　はい。（と、ポットを差し出す）

ノゾミ、受け取って茶碗にお茶を入れる。もちろん、なにも出ないのだが……

ノゾミ　なにか果物でも買って来ればよかった、リンゴとか。

アキラ　リンゴなんてフランスにもあるの？

ノゾミ　なかったらアップルパイとか出来ないでしょ。

アキラ　そうか。リンゴって日本の青森でしかとれないのかと思ってた、なんとなく。
ノゾミ　バカね。リンゴなんか寒いとこならどこだってとれるのよ。
アキラ　ロシアとか？
ノゾミ　アメリカだって……。有名な話があるじゃない。リンカーンがリンゴの木を切っちゃって、それでお父さんにごめんなさいって謝ったって話。
アキラ　なにそれ。
ノゾミ　聞いたことないの？
アキラ　ない。
ノゾミ　ほんとにバカなんだから。なによ、さっきのテイスト・オブ・リンゴって。
アキラ　はあ？
ノゾミ　それを言うんなら、テイスト・オブ・アップルでしょ。
アキラ　だってマンガにそう書いてあったんだもん。
ノゾミ　そんなの読んでるからバカに拍車がかかるのよ。お代わりは？

アキラ　うん、少し。（と、茶碗を差し出す）
ノゾミ　（受け取って）それ、少し残しといてよ。
アキラ　どれ？
ノゾミ　ミツコさんの手作りの……
アキラ　ああ、このお新香ね。
ノゾミ　はい。（と、茶碗を差し出す）
アキラ　（受け取って）メルシー。
ノゾミ　ノンノン。メルシー。（と、正しい発音）
アキラ　メルシー。
ノゾミ　メルシー。（と正す）
アキラ　メルシー。
ノゾミ　ウイウイ。よく噛んで食べなきゃだめよ。
アキラ　ウイ。フリカケかけちゃお。（と、瓶を取って）
ノゾミ　いまちょっと思いついたんだけど。
アキラ　エ　ヴィワラ（はい、どうぞ）。
ノゾミ　ミツコさんには子どもがふたりいるの。
アキラ　ふたりも子どもがいるのにランセルで働いてるの？
ノゾミ　仕方ないのよ、旦那のジョルジュは売れない詩人なんだから。

アキラ　じゃ、子どもの面倒はジョルジュがみてるんだ。

ノゾミ　上が男の子でミシェル。下が女の子でマリー。ミツコ、ミシェル、マリーで、みんな名前の頭文字がMになってるの。

アキラ　ちょっと待って。ジョルジュは？　Gじゃない、ジョルジュは。

ノゾミ　いいの、ジョルジュは。

アキラ　なんで？　なんで彼だけMじゃないわけ？

ノゾミ　世界は不条理で出来てンの。

アキラ　可哀そうなジョルジュ　…。

ノゾミ　マリーはまだ小っちゃくて三つくらいかな。ミシェルの方は少し歳が離れてて

アキラ　だってマダム・ミツコは二十八なんでしょ。

ノゾミ　だからジョルジュの連れ子なのよ、男の子の方は。

アキラ　そうかそうか。じゃ、ミシェルは高校生でもちろん金髪ね。

ノゾミ　当たり前でしょ。そう、なんとかって映画に出てた彼みたいな　…、なんてったっけ？

アキラ　いきなりそんなことを聞かれましても　…

ノゾミ　テレビで見たじゃない、解説の淀川さんが、わたしの一番好きな映画です、とか言って　…。アレよ、アレ。ほら、ちょっと渋めのジジイが

アキラ　淀川さんが？

ノゾミ　淀川長治《ヨドチョウ》さんのどこが渋いのよ。

アキラ　でしょ。

ノゾミ　渋いのは映画の主人公。

アキラ　分かりました。

ノゾミ　海岸でさ。主人公がなんか、その男の子のこと好きになっちゃって。そうそう、最初はホテルの食堂で会うのかな。それで、海岸でその男の子のことズーっと見てたりするんだけど全然ダメで、最後は死んじゃうの。覚えてない？　ほら、白い可愛いセーラー服着てて

…

アキラ　ジジイが？

ノゾミ　違う。その金髪の男の子に決まってるでしょ。見たはずよ、あんたも一緒に見たんだから。

アキラ　いつ頃？
ノゾミ　ちょっと前。一年くらい前かな。
アキラ　（首を傾げて）…まさか日本の映画じゃないよね。
ノゾミ　なんで日本映画に金髪の男の子が出てくるのよ。
アキラ　いるでしょ、デーモン小暮とか。
ノゾミ　なに言ってンの。
アキラ　冗談じゃない。なにもそんなにムキムキしなくても……
ノゾミ　ダ・カ・ラ……、もういい。（と、自分の茶碗を取ってご飯をよそう）…頼りにならないんだから。

　アキラ、クスクスッと笑う。

ノゾミ　なにがおかしいの。
アキラ　そうじゃなくって。昔、わたしが小学生の頃、うちにポッポって猫いたじゃない。よくオナラするから最初は「プップ」って呼んでたんだけど、それじゃあんまりだっていうんで、お母さんが名前ポッポに変えて……
ノゾミ　それで？
アキラ　それだけ。
ノゾミ　なんなの、いったい。
アキラ　ああ、かゆい。（と、足を掻きながら）やっぱりなんかいる。
ノゾミ　あ。
アキラ　どうしたの？
ノゾミ　あんたいまオナラしたんでしょ。
アキラ　なにそれ。（と、醤油をとって）
ノゾミ　とぼけたってダメよ。だからポッポのことなんか思い出したのよ。
アキラ　（小皿に垂らそうとするが）醤油、なくなっちゃった、一滴も。
ノゾミ　ちょっと待って。ジョルジュは三十六じゃなかった？
アキラ　また始めるの？
ノゾミ　ミシェルが高校生だったら十六か七ってことでしょ。てことは、ジョルジュは二十歳前に

アキラ　最初の結婚をしたってこと？
だってジョルジュは詩人だもん。早熟だったのよ。
ノゾミ　そうか。
アキラ　ミシェルだって前の奥さんの連れ子かもしれないし。
ノゾミ　ミシェルはジョルジュともミツコさんとも血のつながりがないわけだ。じゃ、相当屈折してるわね、きっと。
アキラ　冬の海みたいな暗い目をしてて、でも、底の方でギラギラ燃えてるの、地中海に降りそそぐ夏の太陽みたいに。
ノゾミ　情熱的なのね。
アキラ　愛に飢えてるの。
ノゾミ　ミシェルに会いた〜い。
アキラ　無理無理。ミシェルはミツコさんが好きなんだもん。もちろん、母親としてでなく、ひとりの女として。
ノゾミ　分からん。だってミツコさんは自分でお新香なんか作っちゃうひとなのよ。
アキラ　ミシェルにはそこがツボなのよ。
ノゾミ　どこ？　そこって。
アキラ　糠味噌臭い手でしょ、ミツコさんの。
ノゾミ　ゲゲッ。
アキラ　一般市民はね、そう思うかもしれないけど、ちょっと感覚が違うわけよ、ミシェルは父親の、詩人の血をひいてたりするから。
ノゾミ　またいい加減なことを言って。
アキラ　どこが？
ノゾミ　ミシェルは前の奥さんの連れ子で、ジョルジュとは血のつながりなんかないじゃない。
アキラ　だから、ジョルジュの前の奥さんの前の旦那も詩人だったの。
ノゾミ　く、悔しい！
アキラ　いいよね、詩人の家庭って。なにをやっても許されそうで。
ノゾミ　……
アキラ　アレ？　…ああ、そうかそうか。
ノゾミ　やめてくれる？　そうやってひとりで頷くの、イライラするから。

アキラ　〽ラメール　…（と、鼻歌）
ノゾミ　ポット。
アキラ　そっちにあるでしょ。
ノゾミ　もう　…（とって、またお茶を入れる真似）。それで？
アキラ　…（フリカケの瓶の匂いをかいでる）。
ノゾミ　ちょっと。
アキラ　全然匂わない。

ノゾミ、フリカケの瓶を奪い取る。

アキラ　なにすンの。
ノゾミ　待ってるんでしょ、わたしは。
アキラ　なにを？
ノゾミ　だから、あんたの話。
アキラ　わたしの話？
ノゾミ　ああ、イライラする！
アキラ　だって分かンないもん。
ノゾミ　なにを思い出したのよ、いま。
アキラ　いま？
ノゾミ　さっき。
アキラ　え、どっちなの？
ノゾミ　そうかそうかって頷いたでしょ。
アキラ　ああ　…
ノゾミ　ああ、じゃなくって。
アキラ　わざわざ話すようなことでも　…
ノゾミ　いいから早く。　…あっ。
アキラ　揺れてる。
ノゾミ　地震だ。

ふたり、テーブルにしがみつく。（しがみついて揺すってる？）

アキラ　揺れてる揺れてる。
ノゾミ　だから地震だって言ってるでしょ。
アキラ　結構デカくない？
ノゾミ　大丈夫。こういう風に横に揺れてるときは慌てなくていいんだって。
アキラ　でもまだ　…
ノゾミ　アレ？

アキラ　なに？
ノゾミ　そんな話、誰から聞いたのかなと思って。
アキラ　そんな話？
ノゾミ　横揺れの地震は平気なんだって　…
アキラ　止まった。
ノゾミ　誰だっけ？
アキラ　地震ってフランス語でなんて言うの？
ノゾミ　知らない。
アキラ　地震・雷・火事・親父なんて、フランス語で言えたらカッコいいよね。（と、空き瓶のひとつを鼻へ持っていき、匂いを嗅ぐ）
ノゾミ　意味は？　地震・雷・火事・親父の意味。
アキラ　意味なんかあるの？
ノゾミ　だってことわざよ、ないわけないでしょ。（と、フリカケの瓶を鼻に持っていき）ほんとだ、もうなんにも匂わない　…
アキラ　あいつ、病気だって知ってた？
ノゾミ　あいつ？
アキラ　星川星川。いつも鼻かんでたでしょ。アレ、風邪じゃなくて鼻が悪いからなんだって。だから匂いとかあんまり　…
ノゾミ　思い出した。
アキラ　クシュン。（と、クシャミする）
ノゾミ　あいつだわ。あいつが横揺れの地震は平気なんだって。　…そうか、あの時だ。勝手に部屋に上がり込んできて　…、一緒にいたのはアキラじゃなくって　…。そうそう、終わってから、「分かるよ、俺、このオヤジの気持ち」とか、妙にしんみりしちゃって。分かるわけないじゃない、サラ金なんかに。思い出した思い出した。そうかそうか、そうだったんだ。
アキラ　なによ、ひとにはひとりで頷くなって因縁つけといて自分は　…
ノゾミ　だから　…
アキラ　聞きたくない。ポット！
ノゾミ　（ポットを持ち上げ）もうない。
アキラ　なくたっていいの。（と、それを奪う）
ノゾミ　〽どんぐりころころ　どんぶりこ（と、鼻歌）
　…あ、また揺れてる！

と、ふたりは再び揺れる（揺する?）テーブルにしがみつく。

アキラ　さっきより大きくない?
ノゾミ　もしかしたら……
アキラ　どっち?
ノゾミ　なにが?
アキラ　これは横揺れ縦揺れ、どっちなの?
ノゾミ　分からない。
アキラ　なんで分からないの?
ノゾミ　逃げる?
アキラ　逃げた方がいいわけ?
ノゾミ　多分この揺れ方は……
アキラ　どこ?　どこへ逃げたらいいの?　ドアだって窓だってすぐには開かないよ、どうするの?
ノゾミ　だから、だから……
アキラ　どうすればいいの?
ノゾミ　なんでわたしにばかり聞くの?

ふたり、競うにようにしてベッドの下に潜る。少し間。

アキラ　止まった。
ノゾミ　止まっちゃった。

顔を見合わせるふたり。

アキラ　なんでわたし達、こんなところに隠れてるの?
ノゾミ　怖いからでしょ、多分。
アキラ　バカみたい。
ノゾミ　地震・雷・火事・親父。
アキラ　なにそれ。
ノゾミ　この世の中で怖いもの。
アキラ　地震・雷・火事・親父。……親父ってそんなに怖いの?
ノゾミ　うちのオヤジは例外。でもないか。サラ金に借金残して死んじゃったんだから。

アキラ　一度すごい怒った時あったよね。お父さんが組合の旅行で二、三日家をあけてた間にわたし達、お父さんが可愛がってた熱帯魚、みんな死なせちゃって。
ノゾミ　わたし達じゃないでしょ、あんた。あんたが水を取り替えるのサボったから……
アキラ　まだそんなこと言ってるの。アレはノゾミちゃんが面倒くさいからってエサを一度にいっぱい入れ過ぎて、だから水槽の水が汚れて
ノゾミ　確かに汚したのはわたしよ。だけど、あんたがそれに早く気づけば全然問題なかったわけでしょ。例えば、交通事故が起きたとしてよ、車を作ったひとと、その車で子どもを轢いちゃったひとと、どっちが悪いの？　車を作ったひと？　確かにその車を作らなければ事故は起きなかったわ。だけどそうじゃないでしょ。悪いのは横断歩道の信号を無視したドライバーでしょ。違う？
アキラ　それはそうだけど……
ノゾミ　ホラごらんなさい。
アキラ　え、わたしはそのドライバーと同じだってこと？
ノゾミ　だって直接手を下したのは
アキラ　下してない。下してないから、わたしは。
ノゾミ　……泣いてたよね、お父さん。
アキラ　うん。泣いて怒って。でも、轢かれた方にも少しは責任あるんだよね、きっと。
ノゾミ　居直ってるよ、この女。
アキラ　だってそんな時にそんなところを歩いていなければ、事故にあうこともなかったはずだし。
ノゾミ　そうね。死んでもいいと思っていたかもしれないし……
アキラ　だとしたら轢いた方はいい迷惑だよね。……自業自得か。
ノゾミ　ひょっとしてあいつのことを言ってるの？
アキラ　そう。もしもわたし達がこのまま死んだら……
ノゾミ　あんた知ってた？　あいつ、ピアノが弾けるんだって。
アキラ　嘘！

ノゾミ　さっき話した映画の中で金髪の男の子がピアノを弾いてるところがあって、それでその時に、「俺、中学に入るまで、ピアノ習ってんだぜ」とか、いい気になっちゃって。
アキラ　作り話よ、決まってるでしょ。指が曲がってピアノなんか弾けるわけないじゃない。
ノゾミ　指、曲がってンの？　あいつ。
アキラ　だって、コレじゃん。（と、人差し指を曲げて見せる）
ノゾミ　ひどい。泥棒じゃないんだから、星川さんは。
アキラ　同じようなもんよ、泥棒もサラ金も。
ノゾミ　……いかん。
アキラ　どうしたの？
ノゾミ　あの時流れてた曲のタイトル、なんて言ったっけ？
アキラ　知らない。ふたりで見たんでしょ、星川とふたりだけで。ああ、なんだか眠くなってきちゃった。
ノゾミ　なんで？　どうして思い出せないんだろう……？

遠くから、映画「ベニスに死す」の一場面で流れていた、「エリーゼのために」が聞こえる。

アキラ　あれもこれもみんな思い出になってそれで……
ノゾミ　ピアノくらい習いたかったな。
アキラ　いつかみんな忘れて、忘れられてしまうんだよね。

暗くなる。

3

眠っているのだろうか。アキラとノゾミはベッドを背に肩を並べて座り、同じように首うなだれている。ふたりの周りには大小数百の折り鶴があり、それぞれの手にも折りかけの鶴が。
ノゾミ、目覚めて涙を拭う。夢を見て泣いたのだ。そして、何事もなかったように、肩でアキラの肩を押す。これまでと同様、ふたりともパジャマ姿だ。

アキラ　なによ。
ノゾミ　寝てる場合じゃないでしょ。
アキラ　起きてるわよ。
ノゾミ　だったら早く
アキラ　だから考えてるでしょ、いま。
ノゾミ　「お」から始まる歌なんていっぱいあるじゃない。
アキラ、「お」で始まる歌をうたう。

ノゾミ　歌った。歌ったでしょ、さっきわたしが。
アキラ　〽狼に　なりたい（と、中島みゆきの「狼になりたい」を歌う）
ノゾミ　歌の途中、それは。
アキラ　お、お。……折り鶴がどうしたなんてなんかありそうなんだけど……
ノゾミ　これ、どこの包装紙だっけ？
アキラ　「エトワール」じゃないの？　駅前の。
ノゾミ　エトワール？　そんな店、駅前にあったっけ？
アキラ　なに言ってンの。西口よ、ローソンの隣。ずっと前だけど、あそこのバイトの女の子が、「星の王子様」に出て来る狐みたいな顔をしてるって、ふたりで大笑いしたじゃない。
ノゾミ　エトワール。星……。どうしよう、なんだかいろんなことどんどん忘れてくみたい……
アキラ　川ってフランス語でなんて言うの？
ノゾミ　川？　星川？　あんた好きなの？　あいつのこと。

アキラ　なんで？　そうじゃないわよ。そうじゃなくって、ひとは死んだら天の川の星になるんだって
ノゾミ　あいつが言ったの？
アキラ　あんたよ、ノゾミちゃんでしょ。
ノゾミ　わたしが？
アキラ　そうよ、お母さんが亡くなったとき。だから、死んだって会おうと思えばいつでも会えるんだって。いまふっとそれを思い出したの、だからそれで。それだけよ。
ノゾミ　だったらいいんだけど　…
アキラ　なにが？　なんでだったらいいの？
ノゾミ　あと三十秒！
アキラ　ア・レー！
ノゾミ　あと三十秒以内に「お」の歌が出なかったら、あんたのノルマ、プラス五十だからね。
アキラ　ええっ、さっきは二十でいいって
ノゾミ　どんどん利子が増えてくの、サラ金みたいに。

アキラ、「お」で始まる歌をうたう。

ノゾミ　それも歌った。歌ったでしょ、さっき自分で。
アキラ　〽狼に　なりたい
ノゾミ　歌の途中なの、それは。
アキラ　アタマ痛エー。
ノゾミ　痛くてもやるの。
アキラ　地獄じゃ、千羽鶴地獄じゃあ。
ノゾミ　だから、祈るのよ。
アキラ　…祈るの？
ノゾミ　祈ればいいのよ、祈れば。
ふたり　（声をあわせて）カミ様　…
アキラ　…ふたりで千羽折るのに、あとどれくらいかかるのかしら。
ノゾミ　ひとつ折るのに五分かかるとして　…
アキラ　一日は二十四時間だから　…
ノゾミ　引く八時間。
アキラ　なにそれ？
ノゾミ　あんた、寝ないでやるつもり？
アキラ　そうかそうか。ということは　…
ノゾミ　分かってる？　あんたのノルマは６２０に増

えてるんだからね。

アキラ　うるせえよ、キリギリス。

ノゾミ　…あと、三日くらいかな。

アキラ　じゃ、わたしたちあと三日は頑張らないと…

ふたり　（声を揃えて）カミ様…

ノゾミ　…「折る」という字と「祈る」という字って似てるよね、よく考えたら。

アキラ　うん。それとサセツのセツとかも。

ノゾミ　同じ。

アキラ　なにが？

ノゾミ　左に折れると書いてサセツと読むの。

アキラ　え？　じゃ、ウセツのセツは？

ノゾミ　同じよ、同じに決まってるでしょ。

アキラ　（笑う）…

ノゾミ　なにがおかしいの。

アキラ　ノゾミちゃんはすぐにひっかかるんだから。お母さんそっくり。

ノゾミ　あと五秒！

アキラ　キュ、急にそんな…

ノゾミ　つまんないこと言うからよ。五・四・三・二

アキラ　ちょっと待って。

ノゾミ　待てない。

アキラ　そうじゃなくって、風が…

ノゾミ　え？

アキラ　スースー風が…

ノゾミ　…ほんとだ。（見回して）…どこか目張りが剥がれたのかしら？

アキラ　（見回し）どこだろう？

ノゾミ　早く見つけてなんとかしないと

アキラ　うん。わたしたちがここにいること…

ノゾミ　あいつに見つかったりしたら…。どこよ、どこが開いてるの？

アキラ　（目をつむっていて）…

ノゾミ　窓は大丈夫だし、…台所？　そうだ、もしかしたら玄関のすきまから…。あんた、ちょっと見てきてよ。

アキラ　うん。

ノゾミ　早く。

アキラ　うん。

ノゾミ　早くしないと
アキラ　分かってる。
ノゾミ　…眠ってるの？
アキラ　冷たくて、気持ちいい。
ノゾミ　アキラ！（と、アキラの体を揺する）
アキラ　起きてる、起きてるよ。
ノゾミ　あんた、せっかくふたりで巴里まで来たのに、見つかってもいいの？
アキラ　シーーッ。
ノゾミ　？
アキラ　聞こえる。ほら　…
ノゾミ　なにが？
アキラ　プラタナスの葉が風にふるえてる。
ノゾミ　（アキラを見ている）…
アキラ　巴里の秋は冬の始まりなんだって。
ノゾミ　泣いてるの？
アキラ　砂浜。どこの海だろう？　風が吹いてた。もっと、もう少しこれより冷たい　…。わたしは仰向けに倒れていて、波の音が聞こえて、目を開くと数え切れないほどの星がキラキラと空いっぱいに、ほとんど手の届きそうなところで輝いていて。あんなにきれいな星空、わたしこれまで一度も見たことなかった。なんだか夢を見ているようで、もちろん夢なんだけど。心臓がドキドキ高鳴って、体が震えて　…。でもそのうちに身体中が痺れたみたいになってきて、苦しいの、とても苦しくて。お母さんと呼んで、お父さんと呼んで、あの星空のきっとどこかにいるはずのふたりを探した。でも　…。わたしは喉が渇いてた。波が寄せてきて、遠くで鳥の鳴き声がして、もっと遠くで犬が吠えてた。わたしは泣いた。こうして、こんな風に、ひとりで震えて苦しみながら、ひとりで死んでいくのかと思ったら、悲しくて　…

中島みゆきの「狼になりたい」が流れる。

ノゾミ　あれは多分、お母さんの田舎の、高知の海だわ。

アキラ　…？
ノゾミ　わたしも見たの、アキラと同じ夢。星空に包まれて、ひとりで震えて、悲しくて、だから泣いたの　…
アキラ　あと幾つ？
ノゾミ　え？
アキラ　「お」「お」「お」　…、あと何秒残ってる？
ノゾミ　分からない、でもまだ、多分、もう少し　…

暗くなる。

アキラの声　「お」「お」「お」

アキラ、「お」から始まる歌をうたう。

ノゾミの声　それも歌った。歌ったでしょ、さっきわたしが。

一瞬、満天の星空が手を繋ぐふたりを包む。ふたりはまるで死んだように、ピクリとも動かない。

4

テーブルの上に、ハンバーガー、ポテトフライ、缶ビール、それにティッシュの箱。前シーンからひき続き「狼になりたい」が流れている。しかし、ここは姉妹の部屋ではなく、星川の部屋である。その証拠にとでもいうように、床には鼻をかんだと思われるティッシュが散乱している。
電話のベルが鳴る。包丁を持った星川が現れる。

星川　（受話器を取って）はい、星川ですけど。あ…

星川、慌ててラジカセから流れていた「狼～」を止める。

星川　どうも　…。ええっと、警察の方は三時から二時間くらいで終わって、それから板橋の　…。だから一応会社の方に電話入れたんスけど、部長いらっしゃらなくってそれで…。すみません。いえ、別に。はい。ちょっといろいろ聞かれてアレだったスけど、いえ、別に、はい、大丈夫スから。ありがとうございます。どうもご心配かけて…、はい、はい、失礼します。（と、切る）

星川、台所に消える。

少し間。星川、キュウリ・ニンジンのスティックが入ったグラスを持って現れる。

テーブルの前に座って、まずティッシュで鼻をかみ、それをポイ捨てし、それから缶ビールをグイと飲んで、ひとつため息…

星川　まるで豚小屋みたいだって言ってたな。部屋の中、雑誌や段ボールや脱ぎ捨てた下着やインスタントラーメンのカップの袋で、足の踏み場もなかったって。バスタブは汚れた下着で溢れてて、台所の鍋の中には新聞紙の燃えカスが残ってて…。電話もガスも電気もとめられた部屋で、ドアには四つも鍵を取りつけ、窓にはカーテンを引き毛布を掛け目張りまでした真っ暗な部屋の中で、あいつらきっと、洗濯もしないで、手探りで、新聞燃やして、お湯を沸かして、ものも言わずにラーメンすすってたんだ。かゆい！（足を掻きながら）人間じゃねえ。豚だよ、モグラ・ゴキブリ。そのうち水道までとめられて…。まさかそんなところに人間が、ひっそりと息を殺してゴミにまみれているなんて、誰も知らなかったんだ、俺だって。…まるで干物みたいになってたって。胃の中はからっぽで、皮膚は黒ずんで固くなってて、ベッドで並んで死んでたあいつらには蝿がたかってたって。ウンコだ、ウンコ。両眼はウジに食い尽くされてもう暗い穴ぼこになってたって。ムカツク。あの糞おやじのアホ刑事！　なんでそんな話を聞かせるんだよ、俺がいったいなにをしたんだ！（と、仰向けにひっくり返る）［注②］

鼻歌を歌う星川　…

星川　（起きて鼻をかみ）…冗談じゃねえ。たった百万ぽっちの借金で死なれたらやってられねえよ。いちいちそんなこと気にしてたらやってられねえんだよ。世の中、食うか食われるかなんだ。（と、ハンバーガーにかぶりつく）

…どういうつもりなんだ。こんなもの、こんな俺宛の絵葉書なんか部屋に残してくたばりやがって。（と、テーブルの上の絵葉書を手に取り、読む）（女性っぽく）晴れた日には永遠が見える、というのはひょっとすると本当かも知れない。セーヌ沿いにあるＩＭＡの屋上に出ると、そんな気がします。

パリの広い空のもとに広がる、デファンス、ノートルダム、バスチーユ。視線を落とすと、そこはセーヌ川。ちょっとしたガリバー気分で、水の上をのんびりと行き交う遊覧船や、橋を渡るひとや車を目で追っていると、つい時間を忘れそうになるのです。…ふざけやがって。三色のボールペンなんか使いやがって。どっちだ、どっちのバカが書いたんだ、こんなもの！（と、テーブルに叩きつけるように葉書を置いて、ひっくり返る）…。なんでカタカナは緑色なんだ？

（起き上がって、葉書を手に取り）「永遠が見える」だと？　なんだ？　永遠って。本当に見えるのか、なにが見えたんだ、ただの穴ぼこに！

（と、葉書を破り捨て、ハンバーガーを再び）…食うか食われるか。他人を食って生きるのか、自分を食って生きるのか。そういうことなんだ。俺はあいつらとは違う。他人を食うんだ、負けるわけにはいかないんだ。そうだ、これ（ハンバーガー）はきっとあいつらだ。この肉は、他人を食えずに自分を食って死んでいった、弱いあいつらの肉なんだ。パンは？　レタスは？　ピクルスは？（と、口を手の甲で拭い）ホラ、このケチャップの色を見てみろ。赤いぞ、赤い。永遠なんだ。俺はきっとこうやって、「マクドナルド」を食うたびに、「ロッテリア」を食うたびに、「ファーストキッチン」を食うたびに、「吉野家」「松屋」を食うたびに、「スカイラーク」を食うたびに、思い出すんだ、あいつらのことを。「すたみな太郎」を食うたびに、「山田うどん」を食うたびに、「ピザリア」「あずまや」「来々軒」を食うたびに、俺は思い出して笑うんだ、バカなあいつら二人のことを ……（また鼻をかむ）

星川、鼻をかみ続ける。泣いているのかもしれない。

暗くなる。と、いきなり、リュシエンヌ・ドリール歌う「サン・ジャンの私の恋人」が聴こえてくる。

（曲の最後まで）

エピローグ

まるで白昼夢の世界のように、まぶしいほど明るくなると、おめかししたノゾミが化粧をしている。星川は部屋の隅で呆然と、以下のやりとりを見ている。

アキラの声 ノゾミちゃん、なにしてるの？ 早くしてよ。

ノゾミ すぐ行く。もう少し。

おめかししたアキラが現れる。

アキラ もう！ お昼前には行かないと待ち時間が長くなっちゃうのよ。

ノゾミ 分かってる、分かってるから急いでるんでしょ。

アキラ そんなのどれだけやったって同じだよ。

ノゾミ あんたみたいにマル書いてチョンというわけ

にはいかないのよ、わたしは。
アキラ　エッフェル塔に登るのよ、どうせ汗かいて落ちちゃうんだから。
ノゾミ　え！　もしかしてあんた、エッフェル塔を歩いて登るつもり？
アキラ　ウイウイ、トレビアーン。
ノゾミ　お達者デェー。わたしはエレベーターを使うから。今日はミシェルと会うのよ。初めて会うのに汗臭い女だと思われたら嫌だもん。
アキラ　バカねえ。糠味噌の臭いが好きなミシェルよ、汗の匂いが嫌いなわけないでしょ。
ノゾミ　OH！　ミシェルが分からない。
アキラ　なに持ってく？
ノゾミ　ミツコさんち？　そうね、お呼ばれして手ぶらでお邪魔ってわけにはいかないから
アキラ　お花はどう？　マレにローランとシルヴィーがやってるお花屋さんがあるんだって。
ノゾミ　ハア？
アキラ　ホエ？
ノゾミ　誰なの、そのローランとシルヴィーって。
アキラ　知らない。
ノゾミ　このスットコドッコイが！
アキラ　だって雑誌にそう書いてあったんだもん、いまパリで評判なんだって。
ノゾミ　OK。完璧。トレビアン。（と、化粧を終えて）お待たせェ。
アキラ　お昼はドーバントン通りにあるモスケのパティオで、甘いミントティを飲むのよ。
ノゾミ　ヤッホー。
アキラ　それからカタコンベへ行ってサクレ・クールへ行って
ノゾミ　セーヌ川の遊覧船にも乗るんでしょ。
アキラ　五時までに着ける？　ミツコさんちに。
ノゾミ　急がなくっちゃ。

ふたり、足早に去る。が、すぐにアキラが引き返してくる。

ノゾミ　なにしてるのよ。（と、戻って来て）
アキラ　なんとなく忘れ物をしたような気がして　…

ノゾミ　なにを？
アキラ　分からないけど
ノゾミ　このクソ忙しいときに、もう！
アキラ　見えるかしら？
ノゾミ　なにが？
アキラ　エッフェル塔からこの部屋が。
ノゾミ　見えるにきまってるでしょ、ここからエッフェル塔が見えるんだから。
アキラ　あそこから手を振るのね、わたしたち。
ノゾミ　そうよ。この懐かしい部屋に向かって、力いっぱい手を振って……

ふたり、窓のエッフェル塔に手を振る。と、エッフェル塔が輝き、「サン・ジャンの私の恋人」も高鳴って。

おしまい

[注]

注①　漫画『さばおり劇場1』（いがらしみきお、講談社）の「Vol. 29 きみはきみの辞典を持っているか?」の一部を台詞で説明したもの。

注②　朝倉喬司『メガロポリス犯罪地図』（朝日新聞社）の中の一章、「『サラ金』姉妹餓死事件」を参考。そもそも、この戯曲そのものが、この書に触発されて書かれたのだ。感謝！

氷の涯

「誰もまことの真実を知る者はいない」

——A・チェーホフ「決闘」より

登場人物

夫（ポトゴーリン、愛称ミーシャ）
妹（オーリャ、田舎教師）
妻（アーリャ、ミーシャの妻で妹とは双子）
男（イワン、脱獄囚）
医師
ホテルのボーイ

この戯曲は、夫と男、妹と妻、医師とボーイは、それぞれ同一の俳優によって演じられることを前提に書かれている。

1

夏の終わりのある日の夕暮れ。

保養地のホテルの一室。大きめのベッド。テーブルと椅子が二脚。下手側に浴室に通じるドアがあり、上手に入口のドアとクロゼット。

中央奥の窓辺に立って外を見ているオーリャ（以下、妹）、小さくハミングなどして。ポトゴーリン（愛称ミーシャ　以下、夫）は、白い花束を抱えて椅子に座っている。

物語は一応、十九世紀末のロシアと設定されているが、そのつもりが了解出来ればそれでよく、厳密な考証を必要とはしていない。

妹　あっ、やっぱり今日もお出ましになったわ、子犬を連れた貴婦人。［注①］

日が沈むこの時間になるといつもお出かけ。きっとまた波止場に船を見に行くのだわ。

夫　（呟く）ああ、オーリャ、わたしのオーリャ……

妹　彼女、毎年夏になるとここに来て、いつもはもう少し早く。夏の初めには風が吹くと林檎の白い花がまるで雪のように舞って、それがとてもきれいなんですって。（振り向いて）あっ、ヴェーラよ、みんな彼女が聞いたの、誤解なさらないでね。わたしは傍でふたりが話しているのを聞いてただけなの、本当よ。

夫　オーリャ。

妹　え？

夫　本当にオーリャなんだね、きみは。

妹　いったい何度確かめたら気がすむの？　そうよ、わたしはオーリャ。アーリャじゃないわ。

夫　昨日はサーシャの葬式。学生時代からの無二の親友が亡くなって、わたしはまるで老人の仲間入りでもしたような気分でここに来たんだ。それが今日はこうしてきみから花まで贈られて。

妹　八月二十三日。今日は兄さんの四十四回目の誕生日。

夫　信じられない。

妹　信じられないのはわたしだって同じよ。昨日の、そう、ちょうどこの時間。ヴェーラと一緒に波止場へ船を見に行って、着いたばかりの船から兄さんが降りてくるのを見たとき、なんだか夢でも見ているような気がしたわ。まさかこんなところで兄さんと会えるだなんて……

夫　サーシャだよ。サーシャがぼくらを引き合わせてくれたんだ。ああ、サーシャ。アレクサンドル・チモフェーイチ！　みんなに「おデブ」って呼ばれてた。デブじゃないんだ。確かに太ってはいたがただのデブじゃない、あいつにはデブに「お」をつけなきゃいけないと思わせるナニカがあったんだ。

妹　それにヴェーラ。彼女がお腹をこわさなければわたしたち、昨日のお昼の汽車でドボチンスクに帰る予定になっていたんですもの。ヴェーラのお腹にも感謝感謝。［注②］

夫　そういえば昔、きみのお母さんによく言われたなあ。ミーシャ、科学の力を信じるのはいいのよ、でも、人生にはずいぶんたくさんの解けない謎があることも忘れちゃいけないわって。人生か。人生、人生……

妹　人生はデコボコ道の七曲がり。

夫　ああ、それもきみのお母さんの口癖だった。人生はデコボコ道の七曲がり。

妹　人生はデコボコ道の七曲がり。

夫　人生はデコボコ道の七曲がり。

ふたり、笑う。

夫　あっ、笑ってる。

妹　ごめんなさい。兄さんの大事な人が亡くなったばかりだっていうのに……

夫　大丈夫だよ、許してくれるさ「おデブ」なら。ああ、サーシャ。アレクサンドル・チモフェーイチ！（と言って笑い）笑ってる！　わたしが笑ってる！　勤務先の税務監督局の同僚たちからは、「曇天」だの「苦虫」だのと呼ばれてるこのわたしが、こんなきれいな花束なんか抱えちゃって！（と、なおも笑う）

妹　（そっと涙を拭いて）どうしたのかしら、花瓶を頼んだボーイさん。すぐにお届けするって言ったのに。

夫　いいよ、花瓶なんか。そうだ、今夜わたしは、この曇天野郎はこれをこのまま抱えて眠ろう。

妹　駄目よ。そんなことをしたらせっかくのお花が枯れてしまうわ。

夫　花は枯れても、花は枯れても　…なんて言ったっけ、確かそんな歌があったはずだが　…

妹　じゃ、兄さん、わたし

夫　え？

妹　お部屋に帰るついでにフロントに寄って、すぐに花瓶を届けるようにって催促してあげる。

夫　帰る？　どうして？

妹　だって　…

夫　さっき来たばかりじゃないか。

妹　お部屋で待ってるヴェーラに変に勘繰られたくないの。

夫　勘繰る？　あの女がなにをどう勘繰るんだ。

妹　兄さん。わたし、結婚してないのよ。いつまでも男のひとの部屋にふたりっきりでいたりしたら　…

夫　なにを言ってるんだ。他人じゃないんだよ、わたしたちは。

妹　他人じゃなかったらなんだって言うの、いったい！（と、声を荒げて）

夫　オ、オーリャ　…（と、驚いて）

妹　ごめんなさい。どうしたのかしら、わたしったら急に大きな声なんか出したりして。嫌だわ。最近時々あるの、こういうことが。ちょっとしたことなのよ、生徒の返事が小さいとか、その程度のことなのにそれが許せないの、我慢できないの、それで　…。ええっと、わたしはなにを話そうとして　…。そうだ、ヴェーラだわ。悪い子じゃないの、二十八にしては少し子供っぽ過ぎるとは思うけど。ううん、子供っぽいというよりむしろその逆。だって、わたしが自転車に乗ってるのを見て、教師が、それも女性の教師が自転車に乗るなんて何事かってお説教するのよ、真面目な顔して。教師が自転車に乗ってたら生徒はどうすればいいのって、逆立ちでもして歩かなきゃいけなくなるでしょって。そういう子なの、ヴェーラは。だから … [注③]

夫　もう少し、もう少しでいい、あと五分 …

妹　兄さん。

夫　そう、あの夕陽が沈むまで。

妹　怖いの。

夫　え？

妹　わたし、怖いの。

夫　怖い、なにが？

妹　このままズルズル …

夫　ズルズル？

妹　ズルズル行ってしまったら …

夫　オーリヤ。

妹　いけないわ。こうしてふたりっきりで会ってたことがもしもアーリャにばれたりしたら！

夫　アーリャがなんだ。五年ぶりなんだよ。五年前に亡くなったきみのお母さんの葬式以来ずっと会っていなかったんだよ、わたしたちは。そうだ、あの時もきみはわたしを避けるようにして …。何故だ、どうして？　今日だってそうだよ。朝食の時にも、そのあとの散歩、昼食、三時、ずっとあの女、鼻が大きくて手の指がバカに短いあのお喋り女がどこまでもどこまでも、いつまでもいつまでもわたしたちについて来るんだ。ヴェーラ！　昔から鼻の大きな男は無口でド助平だって言うが、やっぱり男と女は違うんだね。それともヴェーラは特別なのか？　きみの友人を悪く言うつもりはないんだが、なんなんだあの女。よく喋るね。どこをどう押せばあんなに言葉が沸いてくるんだい。喋る喋る。悪い女じゃないんだ、きっと。しかし、悪気がないから余計に困る。お歳は？　家族は？　お仕事は？

一応ひとに質問はするんだが、なあに、ハナッからこっちの返事を聞く気なんかありゃしない。わたしは、わたしの、わたしにも。ワタシワタシワタシ！　最後は結局、自分のところに話を持っていくんだ。

妹　ごめんなさい。でもあれが彼女の、彼女なりの気の使い方なの。わざと自分を笑いものにして。

夫　気を使う前に頭を使えと言うんだ、わたしは。確かに笑った、笑わせてもらったよ。ホラ、見てわたしの手の指、十本全部親指さん。……笑ってやり過ごすしかないじゃないか。でも、彼女が悪いわけじゃない。

妹　そうよ、わたしが頼んだの。ずっと一緒にいてね、兄さんとふたりっきりにしないでねって。

夫　何故だ。どうしてきみは……

妹　分からない？

夫　分からない。

妹　嘘よ。分らないはずないわ、兄さんほどのひとが。

夫　……昨日きみと船着き場で思いもかけない再会をして、それから一緒に食事をして、別れて、わたしはひとりでこの部屋に戻って来たんだ。シャワーを浴びて、きっと興奮していたからなんだろうが、ベッドに入ってもなかなか眠れない。少し酒を飲んでもみたがそれでも駄目で……。寝つかれないままに、いろんなことを思い出したよ。

妹　いろんなことって？

夫　だから、いろんなことだよ。きみと初めて会ったあの夏のことや……。ああ、青春、過ぎ去りし日々。人生とはこれ即ち悔恨のことと思うべし、なんてことを言った偉いひともいたが……。法律家になる夢、パリに行って画家になる夢、教師になって来るべき時代の新しい担い手を育てる夢……。振り返ってみればそんな夢の残骸ばかりが累々と続いているんだ。さて、いまのわたしに残された夢といったらいったいなにがあるのか……

妹　あなたには家族がいるわ、子供がいるでしょ。丸々太ってまるで白パンみたいなニキータが。

夫　子供か。子供、子供……。あの頃、家庭教師として初めてきみたちと会ったあの夏、きみとアーリャはまだ小学生だった。

妹　十一よ。

夫　頭のリボンが、ペテルブルグで育ったわたしにはなんだか田舎臭いもののように思われたが、でも、あれは可愛かった。アーリャが赤できみは白。多分、よく似た双子のきみたちを間違えないようにって、あれはお母さんの苦肉の策だったんだろうが、いたずら盛りのきみたちは時々それを取り替えてわたしを困らせて……

妹　どうしてこれが分からないんだろうってアーリャと一緒に笑っていたけど、本当はわたし、それがとっても悲しかったの。

夫　若さがゆえさ。ただの石ころがこの世にふたつとない宝石のように見えたり、希望と絶望の区別さえはっきりしない年頃だったんだ。

妹　そんな青二才に、きみたちふたりの違いなんてわかるはずないじゃないか。

夫　そうね。若いということはきっと愚かしいということなんだわ。でも……

妹　あれから毎年のように、わたしは夏になるときみたちの家にお邪魔して、アレがありコレがありアーリャとは結婚までしてしまったが、でも、いちばん懐かしいのはやっぱりあの最初の夏だ。川で水浴びしてるきみたち、こけつまろびつしながら林の中を走っていくあの夏のきみたちは、まるで天使のようだった。

夫　天使。ああ、本当にわたしが天使だったら！

妹　オーリャ。

夫　……

妹　泣いてるのかい？

夫　天使は歳をとらないわ。それがこんなに、わたしときたらこんなに老けてしまって……。

妹　見ないで、わたしを。

夫　なにを言ってるんだ。きみは若いよ、若いじゃないか。

妹　嘘よ。

夫　嘘じゃない。さっき下のカフェテラスでアイスクリームを食べてるきみを見て驚いたんだ、ああ、女学校に通っていたころと同じだってね。

妹　それは愚かしいからよ。わたしが愚かしいからきっと若く見えるんだわ。だってもう三十よ、三十三！　いったいわたしは何をしてるの？　何をしてきたの？　お母さんはこの歳にはもうわたしたちを学校にやって、亡くなったお父さんに代わって工場の切り盛りまでしていたのよ。アーリャだって、あのわたしより二つも若い、子犬を連れた貴婦人だって、立派なご主人がいて可愛い子供がいるのに、わたしときたら来る日も来る日も、山の高さだの川の広さだのを書いては消し書いては消し。同僚の先生方からは「永遠のお嬢さん」と呼ばれて馬鹿にされ、生徒たちからは「モグちゃん」呼ばわり。モグラのモグちゃん。どうしてわたしはモグラなの？　分からない、わたし分からない。春になれば動物たちは眠りから目覚め、夏になれば太陽はギラギラと輝き、秋になれば果実はたわわに実を結ぶのに、長い長いわたしの冬はいったいいつまで続くの？　人生はデコボコ道の七曲りですって？　わたしの人生のどこにデコがあってどこがボコだったのかしら。ねえ、ミーシャ、いったいいつになったら曲がってくれるの？　わたしの人生は。

夫　ああ、オーリャ。やっと呼んでくれたね、わたしを名前で。

妹　暑い……。

夫　えっ？

妹　この部屋、暑いわ。

夫　ああ、窓を開けよう。

妹　駄目よ、こんな風の強い日に窓なんか開けたら。……いいでしょ、このくらいで。

夫　ああ。海が夕日に染まってキラキラと金色に光ってる。海はいいねえ。朝、昼、晩と時間とともに色が変わる。夜になると、あれがいかにも柔らかくて暖かそうな藤色に変わるんだ。昨日の夜も、なかなか寝つかれないもんだから、ここでこうして海を眺めていたんだ。人間も、顔色を変えるというが、あんなに鮮やかに変わりはしない。変わればいいのにねえ、海みたいに人間も。幸せな時は何色で、寂しい時には何色で、なにかやましいことを考えている時には何色でって。じゃ、寂しい時はどんな色に変わるんだっていうと、これもまた難しいんだが……。
あれはいつだったんだろう。毎晩のように、きみの家の客間の窓を開け放したまま、夜が更けるまでみんなで歌ったり踊ったりしていた夏があった。［注④］
まだお母さんもお元気で。あの日のきみは白い服を着ていた。歌に合わせてくるくる踊るとその白い服が膨らんで、薄い肉色の靴下をはいた可愛い足が見えた。くるくる踊る、きみはくるくると。あの夏のあの日の、少し上気してバラ色に染まったきみの頬。そうだ、アレがわたしの幸せの色だ。

妹　兄さんはいまも遠くを見てるひと。ここではないどこか、わたしではない誰かを。いつかわたしたちに星の話をしてくれたことがあったわ。いま満天に輝いてるあの星は、家の屋根に上がって手を伸ばせば届きそうなほど近くに見える星だって、一秒の間にこの地球を七周り半する光の速さの乗り物で行っても、何十年、何百年とかかるほど遠いところにあって、だから、いまぼくらが見ている星の多くは、とうの昔に消えてなくなってるのかもしれないんだって。そう思うと星たちが、なにか途方もなく愛おしくなりはしないかって。同じことなのね。兄さんはきっと、もうとうの昔に消えしまったものだけが愛おしいのだわ。

夫　（ゴホンと咳をして）…なにがあるんだ、昔話のほかに。久しぶりに会うんじゃないか。あの時はああだったこうだったなんて言いながらそうだそうだと頷きあったり、お互いの記憶違いを笑ったりけなしたりすることの、いったいどこがいけないんだ。旧交を温めるってそういうことじゃないのか。なにを語り合えばいいんだ、じゃあ。天下国家を論じあうのか？　将来の展望？　ないぞ、わたしにはそんなもの。残るのは？　耐え難い現状の報告か。聞きたいのか？　そんな話が。

妹　兄さん……

夫　そうか、そんなに知りたきゃ教えてやろう。アーリャの浪費癖、ありゃもうどうにもならん。この間もまだ秋にもなっていないのに、黒てんの毛皮の襟がついたコートを買うと言うんだ、百二十ルーブルもするんだぞ。それを安い買い物だと言うんだ、アーリャは。本当だったら二百は下らない品物なんだって。お陰でこのわたしは、少しでも生活を切り詰めなきゃならんというわけで、例えば、靴底が早く磨り減らないよう毎日の仕事場への行き帰りにも、硬い敷石の上はなるべくソッと用心深く、爪先立って歩くようにしている始末だ。［注⑤］おまけに出来の悪い子供、一人息子の白パン・ニキータ。一言で言ってあいつはアホだ。もう八つになるというのに、いまだに足し算引き算というと指を使ってる。だから七足す六が分からない。十二引く六になるともう首をひねってる。足の指も使えと言ったら足の指はうまく折れないとぬかしおった。どうにもならん。仕事先の税務監督局。ここがまた俗物どもの巣窟ときている。この間も仕事そっちのけで大の男が集まって、蚤のサーカス話で夢中になってる。いや、蚤の芸の批評寸評で議論白熱というんならまだ許せるが、そうじゃない、早い話が、そこに来ていた女の客の品定めさ。なかでも課長補佐のコワリョウフ！　こいつは太った赤犬みたいな、見るからに醜い男なんだが偉そうに……

妹　もういいわ、兄さん、やめて。

夫　……

妹　わたしが悪かったわ。

夫　いや、わたしの方こそ年甲斐もなく…。耐え難いと言ったって、まあ、せいぜいこの程度のことなんだがね。(床を見て)…なんだこりゃ、鳥の糞か。いつ入り込んだんだ、鳥なんか。そうか。明け方、耳元で鳥のさえずりを聞いたような気がしたが、あれは夢じゃなかったんだ。

妹　日が沈んだわ。

夫　ああ…。明日、帰るって？

妹　朝いちばんの汽車で。

夫　そう…

妹　新学期の準備、まだなにもしてないの。

夫　じゃあ、見送りには行けないかもしれないが…

妹　大丈夫。気になさらないで。

夫　お腹がすいたね。

妹　ええ。

夫　公園のレストランでも行って…

妹　じゃ、ヴェーラも誘って

夫　(遮るように)ヴェーラ？

妹　きっとお腹をすかして待ってるわ。呼んでもいいわね、彼女も。

夫　お腹をこわしてるんじゃないのか、あの女は。

妹　ええ、でも…

夫　そうか。もう壊れてるから底の抜けたバケツと一緒でどれだけだって入るんだ。それにしてもよく食べる。どれだけ食べたんだ？　お昼にパンを。千切っては食い食っては千切り、そのうち自分の指まで食い千切ってしまうんじゃないかと思ったよ。

妹　あんなに食べるのにどうしてヴェーラはあんなに痩せてるのかって、これはうちの学校の七不思議のひとつなの。

夫　要するに、食べることで獲得するエネルギーよりも、食べることに費やすエネルギーの値の方が大きいってことだよ。ヴェーラ、世紀末のロシアに出現した恐怖の女！

妹　ひどい。

ふたり、笑う。

夫　今度いつ会えるんだろう。
妹　ええ　…
夫　この前会ったのはお母さんの葬式の時で、今度もサーシャの葬式の後だから、ということは、誰か死ねばまた会えるわけだ。
妹　いけないわ、そんな縁起でもないこと。
夫　オーリャ。
妹　さ、早くお部屋に戻らないと
夫　オーリャ、今夜また会おう。
妹　兄さん。
夫　ヴェーラが寝たのを見計らって　…。何時に寝るんだ？　あの女。
妹　駄目。
夫　寝るんだろ、あんな女でも一応。
妹　駄目よ、兄さん。
夫　え、寝ないのか、あいつは！
妹　明日早いのよ、わたしは。
夫　汽車の中で寝たらいいじゃないか、そうだろ。
妹　兄さん。

夫　だって、今度いつ会えるか分からないんだよ。
妹　分からない。
夫　なにが？
妹　会ってどうするの？
夫　サ、散歩するのさ、夜風に吹かれながら。そうだ、オレアンダの丘の上の教会に行って
…
妹　無理よ。
兄　どうして？
妹　オレアンダまでどれだけあると思って？　歩いちゃいけないわ。
兄　行けるさ、道はあるんだもの。ゆっくり歩いて、疲れたら休んで、夜が明けるまでに着けばいいんだ。そうして朝露を踏みしめながら教会がある丘の上まで登って、ふたりで、朝の光に照らされたヤルタの町や海や山や広大に広がる空を見るんだ。［注⑥］
妹　兄さん、わたし　…
夫　え？
妹　わたし、結婚するの。

夫　うん？

妹　結婚。

夫　結婚？　誰が？

妹　だから、わたしよ。

夫　わたし？　きみが？　オーリャが結婚？！

妹　お相手は隣町の小学校の先生よ。うちの校長の紹介で。誕生日がくると四十六だから兄さんよりもふたつ年上。再婚よ、もちろん。子供がふたりいて、上は兄さんとこのニキータと同じで八つ、女の子だけど。下は五つで男の子。まだ五つなのにフランス語を話すのよ。わたしのこと、マドモアゼルって呼ぶの。初対面のわたしに向かって、「ボンジュール　マドモアゼル　オーリャ」ですって。可愛いの、とっても可愛いの。だからわたし……

夫　（泣く）

ああ、オーリャ、わたしのオーリャ。（と、肩を抱く）

妹　（慌てて離れ）どうして触るの？

夫　オーリャ……

妹　オーリャじゃないわ。アーリャでしょ、わたしじゃなくってアーリャを選んだんでしょ、兄さんは。結婚するのよ、わたしも結婚するの。小柄でメガネをかけててあご髭が立派な男のひとと。鼻の脇に大きなホクロがあるわ、耳の穴にも毛が生えてるわ。でも、いいひと。神様に誓ってもいいわ、とッてもいいひとよ。兄さんは、兄さんはそんなにいいひとを裏切れって言うの。

夫　離れたくない、別れたくないんだ。昨日、海を見ていてやっと分かった。海のざわめきが教えてくれたんだ、わたしはオーリャを昔から……

妹　言わないで。わたしはずっと我慢をしてきたわ。我慢して、我慢して。だってわたしは、兄さんの住んでるペテルブルグへなんか行けなかったんだもの。病気のお母さんの面倒を見なきゃいけなかったんだもの。だから、だからわたしは、兄さんの前ではいつも妹のように振る舞っていたわ、わたしをわたし以上に見せないように努力してたわ。我慢して我慢して……

夫　オーリャ！

妹　なにをするの、兄さん。いけないわ、いけないわ……

二人、抱き合う。

夫　ああ、オーリャ、わたしのオーリャ。

妹　オーリャじゃないわ。アーリャでしょ、わたしのアーリャでしょ。

ドアをノックする音。

夫　はい。（顔を見合わせ）……誰だろう？

妹　もしかしたら……

夫　アーリャ?!

妹　まさかそんな……

ノック。さらにノック！

夫　ボ、ボーイだろ、きみが花瓶を頼んだ……

妹　ああ、そうね。そうだわ、きっと。

ミーシャ、入り口のドアへ。妹、さりげなく入口からは見えない位置に隠れる。

ミーシャ、ドアを開ける。相手の姿は客席からは見えず、声だけが聞こえる。

夫　なにか？

ボーイ　花瓶をお持ちするように言われたのは、こちらのお部屋でしょうか。

夫　ええ、そうですが。

ボーイ　ああ、やっぱり。

夫　やっぱりって、花瓶は？　持って来たんじゃないの？

ボーイ　いえ、一応確認してからと思いまして。

夫　どうして？　二度手間になるだろ、それじゃ。

ボーイ　ええ、でも……

夫　持ってくればいいじゃないか、そんなに重いもんじゃないんだから。

ボーイ　そうしようかとも思ったんですが……

夫　思ったのになぜそうしない、バカ！（と怒鳴ってドアを閉め）このクソ忙しい時に……

ミーシャ、さっきの今でなんとなく落ち着かない。

夫　うん？　蝿か？（と、手でうるさそうに払って）いまのボーイといい、この部屋の暑さといい、どうなってるんだ、このホテルは。……少しならいいだろう、窓を開けよう。

妹　駄目！　この暑さのせいにするのよ。

夫　えっ？

妹　ミーシャ、その窓のカーテンを……

夫　カーテンを？

妹　カーテンを閉めて、誰にもなんにも見えなくするの。そしてそれからこの部屋の暑さでズルズルと、わたしはきっと狂ってしまうのだわ。

夫　オーリャ……！

暗くなる。

少し間。

明るくなると、窓のカーテンが閉められている。ミーシャ、下着姿でベッドの端に座っている。いったい何があったのかと思わせるほど、意気消沈といった感じだ。

花束がなくなっている。

夫　天を仰ぐな。ため息をつくな。いたずらに神に祈るな。確かにわれわれは無力な存在だ。驕りは堕落の始まりだが、しかし、神に祈る前にすべきことがある。とにかく、結果があった、と。結果には必ずその結果へと導いた原因があるはずだ。焦ってたというより慌ててた、という方が正しいかもしれない、いい歳をして。それから体調だ。長旅、葬式、おまけに昨日はほとんど眠れなかった。無理はもうきかない、分かってはいるんだが……。そういえば、明け方の夢見も悪かった。鰐が出てきた。なぜ鰐が？　バスルームのドアを開けると、浴槽の中に鰐がいるんだ。わたしは慌てて逃げた。鰐は追いかけてくる。地響きが聞こえた。わたしは裸だ。股間を押さえながら走ってる。もちろん鰐も裸だがヤツには羞恥心というものがない、こいつは不利だ。振り返ると鰐はすぐ近くにまで迫ってる。耳が立ってた。鰐にも耳があったんだ。これは発見だった。いつの間にかわたしは水の中。河だ。多分、あの懐かしい田舎の。水しぶきがあがる。魚が泳いでる。青く澄んで晴れ渡った空。耳元で鳥のさえずりが聞こえて　…、でも、あれは夢じゃなかったんだ。［注⑦］

オーリャ、ブラウスのボタンをはめながら、鼻歌まじりといった感じで、バスルームから現れる。

妹　（兄の傍まで来て）兄さん、ちょっと。

夫　えっ？

妹　ここのボタンが　…（と、ブラウスのボタンがひとつないのを示して、ベッドを探す）ヴェーラは目ざといの。きっとすぐに気がつくわ。

夫　そういえば、飛んだな、ひとつ。（と、ベッドの下を探す）

妹　なんとか探しておかないと　…

夫　根掘り葉掘りか。芋でも掘ってろというんだ。

妹　……懺悔でもしてたの？　ひとりでぶつぶつ。

夫　（あえて無視して）なんだ、こりゃ？　ネズミの糞じゃないか。

妹　兄さん、大丈夫よ、わたしは。これでよかったのよ、これで。わたし幸せになるわ。なれるような気がする。

夫　この部屋にはネズミがいるらしい。乙にすました保養地の一流ホテルも、ひと皮むけばってわけだ。

妹　幸せ。なんなのかしら、幸せって。うちの学校にルカーって小使いがいたの。ひとり者で歳はまだ六十前だったと思うけど、もう少し老けて見えたわ。イクラが大の好物で、いつも「イクラさえありゃ命はいらねえ」って言ってた。一昨年の学校の創立記念日のお祝いに、父兄のひとりから沢山のイクラの差し入れがあったの。ルカーが黙ってるはずないわ。お決まりの式次第があって最初の校長の挨拶が終わると、もう矢も楯もたまらずといった感じで、来賓の村の助役の祝辞が始まってるのにむしゃむしゃやり出して、傍にいたひとがやめさせようとつついたり袖を引っ張ったりしたんだけど、もう無我夢中。うわごとのように、「ああ、幸せだ。おらあなんて幸せなんだ」なんて言いながら、助役の祝辞が終わる前に、大人の胴回りくらいある大きな鉢に入ってたイクラを全部ひとりで平らげてしまったの。その翌日、ルカーはお腹が痛いって仕事を休んで、それから三日後に亡くなってしまったんだけど、最後に「ああ、おらあなんて幸せ者だ」と言って息を引きとったんだって。少し可哀そうだけど、でも、いいお話でしょ。わたし、辛いことや苦しいことがあると夢中でイクラを食べてたあの時のルカーを思い出して、そして「ああ、おらあなんて幸せ者だ」と言って、笑うの。ああ、おらあ、おらあなんて幸せ者だって。（と言って笑うが、一転、泣き出す）［注⑧］

夫　オーリャ……

妹　ごめんなさい。わたしったら、悲しくもないのにどうして涙が出るのかしら。

夫　すまない。

妹　どうして？　どうして謝るの？　兄さんが。

夫　愛してるんだ。愛しているから気ばかりせいて……

妹　いいの、兄さん。言わないで。わたし分かってる。

夫　思いばかりが膨らんで、もがけばもがくほど、まるで蟻地獄にはまった蟻のように、いや、そうじゃない、きみが蟻地獄みたいだって、そういうことじゃないんだ、そうじゃなくって、つまり、どうしても気持ちが先走る、先走るから体が残る、そう、シンデレラの靴みたいに。

妹　兄さん。

夫　シンデレラの靴、知ってるだろ。十二時を過ぎると馬車がかぼちゃに変わってしまうからシンデレラは急ぐわけじゃないか。急いで急いで、階段を駆け下りる駆け下りる。だけど階段が長いんだ、これが。履いてたガラスの靴の片方が途中で脱げてしまうわけだよ。脱げたと思った時にはもう遅い、数段下まで行っちゃってるんだ、もう片方は。だけど引き返すわけにはいかない。だって愚図愚図してたら馬車がかぼちゃに、馬がネズミに変わってしまうんだから。離れ離れになってしまったわけだ、一足の靴があっちとこっちに。ねえ？　ちょっと待って。ネズミにかぼちゃが引けるのか？　ネズミにかぼちゃが……。いやまあ、どうでもいいことなんだがね。

妹　兄さんは優しすぎるのよ。

夫　優しい？　わたしが優しい？　よしてくれ、そんなおためごかしは。軽蔑されたほうがよっぽど気が楽だ。

妹　どうして軽蔑出来るの、兄さんほどのひとを。こんなに淫らで卑しい女が。なにを考えていたのかしら。わたしは正しい清らかな生活が好きなの。道に外れたことは大嫌いなの、それが……。きっと魔がさしたのね。魔がさしたって、こういうことを言うのね。でも、わたしは救われた。ああ、神様！　ううん、そうじゃない。救ってくれたのは兄さん。誠実で、清潔で、妻を愛し子を愛し、決して間違った道に踏み迷うことのない強いひと。

夫　強い？

妹　そうよ、強くて優しくて。

夫　こんな役立たずのいったいどこが！

妹　いいの、兄さん、分かってる。悪いのはわたし。そうよ、頭の中はすっかり娼婦気取りになっているのに体ときたら、まるで熱病にかかった墓石みたいにぶるぶる震えて、そのくせ重くて固くてどうにもならない。これじゃどうにもならないだろうって自分でも分かっ

夫　たわ。恥ずかしい。わたし恥ずかしい。恥ずかしいのはわたしの方だ。きみと別れたくないと思ったのは本当だ。愛してると言ったのも嘘じゃない。でも、そんなきれいごとではない何か。妻以外の女を抱きたいとか、旅先でのちょっとしたアバンチュールで、単調で退屈な毎日の生活を忘れたいとか、そんな薄汚れた気持ちが心のどこかにあったんだ。天罰だよ。きっと天罰が下ったんだ。

妹　兄さん。

夫　そうだ、オーリャ。きみはさっき、来る日も来る日も、黒板に山の高さや川の広さを書いては消し、書いては消ししてると言ったね。お願いだ、その黒板消しで、わたしがここできみに語ったすべての言葉を消してくれ。いや、出来ることならわたしの存在そのものを消してしまいたい。ああ、なんてさもしいこの男！　恥ずかしい、わたしは恥ずかしい。

妹　やめて、兄さん、そうやって自分を責めるのは。

夫　兄さんじゃない。わたしは人間の皮をかぶった犬畜生だ、かぼちゃネズミだ。オーリャ、よく見てごらん、そしてわたしに聞かせておくれ。やましいことを考えている見下げ果てた人間の顔は、いったいどんな色をしてるのかを。

妹　きれいだわ。月の光のように、とっても清らかな色をしているわ。

夫　オーリャ！

妹　兄さん！

ふたり抱き合う。が、ミーシャ、すぐさま離れる。

夫　なんだ、この手は。なんだ、この手は！　えぇい、言ってるそばからもうこれだ！（と言って、自分の手を叩く）

妹　兄さん、ぶつんならわたしをぶって。よこしまな恋のとりこになったこの罪深い性悪女を！

ミーシャ、オーリャの頬を打つ。

妹　痛い！

夫　オーリャ、お前が憎い。天使のように汚れを知らぬおまえが、憎らしいほど愛おしい。

妹　兄さん　…！

夫　さあ、お次はどこだ。バラ色に染まったもう片方か、胸か、腰か、腹か、尻か、お望みのところをブチのめしてやるゾ。

妹　ぶって、この偽善の仮面をかぶったウクライナのモグラ女を。ぶって・倒して・踏みつけにして。

夫　オーリャ！

妹　兄さん！

ふたり抱き合ってベッドに倒れこむ。

夫　オーリャ、わたしのオーリャ。

妹　アーリャでしょ、わたしのアーリャでしょ。

オーリャ、ミーシャをはねのけ慌てて離れる。

夫　オーリャ　…

妹　ごめんなさい、わたし　…。聞こえたでしょ。

夫　何が？

妹　聞こえたはずよ。だって兄さん、一瞬ピクッとしたもの。

夫　ひょっとしていまの（オナラ？）

妹　（遮って）恥ずかしい、わたし恥ずかしい。

夫　（ため息をついて）……

妹　ため息なんかつかないで。

夫　そういう意味じゃないよ、そうじゃなくって　…、じゃ、どういう意味だって聞かれても困るんだが　…。まったくからだってヤツは。

（と、立って窓辺に行き、カーテンを少し開ける）

…ああ、いつの間にかすっかり暗くなってる。夜ってヤツはいつだってこうだ。背中の方からまるで匕首《あいくち》でも突きつけるように、いきなりやってくる。

ミーシャ、黙って外を見ている。オーリャは椅子に座ってテーブルに肘をつき、身じろぎひとつしない。まるでさっきまでの狂騒ぶりが嘘のような静けさ。

夫　オーリャの「への字」口。
妹　えっ？
夫　考え事をしてたんだろ。（微笑して）変わらないな。オーリャは昔っからそうだった。なにか深刻なことを考えてる時は、いつも口がへの字になってるんだ。そして、思い詰めたような顔をして、いつかこんなことを聞かれた。「兄さん、夜になると魚も眠るの？　眠ってやっぱり夢を見るの？」なんて。
妹　そしたら兄さん、なんて答えたか覚えてる？「魚には魚の生き方がある」。なんて明快にして大胆不敵な解答だ。偉いぞ、若かったわたし。「魚には魚の生き方がある」。こりゃあい
夫　い。（と、笑う）
妹　そうなんだわ。魚には魚の、鳥には鳥の、わたしにはわたしの生き方があるんだわ。

夫　で？
妹　で？
夫　いまはなにを考えてたんだい？　そのへの字の口で。
妹　口で考えてたんじゃないわ。
夫　この理屈っぽ！

ふたり、笑う。

夫　あ、笑ってる、ウクライナの泣き虫モグラが。なにをぬかすか、恥ずかしがり屋のかぼちゃ
妹　ネズミが。

また笑う、性懲りもなく。

妹　兄さん、この世に偶然なんてことがあるのかしら？　もしかしたら、わたしたちの人生に起こることはみな必然なのじゃないかしら。この町で兄さんと出会ったことも、ここでのいろんな出来事も　…。確かに、夜はいつだ

っていきなりやって来てわたしたちを驚かせるわ。でも、それは偶然じゃない、夜は必ずやって来る。それと同じように、例えば、石に躓いて転んだりすると、なにかそれは偶然のような気がするけれど、それはそうではなくて、その日その時そこでその石に躓くために、わたしたちは歩いていたのじゃないかしら。

夫　それはわたしへの質問ではなく、オーリャの出した結論だね。

妹　兄さん、わたし結婚するわ、結婚する。それがわたしにとって必然なのだわ、きっと。わたし、兄さんを愛しているわ。でも、兄さんはきっと永久に兄さんなのだわ。久しぶりに会ってそれがはっきり分かったの。兄さんが初めて家に来た時、わたし、なぜだか懐かしい気がしたわ。だから、お母さんには「先生」と呼びなさいっていつも言われていたけれど、わたしは兄さんのこと、「ペテルブルグの兄さん」って呼んでたのだわ。アーリャはそれを縮めて、おどけて「ペテニイ」なんて言って……

夫　いまでも時々そう呼ぶよ、機嫌のいい時はね、「ペテニイ」って。

妹　これでいいのだわ、これで。明日帰って、すぐに校長に会って、お式の日取りを決めてもらうわ。あのひとは四十六。風采はあがらないし、ひとこと言っては首をひねるの。きっと自分の言葉に自信がないのね。その癖お金には細かくて、わたしが新しい靴を履いてると、「その靴、幾ら?」なんて平気で聞くの。でもあのひとといると、自分がまだ若いように思えるの、まだまだ時間はあるんだって勇気が湧いてくるの。兄さん、わたし幸せになるわ、きっと幸せになる。

夫　……

妹　どうして何も言ってくれないの?　どうして?　どうして、オーリャ、おめでとうって言ってくれないの?

夫　フー。(と、大きくため息をつく)

妹　ため息なんかつかないで！
夫　腹がへったな
妹　兄さん。
夫　いつまでこんな格好をしてるんだ、わたしは。
（と、脱いだズボンを手にする）
妹　帰る。
夫　どうするんだ、そのブラウスのボタンは。そのまま行ったら……
妹　いいの。ヴェーラが何か言ったらフフフって笑ってやるわ。意味ありげにフフフって。
夫　逆手に出るわけか。うまく笑えたらいいがね。
妹　出来るわ、それくらい。
夫　そう、多分……
妹　ああ、それからお花……
夫　お鼻？　ヴェーラの鼻がどうかしたのか？
妹　そうじゃなくって……
夫　ああ、あっちの、きれいな方の……
妹　洗面所に置いてあるから、ボーイさんが花瓶を持ってきたら自分できれいに飾ってね。
夫　ああ、忘れなければ……
妹　（被せて）どうして忘れるの？　わたしのお花を！
夫　いや、あの間抜けなボーイがさ。
妹　兄さんは間違ってる。
夫　え？
妹　「花は枯れても」じゃないわ。「花は散っても」でしょ。
夫　花は散っても？
妹　子供の歌よ。「可愛い蕾が花になる　花は散っても実は残る。明日は咲こう花咲こう」って言うんでしょ。ニキータが歌ってたのよ、きっと。［注⑨］
夫　ああ……
妹　さようなら、兄さん。
夫　……
オーリャ、出ていく。
夫　フー（と、大きくため息をつき）……終わったな、退屈なお芝居が。（と、窓ガラスに映った自分の顔を見て）くそっ、今朝あんなに念入りに剃ったのに、もうこんなに髭が伸びてる。まあ、これもいわゆるひとつの必然というわけだが……

ミーシャ、なんとなく手持ち無沙汰な感じで、軽く体操などした挙句、ベッドに寝転がる。

夫　……そうか。「花は散っても」か。可愛い蕾が花になる　花は散っても実は残る明日は咲こう　花咲こう　明日は咲こう　花咲こう……（と、言って毛布を頭にかぶり）ウッ！（と、嗚咽する）

激しくドアをノックする音。

夫　くそったれが！　今頃花瓶を持ってきやがって……（と、怒鳴って入口へ行き、ドアを開ける）オーリャ！

息をはずませてオーリャが飛び込んでくる。

夫　どうしたんだ。
妹　アーリャが、アーリャが来たの！
夫　アーリャが？　アリャリャ！
妹　花瓶の催促をしようと思ってフロントに行ったら、玄関の方から赤い花束を持って……ど、どうしてこんなところまで？
夫　分からない。
妹　だってありえない、そんな……
夫　間違いないわ。今朝からわたし、なんとなくそんな気がしてたの、もしかしたらアーリャがここへ来るんじゃないかって。遠く離れていても、アーリャの気配を感じることがあるの、時々。子供の頃からよ。あの子がいまなにをしていて、なにを考えているかまで分かってしまうことがあるの。アーリャもきっとなにかを感じたんだわ。だから来たのよ。どうしよう、兄さん。
夫　それで、きみは見られたのか？

妹　ううん。多分むこうは気がついてないと思うけど、でも分からない。

夫　まずい。ヒジョーにまずい。こんなことがあいつにバレたりしたら　…！

妹　？　こんなことってどんなこと？　わたしたらなにもしてないわ。

夫　なにもしていなくったってアーリャという女は　…、きみだって知ってるだろ、それくらい。

妹　何故？

夫　なにが？

妹　どうしてわたしはここにいるの？

夫　え？

妹　自分の部屋に帰ればいいんでしょ。それでわたしがこのホテルにいること、兄さんが黙っていればなにも問題ないわけでしょ。

兄　(手を打って) それだ、それ。なにもそんなに深刻に考えるようなことじゃないじゃないか。
(と、ホッとして笑う)

妹　ごめんなさい、兄さん。じゃあ　…

夫　オーリャ。(と、オーリャの手をとる)

妹　(振りほどき) 駄目よ、兄さん。わたしはここにはいないの、いなかったの。だから、なにもなかったのよ、わたしたちは。さようなら。

夫　オーリャ！(と、抱き寄せる)

妹　どうして？　わたしたちはもう　…

夫　ああ、オーリャ、わたしのオーリャ　…

と、またもやドアをノックする音。

妹　アーリャだわ。

夫　しまった！

妹　どうしよう。

夫　とりあえず、どこかへ隠れるんだ。

妹　隠れる？　どこへ？

夫　どこだどこだ、ベッドの下はネズミの糞だらけだし　…そこだ、そこそこ、そのクロゼットの中に。

ふたり、先を争うようにしてクロゼットへ。

妹　どうして兄さんが隠れるの？
夫　そうか。いかんいかん、わたしとしたことが。
妹　苦しい。（と、クロゼットの中から）
夫　動いちゃ駄目だぞ。すぐにあいつを外に連れ出すからしばらくじっとしてるんだ。
妹　分かった。
夫　落ち着いて、落ち着いて。（と、自らに言い聞かせ）
妹　兄さん、ズボン。
夫　え？
妹　ズボン、穿いた方が。
夫　ああ、そうだ。変に勘繰られでもしたら……（と、履こうとする）

　再びノック。

夫　ハイ、今すぐ。ええい、もういい！（と、ズボンを捨て）大事な客に会うわけじゃなし。（と、入口へ）

　「どうも」と、ホテルのボーイの声。姿は見えない。

夫　な、なんだ、きみは。
ボーイ　花瓶をお持ちしたんですけど。
夫　見れば分かる。今頃なんだと言ってるんだ、わたしは。
ボーイ　申し訳ありません。ちょっと歯医者に行ってたもんですから。
夫　勤務中に歯医者だ？
ボーイ　オヤシラズを抜いてきたんです。ほら、右下の奥、穴が空いてるでしょ。
夫　見せるな、そんなもの。（と、花瓶を奪い）とっとと帰りたまえ！
ボーイ　申し訳ありません。
夫　え？　なんだ、まだなにか用があるのか。
ボーイ　つまりそのう……
夫　チップ？
ボーイ　まあ、そんなような……
夫　（花瓶をテーブルに置き）度し難いという言葉はきみのような男のためにあるんだな、きっと。

ボーイ　ありがとうございます。
夫　なにを言っても蛙の面に小便だ。
妹　（クロゼットの中から）アーリャじゃなかったの？
夫　蛙だ、蛙。（と、ズボンのポケットから小銭を取り出す）
ボーイ　（ボーイ、ミーシャから小銭を受け取り）ゲロゲーロ。
妹　じゃ、いまのうちにわたし……
夫　やっぱり人違いだったんだよ。
妹　そんなことないわ。だってアレは確かに……。
兄さん、開けて。
夫　押せば開くだろ。
妹　開かないのよ、開かないから言ってるんでしょ。

クロゼットの扉、ガタガタ。

夫　なにをやってるんだ。まったくどいつもこいつも……

と、ミーシャ、クロゼットの扉を開けようとするが、開かない。
入口から、赤い花束を抱えたアーリャ（以下、妻）が現れる。もう片方の手には旅行鞄。

妻　なにをしてるの？
夫　いや、鍵をかけたわけでもないのに開かないんだ、だからね。（やっと気づいて）ア、アーリャ！　いつの間に……！
妻　驚いた？
夫　驚いた、すンごく。
妻　よかった、元気そうで。背中にマラルの角も生えていないし。[注⑩]
夫　なんの話だ、それは。
妻　昨日の明け方にそんな夢を見たの。それで、あなたの身になにかあったんじゃないかと胸騒ぎがして、だからこうして慌てて（来たのよ）
夫　（遮って）馬鹿だなあ、そんな、なんにもあるわけないじゃないか。

妻　だって家を出る時のあなたの顔ったら　…

夫　そりゃサーシャが亡くなったんだもの　…。その花は？

妻　忘れてるのね、やっぱり。

夫　なにを？

妻　今日はあなたの誕生日でしょ。

夫　ああ、そうか。今日は八月の二十三日だったんだ。そうかそうか、すっかり忘れてた。（と、クロゼットを気にしながら）

妻　誕生日、おめでとう。（と、花束を差し出し）

夫　ありがとう。（と、受け取る）

妻　きれいでしょ。

夫　うん、そう、まあ花だからね。

妻　波止場を出てすぐのところに花屋さんがあるでしょ、あそこで買ったの。いいわね、南の国のひとは愛想がよくて明るくて。店のおかみさんたらわたしのこと、別嬪さんって言うのよ。こちらの別嬪さんはどこのいい人にこの花を差し上げるのかしら、ですって。お世辞と分かっていてもうれしいわ、やっぱり。

夫　そりゃあ嬉しいだろ、別嬪さんなんて言われれりゃ誰だって　…

妻　…

夫　ええっと　…（クロゼットが気になっている）

妻　どうしたの？

夫　なにが？

妻　ペーチャの引っ越し祝いのお誘いも断って、心配で心配で、あなたのためにわざわざペテルブルグから飛んできたのよ、わたしは。もう少し歓迎してくれたっていいでしょ。

夫　歓迎してる。喜んでるじゃないか。だけど、まさかきみがここへ来るなんて思ってもみなかったから　…

ボーイ　すみません、お取込み中のところ申し訳ないんですが。

夫　あいつ、まだいたのか。（と、入口へ行き）なんだ？

妻　一言お礼を申し上げねばと。

夫　（遮って）帰れ！（と、ドアを閉める）

ボーイ　（ドアの向こうから）ありがとうございました。

アーリャ、探るように部屋の中を見回している。

夫　(戻ってきて) さて、飯でも食べに出ようか。

妻　(花瓶を手にして) これは？

夫　えっ？ (と、思わずうろたえる)

妻　なんなの？　これは。

夫　花瓶でしょ。と思うけど　…。いまのボーイが持って来たんだ。

妻　持って来るように頼んだわけ？

夫　ええっと、まあ一応そういうことになるのかな、形としては。

妻　なによ、形って。

夫　ハクション！ (と、くしゃみで誤魔化そうとして)

妻　風邪？

夫　ああ。昨日、窓を開けたまま寝たもんだから、多分　…。夜になると結構風が冷たいんだ。

妻　いまも寝てたわけ？

夫　えっ？

妻　そんな恰好で。

夫　そう、実はね、そうなんだ。　… (ズボンを穿きながら) なにか食べようか。ここから十分ばかり歩いたところに公園があるんだが、そこのイタリアンレストランがなかなかいけるって評判らしいんだ。

妻　ああ、疲れた。(と、ベッドへ)

夫　行かないのか？

妻　ちょっと待ってよ。いま着いたばかりでしょ。

夫　早めに行って早めに済ませてしまった方がいいんだがな。遅くなるとアルコールの入った連中が大声で歌い出したりして大変な騒ぎになるっていうから　…

妻　このベッド、温かい。

夫　(焦って) ああ、だからそれは、そう、さっきまで寝てたんだから当たり前じゃないか、そんな　… (と、笑って)、ニキータ、どうした？

妻　ニキータ？

夫　あいつも一緒に連れてくればよかったのに。

妻　駄目よ。夏休みの宿題、全然やってないんだもん。(と、枕に鼻をあてる)

夫　ナ、なにしてるんだ。
妻　なんか香水の匂いがする。
夫　コ、香水？　気のせいじゃないか？
妻　ううん。だって匂うもの。
夫　だったらわたしが頭につけてる　…
妻　違う。
夫　違う？　おかしいな。（と、枕を奪い取る）
妻　誰かいたんじゃないの？
夫　ダ、誰かって誰が？
妻　女でしょ。
夫　女？　わたしが女とそのベッドで？　馬鹿言ってるんじゃないよ、いい歳をしてそんな
　　…（と、笑って）、ああ、ネズミだ。
妻　ネズミ？
夫　この部屋にいるんだよ。もしかしたら、そのネズミの糞とか小便の臭い消しに香水を使ったんじゃないかな。そうだよ、きっとそうだ、うんうん。さて、謎が解けたところでそろそろ出かけますか。
妻　（遮るように）あっ、女性の髪の毛が！
夫　えっ？　いや、そのあの、ええっトトト　…
妻　ずいぶん艶々してる。きっと若い女だわ。
夫　アレ？　アレアレ？　あれはどこへやったのかな？（と、明らかに狼狽して）
妻　なにを探してるの？
夫　だからアレだよ、アレ。さっきあそこに置いて、それからアッチにやって、いや、コッチだっだのかな？
妻　嘘よ。
夫　嘘？
妻　髪の毛なんか落ちちゃいないわ、あなたのもの以外は。
夫　（ホッとするやらむかつくやらで）……
　　ああ、あ。（と、ため息）
妻　出かけるのか出かけないのか、いったいどっちなんだ。
夫　お風呂に入ってる時間ある？
妻　風呂だ？
夫　シャワーで汗を流すだけよ。
妻　それくらいだったら　…。早くしろよ。

妻　分かってる。（と、バスルームへ）
夫　（それを見届けて）ヨシッ、いまのうちに出ていくんだ。（と、クロゼットの扉を開けようとするが）どうして開かないんだ、どうなってるんだ、このホテルのこの部屋は！

　アーリャ、バスルームから白い花束を持って戻ってくる。

夫　（それに気づいて）アッ！
妻　どうしたの？　この花。
夫　ああ、それ？　それはだから……
妻　誰かに貰ったの？
夫　（怒り口調で）誰がくれるんだ、こんな旅先で花なんか。
妻　じゃあ、あなたが誰かに……
夫　（遮って）だから誰もいない、知り合いなんかいないんだ、ひとりなんだ、ここでわたしは。
妻　ほんとに？
夫　しつこい！
妻　わたし、ロビーでオーリャを見かけたんだけど。
夫　ロロ、ロビーでオーリャを？
妻　顔を見たわけじゃないのよ、まるで逃げるみたいに走っていく後ろ姿を見ただけなんだけど。
夫　人違いだよ、きっと。
妻　あなた、会ってないの？
夫　だから他人の空似ってヤツだったんだろ。
妻　ううん。フロントで確かめたら、やっぱりオーリャはこのホテルに泊まってるの、女友達と一緒に。

　クロゼットの中でゴトッと物音がする。ミーシャ、それを打ち消すべく、慌ててくしゃみを連発。

夫　ああ、すっかり風邪をひいてしまった。どうしてるんだろう？　あいつは。ニキータだよ。ひとりで大丈夫かな。
妻　どうしてわたしを見て逃げたのかしら？　あ

の子。

夫　いや、まあ、マリアがついてるから大丈夫だろうが……。そうだ、マリアっていえば、田舎のおふくろさんの病気の具合はその後どうなんだ？

妻　なにか後ろめたいことでもあるのかしら、オーリャはわたしに。

夫　いいじゃないかもう、オーリャのことはどうだって。（と、焦立って）

妻　だっておかしいと思わない？　わたしたち姉妹よ、もう何年も会ってないのよ。

夫　きっとなにか急用でもあったんだよ。あとで会って聞いたらいいじゃないか。

妻　……なんだかムラムラしてきちゃった。

夫　ええっ？

妻　昔からよ。白い花を見るとわたし、ムラムラするの。

夫　なんだ、そのムラムラというのは。

妻　（ベッドに入って）ねえ、これから先はベッドの中で話さない？

夫　なにを言ってるんだ。汗を流すんじゃなかったのか、シャワーで汗を。

妻　だからそれは、ア・ノ・あ・と・で。

夫　バカ！　晩飯も食わずにそんなことが出来るか。

妻　誰かいるの？

夫　えっ。

妻　そのクロゼットの中に。

夫　いないよ、いるわけないじゃないか。だってこの扉は開かないんだよ。さっきお前も見てただろ。開かずの扉のクロゼットにどうやってひとが入るんだ。

妻　（クスッと笑って）そこに誰がいようといまいとわたしは別に構わないんだけど。

夫　アーリャ、この通りだ、頼む。食事にしようよ、早く外に出ようよ！（と、跪いて）

妻　だからそれは、ア・ノ・あ・と・で。

夫　アーリャ！

暗くなる。

2

場末の小汚い医院の待合室。

ミーシャが小汚いソファに座っている。夕方。

大きなマスクをした医者、現れる。

医者 （ソファにドカッと座り、マスクを外して）ああ、やっと終わった。

夫 ご苦労様です。

医師 いま何時？

夫 （時計を見て）五時を少し回ったところです。

医師 五時間もかかったか、いかんいかん。若い頃ならこの程度の手術なんぞ一時間もあれば鼻歌まじりで出来たのに。

夫 で、結果は？

医師 きみ、歳は幾つだ？

夫 四十四ですけど。

医師 （夫の肩を叩いて）若いなあ。

夫 痛いなあ。

医師 若いという字は苦しいという字に似ている。そう、若いということは苦しいということだ。苦しい、痛い、苦痛。かのローマ皇帝にして哲学者、マルクス・アウレリウスはその苦痛について、こんなことを言うとる。苦痛とは苦痛に関する生きた概念である。この概念を変えるよう意志の努力を行い、この概念を退け、愚痴をやめるならば、苦痛は消え去るだろう、と。つまり、どういうことかと言えばだ、苦痛を感じるわたしを軽蔑しなさいと。苦しい、痛い、悲しいなんて言葉を口にするな、われわれの心を騒がす外的なもののすべては、実は取るに足りないものであると、そこのところを理解し実践せずして、どこに幸福があろうやと、まあ、こういうことだな、早い話が。

夫 なるほど。それでそのう、手術の方は……？

医師 きみ、歳は幾つだ。

夫 さっき四十四だって。

医師 （夫の肩を叩いて）若いなあ。

夫　痛いなあ。

医師　若いという字は苦しいという字に似ている。そう、若いということは苦しいということだ。苦しい、痛い、苦痛。かのローマ皇帝にして哲学者、マルクス・アウレリウスはその苦痛について、こんなことを言うとる。苦痛とは苦痛に関する生きた概念である。この概念を変えるよう意志の努力を行い、この概念を退け、愚痴をやめるならば、苦痛は消え去るだろう、と。つまり、どういうことかと（言えばだ）

夫　（遮って）おい、いい加減にしろ。

医師　なにを怒っとるんだ。

夫　なんべん同じ話を聞かせれば気がすむんだ。

医師　いまの話、した？

夫　なめてンのか？

医師　いかんいかん。寄る年波というヤツで最近はすっかり物忘れが激しくなってしまった。

夫　手術はうまくいったんですか？

医師　きみ、歳は幾つだ。

夫　この野郎！（と、医者の首を絞める）

医師　コ、コラ、年寄りになにをする、ク、苦しい

……

夫　手術はどうだったんだ、あの男の顔の整形は？

医師　わたしの辞書に失敗の文字はナ〜イ。

ミーシャ、手を離す。

夫　まったく。

医師　ああ、死ぬかと思った。まあ、これ以上長生きしようとも思わんが……

夫　歳々って、あんた幾つなんだ、いったい。

医師　来月の誕生日でちょうどだ。

夫　ちょうど？

医師　百になる。そうは見えんかもしれんが。

夫　……なめてンのか？

医師　嘘じゃない。市役所の戸籍係で調べてもらえばすぐ分かる。わたしは歩く広告塔だ。わたしを見れば、わたしの整形技術がどれほどの

夫　ものであるか一目瞭然。つまり、この見せかけの若さは日々の努力の結果ってわけだ。凄いだろ。このスベスベの顔の皮膚、どっから持ってきたと思う？

医師　さあ。

夫　尻だ。尻の皮を移植したんだ。だから、キモチちょっと臭う。

医師　（医者の顔を嗅いで）ほんとだ。

夫　手術の結果、ちょっと見てみるか？

医師　ええ。

夫　驚くぞ。

医師　そんなに？

夫　まあ、見てのお楽しみだが……。ところでき み、歳は幾つだ？

医師　（静かに）ウー……

暗くなる。

3

天窓がある屋根裏部屋。ここはロシアの都・ペテルブルグはS横町の隅っこにある、小汚い貸家の一室である。

下着姿のアーリャが、部屋の隅にあるベッドに座って、手鏡を見ながら化粧をしている。

床に脱ぎ捨てた男女の服。食卓に使っていると思われる小さく粗末なテーブルの上に、食べ終えた食器が。上手にカーテンで仕切られた小さな台所。

初冬の夕暮れ。

ドアをノックする音が。

妻　はい。

ドアが開いて、ミーシャと瓜二つの男、下着姿のイワン（以下、男）が入ってくる。鼻先に絆創膏。上半身には鞭で打たれた無数の傷が縦横無尽に走っているが、それはまだ見えない。

妻　兄さん……！
男　待ったかい？
妻　待ったわ。先月ここで会って別れたあの日からずっと待ってたわ、毎日毎日この日が来るのを。
男　オーリャ！
妻　兄さん！

ふたり、ヒシと抱き合う。（早めに断っておこう。妻は妹を、男は夫を演じているのだ。なんのために？　それはそのうち分かります）

男　ああ、オーリャ、わたしのオーリャ。毎夜夢に出てくるオーリャがいまわたしの腕の中にいる。
妻　ああ、兄さん、わたし熊じゃないわ、そんなに強く抱かれたら……
男　もう離さない。どこへも行かせない。
妻　ううん。わたしはどこだって行くわ。兄さんと一緒ならシベリアだって何処だって。
男　ああ、わたしの泣き虫オーリャがまた泣いている！
妻　優しすぎるからよ、温かすぎるからよ兄さんが。どうして？　外は吐く息さえ凍る寒さだというのに、どうして兄さんの体はこんなに涙が出るほど温かいの？
男　走って来たからさ。お前と早く会いたくて凍てつく道もなんのその、滑っては転び立ち上がってはまた滑り、通りを吹き抜ける風と一緒に走って来たからさ。
妻　ああ、兄さん。わたしのつむじ風！
男　ああ、オーリャだ、オーリャだ。山を越え川を越え、ドボチンスクの谷間から、まる一日も列車に揺られて、わたしのオーリャがペテルブルグにやって来た。（と、ベッドに倒れ込む）
妻　待って、兄さん。アーリャは？
男　アーリャ？
妻　わたし、怖いの。
男　大丈夫だよ。

妻　わたしたちのこと、本当に感ずかれてない？
男　シラミの爪の垢ほどもね。
妻　でも現に、夏にはヤルタのホテルで　…
男　あれは偶然だよ。あいつは純真とはいえないが単純な女だ。あの時だってあの後だって疑ってるそぶりも見せない。もちろん、わたしを信用してるわけじゃない。要するに高を括っているのさ、あんな男になにが出来るか、とね。
妻　今日は何と言って家を出てきたの？
男　心配いらないっていって。
妻　でも　…
男　週末は職場の同僚たちと、ペテルゴーフにある課長の別荘に泊りがけで遊びに行くって、ずいぶん前に話してある。たとえ夏の時みたいにあいつがいきなりそこに来たって、あの男は完璧だ。わたしの替え玉がきっとうまくやってくれるよ。ああ、オーリャ、わたしのオーリャ！（と、再びベッドに倒れこむ）
妻　待って、兄さん。
男　心配いらないって言ってるだろ。（と、凄む）
妻　そうじゃなくって。はじめに言葉ありき。
男　？　なんのコッテス？　そりゃ。
妻　わたしはアーリャとは違うわ。体より言葉。アノ前にソノ前に、兄さんの言葉がほしいの、いっぱいほしいの。お願い、なにか話して。
男　なにかって、何を話せばいいんだ。
妻　なんでもいいのよ。会わなかったこの一か月の間に、兄さんがひとりで考えてたことや、勤め先で起きたほんのささいな出来事だって。
男　この一か月、うーん、なにがあったんだろう？
妻　あ、あんたまた首筋のところ　…
男　（首筋を触って）いけねえ。また皮が剥がれてきやがった、ちょっとタンマだ。薬、薬と　…（と、ベッドの脇にあった薬瓶を取って、首筋に塗りながら）。どうなってるんだ、いったい。医者の野郎、朝昼晩と日に三回、一か月ほど塗り続ければ二度と剥がれる心配はないって言いやがったのに、それがもう三か月。治るどころか、今じゃこうして一時間おきに塗らなきゃいけねえ始末だ。

妻　薬を塗らずにそのままほっておくとどうなるの？

男　皮がすっかり剥がれちまうのさ。

妻　皮が剥がれてどうなるの？　その後は。

男　おっそろしいことを聞く女だな。

妻　元の顔に戻れるわけじゃないのね。

男　当たり前だ。目も鼻も口も、顔の大きさだってみんなすっかり変わってるんだ。

妻　不思議だわ。この目といい鼻といい口といい、見れば見るほどあいつとそっくり同じなのにでも、どこか違うの。十日前にコクーシキン橋で初めてあんたを見かけた時もそうだった。一瞬、どうしてミーシャがってこんな時間にこんなところでって驚いたんだけど、すぐに違うと分かった。きっと匂いだわ。匂いが違う。あんたは血の匂い、動物の臭い……

男　その匂いに惹かれてこんなところまで、のこのこつけてきたわけか。

妻　多分。

男　鮫みたいな女だな。それであいつは？

妻　あのひとの匂い？

男　そう。

妻　ろうそくを消した時の……

男　燃えカスの？　ひでえもんだ。

妻　運命よ、あのひとの消えゆく運命。（と言って、ケラケラと笑う）

男　（首筋を示し）おい、つなぎ目のところ……

妻　大丈夫、分からないわ。

男　鏡。

妻　大丈夫だって言ってるのに。（と、手鏡を渡す）

男　（鏡で首筋を確かめながら）しくじりたくなかったら他人を信用しねえこった。俺のことを信用したばっかりに命を縮めた馬鹿がいた。白髪頭のドイツ人だった。俺がヤツの鼻先にピストルを突きつけて、金を出せって言うとヤツは、こんなもの怖くないって言うんだ。あんたも見ればちゃんとした人間だ。落ち着きなさい、落ち着くためにゆっくり三つ数えなさい。三つ数えたら、自分がいまやろうとしていることがいかに愚かしいものであるかが分かるはずだ。わたしはあんたを信用しとる。あんたの人間性を信用しとるって、すっかり腰が抜けているのに利いた風なことをぬかしやがる。

そこまで言うんなら顔立てましょうってわけで、素直な俺はゆっくり三つ数えてもう一度、金を出せって言ったんだ。そしたら奴さん、今度は体をブルブル震わせながら、金が惜しいわけじゃない、わしはあんたを信用しとるんだ、あんたの人間性を……なんて、性懲りもなくまだぬかしやがるから……

妻　殺したの？

男　(鏡に顔を映して)……これが俺か？　最初の頃はこうして鏡を見るたび俺はどこって、思わず後ろを振り返ったものだが……。それにしても情けねえ面になっちまって、泣く子も黙る十三人殺しのイワン様がよ。

妻　すぐに慣れるわ。そしてそのうち、元の自分の顔なんて忘れてしまう。そうよ、わたしだって写真でもなければ、子供の頃の自分がどういう顔をしていたかなんて覚えちゃいないもの。

男　稽古、続けようか。

妻　もういいわ。そろそろ出かけなきゃ。

男　もうそんな時間か？

妻　ミーシャの仕事先に行く前に、そこの市場で買い物をして行くのよ。昨日から女中のマリアがまた田舎に帰ってるの。だから……

男　忙しいんだな。

妻　忙しいのよ。アレもほしいコレもほしいと思えばね。

男　あんたは亭主を役所に釘付けにする。

妻　その前にあんたはミーシャになりすまして、駅までオーリャを出迎えに行く。

男　第一関門だ。

妻　分かりゃしないわよ。だって、あのひとと二十年近く毎日顔を合わせてるはずの役所の人たちだって、先月も先々月も、入れ替わってるあんたに誰ひとり気づかなかったんでしょ。
男　あいつら、揃いも揃ってボンクラだからな。
妻　オーリャも同じよ。それでなくったって恋は盲目。例えその首筋の皮が二枚三枚剥がれていても、「自分はミーシャだ」とあんたが言えば、あの子は半信半疑にさえならないはずよ。でも……
男　ええっ？
妻　「コッテス」は駄目よ。
男　「コッテス」？
妻　さっき言ったでしょ、「なんのコッテス？」って。
男　ああ、ありゃ誰かの口癖だ。「旦那、なんのコッテス？　そりゃ」……、誰だったかな？
妻　それから、抱く時はもう少し優しくしないと。ミーシャはあんたみたいな力持ちじゃないいんだから。
男　そいつはどうかな。あんたを抱く時は力を抜いてるかもしれねえが……
妻　まあ、いいわ、好きにすれば。
男　しかし、出来るかな。
妻　出来るわよ。だってさっき、男は完璧だって言ってたでしょ、自分で。
男　いや、こんなふやけた面で殺しがよ。
妻　顔で殺すわけじゃないいんだから。
男　人間が顔を作るんじゃねえ、顔が人間を作るんだ。きっとそうに違いねえ。どうして俺はあんたの亭主の替え玉にならなきゃいけねえんだ。確かに金は貰った。しかし、こっちだって弱みは握ってるんだ。ヤツの頼みを律儀にハイハイ聞かなくったっていいはずだ。どこかへトンズラ決め込んだって、この面なら大手を振ってどこへでも行けるんだからな。ところがどうだ。俺ときたら、あんたの話にまで乗っかって、女房子供にペチカがある生活も悪くない、なんて思い始めてる。
妻　愚痴はやめて、少なくともわたしの前では。わたしは、じゃれつく犬と男の愚痴が大嫌いなの。
男　それともうひとつ。
妻　なに？

男　自分の亭主を寝取った女だ。
妻　やっぱり嫉妬かしら。嫉妬はひとをまるで足かせみたいに不自由にさせるわ。わたしは縛られるのも大嫌いなの。
男　ずいぶんあるんだな、嫌いなものが。
妻　好きなものだってあるわ。
男　ホー。
妻　まずはお金。それから甘いもの。
男　分かりやすい女だ。
妻　この間、新聞にこんな記事が載ってた。身寄りのない一人住まいの婆さんが、息を引き取る間際、お手伝いの女に蜂蜜の入った壺を持ってこさせて、なにをするかと思ったら、枕もとの金庫からお金と宝くじを取り出しそれを蜂蜜につけて、いきなりむしゃむしゃ食べ始めたんだって。子牛一頭分ほどあったって お手伝いの話は眉唾としても、とにかくずいぶんの量のお金を全部そうやって食べてしまって、食べ終えると同時に息をひきとったっていうの。いい話でしょ。わたしそれ読んで、思わず泣いてしまったわ。[注⑪]
男　オーリャは六時半の汽車で来るんだな。
妻　そうよ。だからあんたはここを六時過ぎに出れば……
男　（下着を脱いで）金があって神様がいりゃあ、地獄だってどこだって行ってやるなんて、気のきいたことを言う野郎がいたが……

イワンの背中には、鞭で打たれた傷跡が縦横無尽に走ってる。

妻　それともうひとつ。
男　ああん?
妻　わたしの好きなもの。
男　なんだよ。
妻　あんたのこの背中。山があって、谷があって、川まであって……。鞭で打たれたこの三千五百の傷跡を辿っていけば、世界の涯まで行けそうな気がするの。
男　ヨシッ、六時までまだ時間がある。もう一丁イクか?

妻　駄目よ、駄目駄目。わたしは忙しいって言ったでしょ。それに、あと一時間もすればオーリャとたっぷり出来るんだから。

男　うーん。(と、腕組みなんかして)

妻　大丈夫よ、これだけ稽古したんだもの。

男　服はどれを着ればいいんだ。

妻　なんだっていいわよ。だって完璧ですもの。「コッテス」さえ出なければ。それからその二人分の食器、このままにしといちゃ駄目よ。

男　洗えって言うのか。俺に命令するのか、このイワン様に。

妻　だってわたしは時間が……。ああ、忙しい忙しい。じゃあ、ことの次第は明日じっくり聞かせてもらうから。ア・ノ・あ・と・で。(と、出ていく)

ひとり残されたイワン、のそのそと服を着る。

男　……重い足枷を断ち切り、高い塀を乗り越え、深く冷たい河を渡って向こう岸にたどり着けば、もう少しましな生活が待ってるはずだと思っていたが……。シベリアの別荘暮らしが十八年。お陰で俺は夢を見すぎてたのかもしれねえ。確かに、街に出れば酒も女も腐るほど溢れかえっているが、だからってそれがこっちの思い通りになるかっていうとそうはいかねえ。考えてみりゃ、監獄にだって酒や女や食い物をこっそり手に入れる抜け道はあったんだ。そう、監獄で手に入らないものは何ひとつなかったんだ、自由以外はな。自由か、自由、自由……。[注⑫] アッ、あいつ、指輪なんか忘れていきやがった。(と、ベッドの脇にあった指輪を手に取り、その小さな穴から覗いて)……自由が見えるか?……。泣く子も黙るイワン様の自由がここから……。いかんいかん、また俺は愚痴を言ってる。この面のせいだ。慣れるべきか慣れざるべきか、それが問題だ。この面に慣れたら最後だが、慣れなかったら、そのうち俺は自分で自分を絞め殺してしまうかもしれねえ。

ドアをノックする音。

男　さっきの今だろ、開いてるよ。

旅行鞄を持った、オーリャが現れる。

男　えっ！　ええっと、ト、ト　……

妹　驚いた？

男　驚いた、すンごく。だってこんな時間に。ま、まだ五時を回ったばかりだぜ。（と、慌てて指輪をポケットに隠す）

妹　学校が休校になったの。いま風邪が流行ってるでしょ。それで生徒たちの半分以上がお休みしちゃって。昨日のお昼前に向こうを出たのよ。でも、途中で三度も乗換しなきゃいけなくて、結局着いたのはこの時間。疲れたわ。やっぱりもう歳なのかしら？　腰が痛くて痛くて。こんな辛い思いをしたのに、約束の時間よりたった一時間と少し早いだけ。もちろん、最初から分かっていたことなんだけど。でもわたし、一分でも一秒でも早く兄さんに会いたくて　……

男　オーリャ！

妹　兄さん！

ふたり、ガッシと抱き合う。

男　ああ、オーリャ、わたしのオーリャ。

妹　兄さん、わたしは熊じゃないわ、そんなに強く抱かれたら　……

男　もう離さない、どこにも行かせない。

妹　ううん、わたしは何処だって行くわ、兄さんと一緒ならシベリアだって何処だって。

男　え？（と、驚いて、思わず離れる）

妹　どうしたの？

男　いや、その、つまり　……、いいんだけどね。

妹　おかしな兄さん。

ふたり、笑う。イワンは首をひねりつつ。

妹　誰かいたの？
男　えっ！
妹　このお皿。
男　ああ、これはだから……
妹　イワン様？
男　イワン様？
妹　そうか。イワン様と間違えたのね。
男　？
妹　わたしがドアをノックしたら、さっきの今だろって言ったでしょ。
男　そう、そうなんだ。あいつがさっきまでここにいたからそれで……
妹　一瞬、部屋を間違えたのかなって焦ったわ。
男　ちょっと声の調子が違ったのかな、いつもと。
妹　ううん、そんなことはないんだけど……
男　オーリャ。
妹　なに？
男　きみは本当にオーリャだよね、試してるわけじゃないんだろ、わたしを。
妹　試す？　私が兄さんのなにを試すの？
男　いや、だから……。（笑って）いつまでそんなところに立ってるんだ。疲れてるんだろ、座ればいいじゃないか。
妹　なんだかおかしいわ、今日の兄さん。
男　仕事先の同僚たちからもよく言われるよ。どうしたんだ？　ポトゴーリン、最近ちょっとおかしいぞって。月末になるとひとが変わったみたいになるのはどうしてだって。何故だか分かるかい？　きみと会えるからだよ。オーリャが来れば、まるでシベリアの監獄にでもいるようなおぞましい日々の生活から、逃げ出せるような気がするからさ。
妹　（椅子に座って）ああ、あ。
男　なんだよ、そのため息は。
妹　ああ、やっと着いたんだなと思って。でも、ここはゴールじゃない。明日、日曜日の朝になったら、わたしはまた汽車に乗ってひとりでドボチンスクに帰らなきゃいけないのだわ。

男　そうだよ。わたしたちに与えられた時間はあまりに少ない。だからこうしてのんびり話なんかしている場合じゃないんじゃないか？　というのがまあ、わたしの正直な意見なんだが。

妹　どうしたの？　その鼻の……

男　ああ、ちょっとニキビがね。ばい菌でも入ったのかな。膿んでぐちゅぐちゅしてるんだ。

妹　イワン様の似顔絵を見たわ。

男　手配書きの？

妹　ドボチンスクの駅の待合室に貼ってあったの。

男　そんな田舎にまでまわっているとは、さすが大物。

妹　だって、自分で自分のことをイワン様って言うくらいだもの。

ふたり、笑う。

妹　わたし、あんなにむごい顔を見たの、生まれて初めてだわ。だって、両目はまるで貝のむき身みたいに瞼から飛び出していて、額には焼き印が押してあるんだけど、その額から鼻を通って右の頬までザックリ切り傷が走ってるのよ。口はまるで蟹が泡を吹いてるみたいに横に広がっていて、そうそう、それで耳が片方しかないの。

男　若い頃、ナイフで切り取られたんだ、喧嘩相手に。

妹　信じられないわ。ほんの三か月前まではあんなにむごい顔をしていたひとが、いまは月に一度、こうしてわたしたちが会っている時に兄さんの代役をやっていて、それが誰にも分からないなんて。

男　悲しいかな、ミーシャって人間がそもそもみんなの眼中にはなかったってことさ、早い話が。

妹　そうじゃない。イワン様は兄さんと会って変わったのよ、きっと。

男　いや、変わって見えるのはあくまで手術のお陰であって（だね）

妹　（遮って）それは外見の話でしょ。外見がいくら似ていたって中身が違えばみんな気づくはずだわ。だって普通のひとじゃないのよ、十三人もひとを殺しているのよ、イワン様は。

男　昔、うちの近所に、ボコボコとずいぶん子供を産んだ豚みたいなおばさんがいたが、確かあれは十六人。ということは差し引きすれば……、いやまあ、そういう問題じゃないんだけどね。

妹　どんな罪深い悪いひとの心の中にもきっと神様はいるんだわ。イワン様は兄さんと会って兄さんの優しさに触れて、そう、今までイワン様の心の片隅にひっそり隠れ住んでいた神様が、兄さんの優しさの呼びかけに応えて、その姿を現されたのだわ。

男　（背中を掻きながら）はじめに言葉ありき、か。

妹　でも、どうしてイワン様は十三人もひとを殺してしまったのかしら。

男　わたしは熊を百頭仕留めた猟師を知ってる。彼はそれが自慢なんだ。

妹　熊と人間は違うでしょ。

男　それは人間様の言い分だろってね、熊に口がきけたらそう言うよ、きっと。（と、シャツのボタンを外し）

妹　かゆいの？　背中が。

男　神様なんて言葉を聞くと、背中が火照ってむず痒くなるんだ。さあ、もういいだろ、これくらいで。

妹　え？

男　この椅子は固い。腰が痛いきみには固すぎる。（と、妹の手を取り）あとはベッドで話そう。（と、ベッドに連れ込もうとする）

妹　（その手を振りほどき）待って、兄さん。ビスケットがあるの。

男　ビスケットだ？

妹　昔、お母さんがよく作ってくれたアレよ、兄さんの大好物の。それを思い出してわたしも作ってみたの。そしたら自分でもびっくりするほどおいしそうに焼きあがって……（と、鞄からビスケットの入った袋を取り出し、そこに入っていた一枚を取り出して）ホラ、おいしそうでしょ。でも、お母さんのとは少し違うの、ひと味違うの。どうしてかって言うと……（と、彼女を抱こうとする）

男　（ビスケット口に入れ）オーリャ。

妹　だからちょっと待ってって言ってるでしょ。紅茶も持ってきたの。あれ？　どこに入れたのかしら……（と、鞄の中を探す）

男　（カバンを奪い捨て）物事には順番がある。紅茶を飲むのはアノ後だ。

妹　（後ずさりしながら）……兄さん！

男　そうか。本当に兄さんなんだね、わたしはきみの。

妹　どうしたの？　本当におかしいわ、今日の兄さん。

男　もしかしたら変わったのかもしれない、イワン様がミーシャと会って変わったように。どんな悪党でも心の中に神様がお住みになってるのだとしたら、どんな善人でも、心の中の片隅に悪魔を住まわせてるんだよ、きっと。

妹　ああ、痒い。神様なんて言葉が耳に入ると……（と、激しく背中を掻く）

男　（男の背中の傷跡に驚き）……ニ、兄さん、その背中……！

妹　ニキビだよ。ばい菌が入って……。わたしにはこのペテルブルグの冬は暖かすぎる。だから、身体中が膿んでぐちゅぐちゅしてるんだ。

妹　兄さん……！（と、恐怖のあまり、声も出ず、体も動かない）

暗くなる。

明るくなると、ミーシャがベッドに座って、ビスケットを齧っている。

あれから二時間ばかり経過して、もう夜である。注意深い観客ならば、ベッドから毛布がなくなっていること、台所のカーテンの下から女性の足がのぞいていることにも気がつくかもしれない。が、そうでないひとも、多分。そのひとりがここにいるミーシャ。自分のことで手一杯だから、まあ、仕方ないのだが……

ドアをノックする音。
ミーシャはそれに反応することなく、黙々と食べ続けている。
ドアの向こうから

妹　ちょっと開けて。

夫　……

妹　手が塞がってンの。ちょっと……。いるんでしょ。

夫　……

ドアが開き、オーリャ（アーリャのふりをしている）が、二人分の紅茶をいれて、現れる。

妹　冗談じゃないわ。これだけのお湯を沸かすのにも、いちいち下の共同炊事場まで行かなきゃいけないだなんて。もう少しマシなところはなかったの？

夫　住むのはイワンだ。屋根と壁さえあればそれでいいんだ。

妹　だってふたりの秘密の愛の巣なんでしょ。

夫　場所なんか選ばないんだ、わたしたちは。

妹　愛さえあれば？　居直ったわけね。ハイ、ごちそうさまでした、と。（と、お茶を差し出し）

夫　（お茶を飲んで）……殺してやる。（と、呻くように）

妹　殺す？　誰を？

夫　あの男に決まってるだろ。

妹　あなたが？　鳥の羽をむしることさえ出来ないあなたが、三千五百の鞭打ち刑にもびくともしなかった不死身のイワン様を殺す？　どうして、なんのために？

夫　だって、オーリャが、オーリャが……。（泣く）

妹　なんで？　どうして泣くの？　オーリャが可哀そうで？　仕様がないでしょ。分からなかったんだもの、間違えたんだもの、イワンをあなたと。

夫　間違えるように仕向けたんじゃないか、お前たちが。

妹　なにを言ってるの。元はと言えばあなたがいけないんでしょ。オーリャとふたりでこっそり会うために、それがわたしにバレないようにって、あなたが自分の替え玉を作ろうなんて姑息なことをしたからこうなったんでしょ。

夫　夏が終われば、この町に帰ってまたいつもの生活に戻って一か月もすれば、オーリャのことは忘れると思ってた。しかし、ひと月が過ぎ、木の葉が色づき始めても、オーリャと過ごしたあの夏の日々が、まるで昨日のことのように、鮮やかに甦ってくる。

夜の静けさの中で、隣の部屋から数字を読み上げるニキータの声が聞こえてきても、ネフスキー通りの雑踏を歩いていても、役所の同僚たちの埒もない自慢話を耳にしていても、だしぬけにすべてが……。夕陽に染まった海の色、オーリャを乗せた馬車が霧の中に消えていったあの夜明け、、パンを千切るオーリャの指先、笑い声、ヴェーラの大きな鼻までも、そっくり甦ってくるんだ。

この思い出を誰かに話したいと思った、誰かに……。それは、オーリャのほかにはいなかった。（と、再度の涙）［注⑬］

妹　ああ、鬱陶しい。

夫　なんだって？

妹　ペテニイに二枚目の役は似合わない。悪いけどその紅茶飲み終わったら、もう帰ってくれる？

夫　もうわたしは家には帰らない。

妹　どうして？

夫　だから、オーリャと一緒に……

妹　オーリャと一緒に？

夫　遠くへ行くんだ。

妹　バカ。いい歳してなに馬鹿なこと言ってるの。どうするの、ニキータ。あの子、家でひとりで待ってるのよ。どうするの？　家、家庭、仕事。捨てるの？　捨てられるの？　いいの？　そんなことして。ひとが黙ってりゃいい気になって。あなたもあなたなら、オーリャもオーリャよ。どれだけみんなに迷惑をかければ気がすむの？　どうするの、あの子。何を考えてるの、いったい。婚約してるのよ。結婚式だって来年の三月二十八日にもう決まってるのよ。相手の下の子なんて、オーリャのことマダムって呼んでるのよ。いいの？　そういう罪のない子供を裏切って。愛しあってたら姉妹の亭主にちょっかい出してもいいわけ？　愛さえあればなにをしても許されるわけ？
大体、なに？　愛って。これはティーカップ、これはテーブル、あれはベッド、あれは天窓。愛はどこ？　どこにあるの、そんなものが。あの夏の思い出を分かち合いたいですって？　ケッ、そんなきれいごとが世の中通ると思ってるの？　それ、そのビスケット。何が入ってるか知ってる？　強壮剤よ、トナカイの角を削って粉にしたものが混ざっているの。なんのために？　うまくアレが出来ないあなたのためでしょ。オーリャも必死。わざわざキエフにある中国人のお店までそれを買いに行ったんだって。笑っちゃったわよ、わたしそれ聞いて。これも愛？　愛って早い話がトナカイの角のこと？

夫　……

妹　どうして黙ってるの？　わたし、質問してるのよ。答えられないの？　答えたくないの？　どっちなの？　兄さん。

夫　……（モグモグ食べ続けている）

妹　いいわ、答えなくって。わたし、分かってる。そうよ、愛なんて、愛なんて、善悪の区別もつかない女と、双子の姉妹をいまだに間違えてる男に、愛なんてちゃんちゃらおかしいわ。要するに、シタカッタだけなんでしょ、ふたりとも。出来ないからナントカって思っただけなんでしょ。オーリャは今日が初めてだったなんて。わたしはびっくり、イワンもびっくり！

夫　殺すぞ。

妹　えっ？

夫　いい加減にしないとお前も。

妹　殺す？　いいわよ。やれば？　出来ないくせに。わたしたち、イワンとわたし、昨日からここでなにを相談してたか知ってる？　あなたを殺そうって言ってたの。だって、イワンがいればもうあなたは要らないひとなんだもん。ずいぶん前から思ってたんだけど、ニキータには強い父親が必要なの、ああいうぼんやりした子には。イワン様ならぴったり。税務監督局のひとたちにも彼、評判いいんだって。そりゃ仕事となると最初は戸惑うだろうけど、でもあなたの仕事って要するに、左の書類を右の紙に書き写してるだけなんでしょ。一週間もすれば誰だって出来る仕事でしょ。ネ、あなたがいなくなっても誰も困らないわけ。そう、もしかしたら、オーリャだってイワンの方が……（と、笑って、そして、泣き出す）
……ええい、どうして泣くの？　泣き虫モグラじゃあるまいし。

夫　あいつは何処へ行ったんだ。

妹　もういないわ。オーリャはもう……

夫　イワンだ、イワン。

妹　ああ。医者のところよ。皮膚が剥がれてくるのを止める薬がなくなったからって……。そろそろ帰ってくる頃だわ。

夫　よし。

妹　なによ、よしって。

夫　欲しけりゃなんだってくれてやる。（と、立ち上がり）イワンがわたしにとって代わる？　いいだろう。ということは、わたしの罪も被ってもらえるわけだ。

妹　あなたの罪？

夫　（あたりを見回しながら）ロープ、ロープ……。役所の金を使い込んでる。

妹　ミーシャ……！

夫　何かないか、首を絞めるものは……。ただでさえお前の浪費壁にきりきり舞いさせられてるところへ、イワンの手術代、月々の手当て、この部屋の家賃、そんな金がどこにあるんだ。愛にも金がかかる！　もうどうなったっていいんだ。……包丁にするか？　切れるヤツはあるのかな、ここの家には……（と、台所の方

に行こうとして）

妹　（行く手を遮って）駄目よ、兄さん。

夫　そこをどけ。

妹　駄目。

夫　わたしは遠くまで行くんだ。

妹　ここへは入っちゃ駄目なの。

夫　なんだって捨ててやるぞ。やると言ったらやるんだ、もう怖いものなんかなにもないんだ、わたしには。（と、オーリャを押し退け、カーテンを開けると）

そこには、毛布を被せられた死体が転がっていた。

夫　こ、これは……！

妹　オーリャよ。あなたのオーリャは死んだのよ。アーリャを裏切り、フィアンセを裏切り、学校の先生方や生徒を裏切り、そしてミーシャ、あなたまで裏切ったんですもの。死ぬのは当然だわ。

夫　（首に巻かれたネクタイを手に取り）死んだんじゃない、これは殺されたんだ。あいつか。……イワンがやったんだ。

階段を上ってくる足音が近づいてくる。

妹　帰って来たわ、イワン様が……！

夫　よおし。命だってくれてやる……！（と、カーテンの裏に身を隠す）

妹　兄さん……！

夫の声　あっ、震えてる震えてる。クソッ、体ってヤツは……

妹　黙って！　動いちゃ駄目。

ドアが開いて、イワンが現れる。手に大きな紙包みを持っている。

男　ああ、オーリャ。

妹　オーリャじゃないでしょ、アーリャでしょ。

男　（笑って）俺に取っちゃ同じことさ、オーリャもアーリャも。……（テーブルを見て）誰か来てたのか？
妹　あのひと。
男　あいつが？
妹　あなたが出ていくのと、ちょうど入れ替わり。
男　それで？
妹　帰ったわ。
男　なにか言ってたか？
妹　なにかって？
男　俺のことだよ。許せないとか、殺してやるとか。
妹　泣いてたわ。
男　意気地のねえ野郎だ。（と、ベッドへ）
妹　（テーブルに置かれた紙包みを手に取り）なに？これ。
男　（ポケットから薬を取り出しながら）開けてみろ。
オーリャ、開けてみると、中から大きな中華包丁が！
男　それなら骨でもなんでも大丈夫。それであいつを細かく叩っ切って川に流すんだ。それを魚が餌にして、大きくなったところで人間様がいただく、と。無駄がねえ。物事ってものはこうでなくっちゃ。（笑って）震えてるな。怖いか、そんなに。
妹　そんな話を聞けば誰だって。
男　どうしてそんなところに突っ立ってる。
妹　えっ？
男　（台所を指さし）誰かいるのか、そこに。
妹　いないわ、誰も。アーリャの死体のほかには……
男　アーリャはお前だろ？（と、首筋に薬を塗りながら）
妹　ああ、そう、そうだったわ。
男　まあ、俺はどっちだっていいんだが……。えっ、ちょっと待ってくれよ。それは違うな。俺はいま、そこに誰かそこにいるのかって聞いたんだ。そしたらお前は、いないと答えた、死体のほかには誰もいないって。死体は「いる」って言うのか？　死体は「ある」

って言うんじゃないのか？（笑って）細かいだろ、意外に。教育だな、教育。俺のおふくろは、学はなかったが言葉遣いにはうるさかった。「いる」と「ある」はどう違う。犬はいる。コップはある。猫はいる。椅子はある。つまり、動くものは「いる」、動かないモノは「ある」って、これがおふくろの説明さ。じゃあって俺は聞いた。馬車は、動いてる時には「馬車がいる」って言って、止まってる時には「馬車はある」って言うのかって。おふくろの答えはこうだ。馬車は自分じゃ動けないから、いくら動いたって馬車は「ある」って言うんだって。じゃあってまた質問だ。馬は？　馬は自分で動くけど、止まっている時には「ある」って言うのって。だから、生きてるものは「いる」って言って、死んでるモノは「ある」んだよって、おふくろは声を荒げてそう言って、ぷいと向こうに行ってしまった。
まあ、ちょっとした違いだが、ちょっとした言葉の行き違いで、人間は「いる」から「アル」に変わっちまう。（ポケットから指輪を取り出し）あいつも指輪を返せなんて言わなきゃなあ。俺はこいつをポケットに入れただけだ。それを返せなんてぬかしやがるから……

妹　たったそれだけのことで……？

男　そう。たったそれだけのことで、立ってたものが横になっちまった。

妹　あなたは怖くないの？

男　怖い？　なにが？

妹　あなたはきっと地獄に落ちるわ。

男　地獄？　この世の地獄なら知ってるが。どこにあるんだ、そんなところが。あの先か？　あのシベリアの監獄のもっと向こうか？　地獄があるのは。（笑って）……。地獄と天国。この世とあの世。イスとテーブル。オーリャとアーリャ。熊と人間。イルとアル。なんでもキリストって野郎は、横のモノでも縦になるって言ったんだってな、復活なんて言葉を使って。横のモノを縦にする。立ってるモノを横にする。俺に言わせりゃ、大した違いはねえ。そう、いまこの十四人殺しのイワン様が考えてることと、そこのカーテンの影に隠れてる心優しいポトゴーリンの考えてることが、この面同様、ほとんどそっくり同じようにな。（と、笑って）

風の音が聞こえる。

男 出てこい、ポトゴーリン！

オーリャ、包丁を持って逃げる。イワンは笑いながらゆっくりとカーテンに近づく。それと歩調をあわせるように、明かりが次第に落ちていき、そして、風の音、さらに激しく。イワン、カーテンを引き落とす。

暗闇の中で、ミーシャかイワンか、獣のような悲鳴が聞こえる。

妹 兄さん！

エピローグ

風の音が聞こえる。ものみな凍えてしまえと言わんばかりに。

ここはシベリアの、ある町の乞食宿の一室。

過剰な厚着で、まるでダルマのようになったオーリャが、梨の皮を剥いている。

夜。

こちらもダルマ状態になったミーシャが、大きな紙袋を抱えて現れる。

夫 ああ、寒い寒い。鼻がもげそうだ。いま外は何度だと思う？

妹 分からない。

夫 零下五十三度だ。夜が更けるともっと冷えるらしい。

妹 （梨を差し出し）はい。

夫 ありがとう。（食べながら）橇の手配はついた。馬付きで百ルーブルだ。こいつを馬に噛ませてやれば天まで走るって、朝鮮人参まで付けてくれたよ。

妹　(紙袋を示し) それは？

夫　ウオッカだ。こいつを飲みながら、沖へ向かってどこまでもどこまでも橇を走らせるのさ。

妹　(梨を頬張りながら) 月の素敵な晩だったら、凍りついた海がだんだんと真珠のような色から虹色に変わっていって、それでも構わず、もっともっとグングン沖に出ていくと海はどんどん真っ黒になっていって、それから先は……

夫　それから先がどうなっているかは、まだ誰も知らないんだ。［注⑭］

妹　そこは地獄？　それとも天国？

夫　さあ。どっちにしたって大した違いはないんだ、きっと。

妹　そうね、兄さんと一緒なら。

夫　ああ、オーリャ、わたしのオーリャ。

妹　オーリャじゃないでしょ、アーリャでしょ。

夫　まだ言うか、この女。

妹　言うわ、言い続けるわ、いつまでもどこまでも。

ふたり、笑う。笑い続ける。

幕

［注］

注① A・チェーホフの小説「子犬を連れた貴婦人」を参考。
注② ドボチンスクは架空の町の名前。
注③ ヴェーラの自転車発言は、A・チェーホフの小説「箱に入った男」の登場人物、ベーリコフの発言を参考。
注④ A・チェーホフの小説「知人の家で」を参考。
注⑤ M・ゴーゴリの小説「外套」を参考。
注⑥ ①に同じ。
注⑦ 鈴木志郎康の詩論「浴室にて、鰐が」を参考。
注⑧ A・チェーホフの小説「谷間」にある「イクラの大食い」の話を参考。
注⑨ 西沢爽・作詞の歌謡曲『明日は咲こう花咲こう』の一部を引用。
注⑩ マラルはロシアのアカシカの別名。
注⑪ A・チェーホフの小説「すぐり」の中で主人公が語る知人のエピソードを参考。
注⑫ F・ドストエフスキーの小説「死の家の記録」を参考。
注⑬ 「子犬を連れた貴婦人」の主人公、グーロフの台詞を参考。
注⑭ 本作品のタイトルを借用した、夢野久作の小説「氷の涯」の最後のところを参考。

春なのに

登場人物

初男
秀樹
花

マンションの一室。ベッドと電話。ベッドには初男とこの部屋の主である秀樹が肩を並べて、仲良さそうに座っている。壁には、風を帆に受けて海を走るヨットの写真パネル。
春まだ浅き、のどかな昼下がりである。

初男　へえ。だからヨットの写真なんかあるんだ。
秀樹　でも大したことないんだ、同好会だから。
初男　同好会か。ふーん。いいよね、海。
秀樹　海、好きなの？
初男　好きってこともないけど、うちの周り、山ばっかだったから。
秀樹　田舎、どこ？
初男　言ったってどうせ知らないから。おたくは？
秀樹　神戸。
初男　神戸か。いいよね、神戸。
秀樹　知ってンの？
初男　大阪の隣でしょ、海、あるよね。
秀樹　山も近くに
初男　六甲だっけ？
秀樹　そう。
初男　ロープウェイで行くと夜景、きれいだよね。
秀樹　登ったんだ。
初男　でも、夜景だったらやっぱ函館だよね。
秀樹　そう？
初男　女なんかみんな泣いちゃうから。
秀樹　へえ。
初男　あ、ゴメン。怒った？
秀樹　いや、別に
初男　田舎のこと悪く言うと怒るヤツいるんだよね。
秀樹　ああ、いるいる。
初男　バカだよね、糞バカ、うんこバカ。
秀樹　…彼女、遅いね。道、迷ってンのかな。
初男　バカだから、あいつ。バカでしょ、あいつ。
秀樹　そんなの、さっき会ったばかりやから　…
初男　え、そう？　一目見て分からない？
秀樹　分かンないよ。
初男　でも、タイプじゃないでしょ、ああいう女は。
秀樹　そんなことないスよ。
初男　え、そう？

秀樹　可愛いじゃないですか。
初男　欲しい？
秀樹　えっ？
初男　あいつ、欲しい？
秀樹　あかんて、そんな……
初男　いいよね、学生は。結構遊んでるんでしょ。
秀樹　遊んでないスよ。
初男　勉強ばっか？
秀樹　そんなこともないけど。もてないんですよ、俺。
初男　でも、彼女はいるんでしょ。
秀樹　ま、付き合ってたのは、いるけど……
初男　分かんないよね、女は。
秀樹　だからうらやましいですよ、正直言って。
初男　欲しい？
秀樹　そやからあかんて。
初男　（部屋を見回し）……いいよね、この部屋。家賃、幾らすンの？
秀樹　八万五千円。入った時は九万円だったけど、去年の夏から五千円安くなったんだ。
初男　景気、悪いんだよね。
秀樹　コーヒー飲む？
初男　あ、俺はいいけど。いま何年生？
秀樹　今年卒業。
初男　じゃ、二十二？
秀樹　三。一浪してるから。
初男　タメかあ。
秀樹　ニワトリ？
初男　どうせ食べられるんなら牛の方がいいよね、そう思わない？
秀樹　あんまりそういう風に考えたことないから。
初男　俺、結構気にするんだよね。だから、ケンタッキーとかあんま行かないし。
秀樹　変わってるね。
初男　そう？
秀樹　彼女に言われたことない？
初男　バカだから、あいつ。
秀樹　付き合ってどれくらいになるの？
初男　二年？
秀樹　二年も付き合ってンだ。

初男　バカだから、俺も。（と、笑う）

花がケンタッキーFCの袋を持って現れる。

花　ただいま。
初男　なんだよ、それ。
花　マック、どこにあるか分からなかったから。
初男　いい根性してるよ、おまえは。
花　（秀樹に）これ、お釣り。（と、ケンタッキーと一緒に何枚かのお札と小銭を渡す）
秀樹　どうもすみません。
花　いえ……
秀樹　ケンタッキーの斜め向かいにマックあるんやけど。
初男　バーカ。
花　……
秀樹　（初男に）食べない？　せっかく買ってきたんだから。
初男　（ベッドで横になり）いいよね、ベッド。
秀樹　（花に）じゃ、ふたりで食べる？

花は黙ってうなずき、秀樹、袋の中からフライドチキン等を取り出す。

初男　こいつ、すげえ食うから。なんでだか分かる？
秀樹　分かンない。
初男　こいつ、花って言うんだけど
秀樹　あ、そうだ、まだふたりの名前、聞いてなかったんだ。
初男　名字が高野なんだよね。
秀樹　タカノハナ？
初男　すっごいでしょ。だから食う食う。こいつ、食うこととやることしか考えてないから。
（と、花の背中を軽く蹴りながら）
花　蹴らないでくれる。
秀樹　（初男に）名前、なんて言うの？
初男　おたくは？
秀樹　杉本
初男　スギモト、なに？

花　秀樹。
秀樹　なんで知ってンの？
花　そこに手紙あったから。
初男　ひとの手紙なんか見るんじゃねえよ。（と、花の背中を蹴る）
花　なんで蹴るの？
初男　ヒデキ。スギモトヒデキ。なんか決まってるよね。友達とか、ヒデキーとか言うわけでしょ。
秀樹　サークルではデッキとか言われてるけど。
初男　へえ。
秀樹　船の甲板のこと、デッキって言うから。
初男　じゃ、俺もデッキって呼んでいい？
秀樹　いいけど、おたくは？
初男　俺？　山田じんじろべえ。
花　嘘だから。
初男　いちいち説明すンじゃねえよ。（と、また蹴る）
花　蹴らないでって言ってるでしょ。
初男　ロープいっぱいあるねえ。（と、ベッドの下からロープを取り出し）
秀樹　ヨットに乗るとき使うから。来週の月火、追い出しコンパがあるんだ、大島で。
初男　ヨットで大島まで行くの？
秀樹　最後のセーリングになるから天気がいいとええねんけど。
初男　いいよね、学生は自由で。（と、ロープを弄んでいる）
秀樹　でも、もう卒業やし。
初男　（花に）デッキ、一浪してるからタメなんだってさ、俺と。
秀樹　いつもなの？
初男　なに？
秀樹　彼女、あんまり喋らないから。
初男　バカだから、こいつ。（と、また蹴る）
花　（反応しない）…
秀樹　コーヒー三つあるから、飲まない？
初男　苦いのは人生だけでいいんだよね。って結構言うでしょ、俺。
秀樹　仕事、なにしてるの？
初男　いろいろ。

秀樹　フリーター？
初男　そう。
秀樹　だったら結構自由でしょ。
初男　自由だけど、しょうがないんだよね、金ないし。就職とか決まってンの？
秀樹　一応、関西の保険会社に。おふくろひとりやからうちに帰らなあかんねん。
初男　保険会社か。いいよね。
秀樹　でも、外資系とか進出して来てるから結構大変なんだよね。
初男　そうだよね、ビッグバンとか来てるし。
花　わたし、小学校のとき保健係やってた。
秀樹　？
初男　下らねえこと言ってンじゃねえよ。（と、蹴る）

花、逆襲。初男の足をバシバシひっぱたく。

初男　イテー！（と、悲鳴）
秀樹　隣の安藤さんとはどういう知り合いなの？
初男　ああ、うん。ちょっと、なんか、飲んでてそれで……
秀樹　最近？
初男　一ヶ月くらい前？
秀樹　ええんかな。肝臓やられてて医者に酒とめらてるはずなんやけど。
初男　友達？
秀樹　ていうか、うちの大学の先輩やから。
花　安藤さん、いつまで留守なの？
秀樹　いや、俺は知らんけど。え、聞いてないの？
初男　安藤さんてひとのこと、正直いってよく知らないんだよね。
秀樹　だって、部屋の鍵とかおたくらに貸したわけでしょ。
初男　だ・か・らあ！（と、声を荒げて）
秀樹　ええっ？
初男　あんまし質問とかしないでくれる？　俺たちバカだし。
秀樹　……
初男　このロープ、なんかいいよね。
秀樹　（花に）食べたら？　遠慮しないで。

花　うん。（と、初めてフライドチキンを手に取る）
秀樹　なんか、音楽とか聴く？
花　あんまり……
秀樹　音楽とか、あんまり好きじゃないの？
花　（首を捻るだけで）……
初男　ごめん。俺ちょっと出て来るわ。
秀樹　どこ行くの？
初男　うん、ちょっと。欲しいでしょ？
秀樹　え？
初男　俺いると、アレでしょ。
秀樹　そやからあかんて、それは。
初男　俺、こう見えて結構気ィ使うんだよね。（と、持っていたロープを花の脇に投げて、出ていく）
秀樹　ちょっと、ジンジロベエくん。……（と、少し追いかけ）きみの彼、なんか、変わってるよね。
花　気が小さいから。（と、ロープを手にする）
秀樹　でもなんか、ふたり、仲いいよね。
花　あのひと小学校のとき、みんなにハッチって呼ばれてたんだって。
秀樹　あだ名？
花　初めての男と書いて初男でハッチ。ダサイでしょ。
秀樹　そう？
花　だって、みなしごハッチだよ。
秀樹　でも、船の甲板の昇降口のこと、ハッチって言うから。デッキとハッチ。なんか語呂がいいよね、漫才のコンビみたいで。
花　（ベッドに上がり）いつもこういうのに乗ってるの？（と、壁のパネルを指す）
秀樹　まさか。俺たちのはもっと小さい、一人乗りとか二人乗りとかやから……。ヨット、乗ったことある？
花　ううん。
秀樹　ヨットってさ、風の力だけで走るんだけど、なんで風上に向かって、風の吹いてくる方向に向かって走れるか、知ってる？
花　ううん。
秀樹　要するに、飛行機が空を飛ぶのと同じなんだよね、原理は。セールに揚力がかかるわけ。だから、ほら、風のある日に傘をさしてると、急にフワッと上に持ち上げられることがあるでしょ、あれが揚力。風上に向かっていっぱいに切りあがって走るのを、クロスホールドって言うんだけど、（と、花の隣に座り）例えば、ヨットをこっちに走らせたいと思ってて、風がこっちから吹いてるとするじゃない。セールは、セールって帆のことやけど、セールはいつも、進行方向と風の方向とで作られる角度の二等分線上に置かんとあかんから、ティラーをうまく操作して、そうすると、セールが風をいっぱいに孕んで向こうにヒールするでしょ、ヒールし過ぎて転覆するといけないから、ハイキングストラップに足をかけて、こういう風に身体をそらせてバランスをとるわけ。分かる？

花、黙って首を横に振る。

秀樹　そうだよね、実際に乗ってみなきゃ分からないよね。

花　海、いいよね。

秀樹　もし、今度ひまあったら　…

花　でもわたし、酔うから　…

秀樹、いきなり花を押し倒す。

花　なにすンの！

秀樹　ごめん。（と、すぐに離れて）…なんか暑いね。暖房、切っていい？（と、リモコンを手にして、エアコンを切る）

花　（ベッドの上にあった一枚の便せんを読み）なに、これ？

秀樹　ああ、それ、コーラの瓶に入ってて。セーリングしてたときに海で拾ったんだ。

花　脅迫状？

秀樹　違うよ。

花　だって切り貼りしてる、雑誌とかの字を。

秀樹　でも、内容が全然違うから。

花　英語、分かるの？

秀樹　それくらいなら。

花　やっぱすごいよね。
秀樹　いやあ。きみだって最初の行は分かるでしょ。
花　マイ　トウェンティイヤー　マザー（と、読んで）トウェンティって数だよね、幾つだっけ？
秀樹　二十。トウェンティイヤーだから二十歳。
花　わたしの二十歳のお母さん？
秀樹　そう。
花　次は、イン　マイ　メモリーでいいの？
秀樹　読めるじゃない。
花　イン　マイ　ホーム。アイ　ワント　ツー
……
（花の隣に来て、手紙をのぞき込み）アイ　ウォント　トゥー　バランス　オン　ザット　スロウ　スウィンギングバー。日本語に訳すと、私の二十歳のお母さんを　思い出の　私のふるさとの　あのしずかな　遊動円木に乗せよう　…。多分、詩かなんかだよね、これ。
秀樹

花、いきなり秀樹にキスをする。

秀樹　あ、（慌てて離れて）ごめん。
花　初めて？
秀樹　ていうか、今朝、歯磨いてへんから。ちょっ、ちょっと待ってて。（と、足早に洗面所へ）

花、見送って、床のロープを拾い上げる。初男が顔を出す。暗くなる。

明るくなる。夕方になっている。

初男、秀樹のものと思われる学生服を着て鏡を見ている。ベッドで横たわっている秀樹の首には、ロープが巻かれている。

髪をときながら花、現れる。

花　なにしてンの？
初男　今日から俺のこと、デッキって呼んでくれる？
花　（秀樹のズボンのポケットから財布を取り出し）ちょっと買い物して来る。
初男　なに？

花　お腹すいたでしょ。（と、財布からキャッシュカードを取り出し）暗証番号とか聞いてる？
初男　聞いてるわけねえだろ、そんなもん。

電話の呼び出し音。ふたり、顔を見合わせる。

初男　出てやれ。
花　いいの？
初男　だってうるさいだろ。間違い電話だって言えばいいから。
花　（受話器を取り）もしもし。……いえ、違います。（と、切って）お母さんみたい。
初男　また掛けて来るな。
花　ハッチってさ。
初男　ええっ？
花　船でひとが死んだとき、お焼香するとこなんだって。
初男　いいの。俺はハッチじゃなくてデッキだから。
花　ぜんぜん似合わない。
初男　うっせーえな！　早く行けよ。俺、チーズバーガー&ミルクな。

花、出ていく。

初男　帽子どこやったっけ？（と、辺りを探し）ああ、あった、これこれ。（被って鏡を見て）だっせー！（と、笑う）

再び電話の呼び出し音。

初男　（受話器を取り）はい、杉本ですけど。ああ、お母ちゃん？　秀樹です。え？　ああ、ちょっと風邪ひいてもうて、喉ガラガラや。（と、笑って）大したことあらへん、ただの風邪やねんから。さっき電話に出た女？　友達の女や、いま遊びに来てんねん。最近知りおうたんや。ごっつアホやけど、なんや知らん、気ィがあって。大丈夫や。男の方はベッドで寝てるし、女は買い物に行くいうて、いま……。話聞いたら、ふたりともごっつ可哀そうやねん。住むとこないからあっちゃこっちゃ空いてる部屋探してもぐり込むんやて。おまけに、学校出てへんから、働きとうてもどっこも使うてくれへんやろ、そやからお金ぜんぜんないねん。可哀そうやろ。あんまり可哀そうやからぼく、さっき財布ごとやってん。ええやん、それくらいのこと、ぼく就職決まったんやし。ええっ？　あんた誰て。お母ちゃん、最近ぼけたんと違う？　秀樹やん、あんたの息子やん。これまでは僕、お母ちゃんにはいろいろ世話になったけど、これからは僕、お母ちゃんのために精一杯働いて、親孝行させて貰うわ。嘘やない、ほんまや。アホやな、なに泣いてんねん。叶わんなあ、そない泣かれたら僕かて　…ウッ。こんな電話、友達に聞かれたらカッコ悪いわ。お母ちゃん、ほな切るで。（と、受話器を置き）フー。（と、ため息をつき、窓の外を見て舌打ちし）また夜が来た。

一気に暗くなる。

〈解説〉に代えて

広岡由里子

前略

先日、十数年振りにお会いしたにもかかわらず何の違和感もなく京の町屋の小料理屋さんでゲラゲラと声高らかに止めどなく会話がはずみ時間が足りないくらいでしたね。まるで学生時代の友人のような盛り上がりでした！

あなたとの出会いは劇団東京乾電池若手公演『恋愛日記１９９０』なので一九九〇年。すみません、この時の記憶がありません（笑）。

三年後の一九九三年『みず色の空、そら色の水』。この作品はタイトルと設定〝高校演劇部の夏合宿〟だけが決められており稽古前に宿題として、やりたい役や内容を提出するというものでしたね。私は夏休みの宿題のごとく〆切前日徹夜で書き上げた、と言いたいところですが上がらず中途半端で役がもらえるのかビクビクしていました。稽古中には花火をしたり千秋楽後に旅行に行ったり、まさしく部活のような公演でしたね。この顧問の先生と演劇部員という出会いの為か、あなたとの十一年間は私の演劇における青春時代という感覚があります。稽古初日もっとも記憶に残っているのが「心より心に伝ふる花」。観世寿夫著の〝役者が演じる〟という内容の講義でした。芸能においての花という言葉について。世阿弥の〝一生精進の精神〟や年齢ごとにやるべき稽古などなど。そして役者の演じ方。偉い人（金持ち）は腹から歩く。偉そうな人は肩から歩く。足から歩く、顎から歩く、ガニ股、内股、肩をすぼめる、前屈み、ふん反りかえるなど。これで何らかの情報は伝わるという事。見て盗む、見て学ぶ、学ぶとは真似るからきている事。演劇を言葉で聞くことが、論理を聞くことが初めてだったのですごく新鮮で衝撃で楽しくてワクワクしたのを覚えています。

のちに大学教授となり先生として演劇について、たくさんの学生に語ってきたことでしょう。生徒達はさぞや楽しい時間を過ごせたことと思います！

世阿弥の〝精進〟といえば……。「恋愛日記'86」の戯曲を買いサインをお願いしたら「広岡さんには、この言葉をあげる！」と言いながら一筆。この話を先日再会した時に伝えたところ、

「覚えてますか？」

「何て書いたの？」

「日々精進です！」

あなたはすかさず両手を口にあてゲラゲラ。笑いを押し殺しながら絞り出すように聞こえて来た言葉は、

「あのころ誰にでも書いてた言葉（爆笑）」

ゲラゲラだけが耳に残りました。いいのです。うん、いいのですが三十年大切にさせて頂いた言葉

〝日々精進〟よ！　今までありがとう‼　そしてこれからもヨロシク‼

次は一九九五年『月ノ光』あなたと佐野史郎さんのユニット、その名はＪＩＳ企画。記念すべき第一弾！

「どんな事がしたい？」だったか「どんな役がやりたい？」だったのか？　聞かれ、

「男の人と抱き合ってみたい！」

と若さにまかせて答えたにもかかわらず、兄妹という設定ではありましたがみごとにギュッ！　と抱きあわせて頂き大喜びしていたものです（笑）。演劇人生最高の作品の一つになってます。

一九九八年『春なのに』ではキスシーンも書いて頂きました。この作品はフワフワ、チャラチャラ、ヘラヘラした絆の浅い若者三人の話で彼氏が友人に差し出すように居なくなりその隙にキスをするという設定や役に納得しきれず実はあまり楽しくありませんでした。

もう一つ一九九五年『氷の涯』。劇団東京乾電池本公演なのに二人芝居。しかも座長柄本明さんと。しかも本多劇場という大きなところで。

「二人とも二役やってもらいます！」

「広岡さんは双子の姉妹。柄本さんは姉の夫と逃亡のため整形で偶然夫と同じ顔となった強悪犯。これで登場人物四人なので、大丈夫でしょ」

とゲラゲラ楽しそうでした。そんな冗談のように決めていいのですか？　と思ったものの、あなたはいとも簡単に書き上げて……きませんでした！　十五ページ位からいっこうに届かない台本。柄本さんと演助の劇団員青柳くんと稽古場に集まるもやる事がなくなり自転車で三軒茶屋や渋谷へ映画を見に行ったり、ふらふらサイクリングしたり放課後のような日々を過ごしていました。ラストシーンが出来上がったのは劇場入りしてからで作業をするスタッフさんに混じり本多劇場のロビーで稽古をしましたね。あのラストシーン。実は今でも鮮明に覚えている感覚があります。ポツンと素舞台に座り込み果てしもない涯をみつめる……。ただただ真っ暗闇がどこまでもどこまでも広がっていた。東西南北など分かるはずもない真っ黒い大地が一面に……あれ？　本多劇場ってこんなに広かったっけと一瞬冷静なことを思ったりして、また見つめるとお客さんの存在もうっすらとした影さえ感じることなく……ただ真黒い闇がシーンと冷たい空気にさらされ二人で時が流れて行くのを見ていた。目に見えないはずの〝時〟を確かに見ていたのです。(笑われそうだな、あなたいま爆笑してますね！)〝時〟はちょっと冷たかったです。このシーンは早替え、台詞を言いながら本物のナイフで梨を剥き指定された台詞で渡し食べながら会話。短いシーンでしたがほぼぶっつけ本番の初日は手が震えて上手く剥けず心臓はドキドキバクバクなのに心の中が笑い始め、なるようになれ!!　なるようになる!!　暗転。ほら終わった。指も切らず台詞も忘れず終わった。人間の心配なんて気持ちなんて何の役にも立ちはしない、関係ないのだ。時はたんたんと流れて行くもの。さっきは過去。もう過ぎたことと〝忘れる〟ことが少し上手くなりました。

一九九七年『チュニジアの歌姫』。ＪＩＳ企画第二弾。お屋敷のお手伝いさんを演らせて頂きました。後半、頭に花が咲き登場するたびに増えてゆく花、花、満開の花。この演出が大好きでした!!

一九九八年『風立ちぬ』。この作品を最後に私は劇団東京乾電池を退団しました。そういう意味で記憶に残っている作品です。

一九九九年『ラストワルツ』。ＪＩＳ企画第三弾。


二〇〇〇年ミレニアムの年で盛り上がっていた世の中、あて書きと言われ大変はりきったのに空回りに終わった『モナ美』。「変な名前でしょ。おとうさんがつけたの。フランス語で、わたしの友だちって意味なんだって」、台詞より。そして台本の冒頭に、はじめにと題して「これから始まる物語は、モナ美とトモ世と呼ばれるふたりの女性の、五十年にわたる交遊をその核としている。けれどもここで語られる五十年とは、いわば捏造された歴史である。［中略］モナ美とトモ世とは、それぞれの時代の典型を生きたある年齢の女性たちの、いわば共通の名前なのだと。とおくのものが出会うとは、詩人、西脇順三郎によるシュルレアリスムの定義だが、そう、繋がるはずのないものが繋がらずして、出会うはずのないものが出会わずして、おお、なんの〈劇〉といえよう！」


この対局にいる友達の名前が思い出せず台本を開くと、いつの間にか音読していました。

二十一年前の私は若かったようです。モナ美の死が語られる同窓会のシーン。

「そういえば、鈴木さん、亡くなったんだよね」

「鈴木さんて？」

「ほら、橘さんと一緒に昆布やってた……」

「モナ美ちゃんが……！」

この「鈴木さんて?」がモナ美の人生のすべてなのだと受け取り、そしてあなたに私はこんな風に写っているのかと傷ついたものでした。忘れられる人、覚えのない人があて書きなのかと恥ずかしかったりもしました。傷つく心をさとられまいと頑なに元気に明るく振る舞っていた、演じていた。そりゃ空回りしますね。

台本にあまり書き込みをしない私ですが久しぶりに開いたそこには、あなたから聞いた数々の言葉が書いてありました。〝芝居は柔道のようなもの〟〝話していない事が見えてくるといいなぁー〟〝伝わらなくていい言葉、伝えるべき言葉〟〝窮屈からくるもの〟〝手紙に芝居をさせる〟〝気づくまでの時間を使う〟〝言葉の二人法〟〝一つ一つ具体的なことがあって何事（台詞の強弱など）も出てくる〟〝台詞の出どころの根拠をいつもハッキリさせておく〟〝嘘をつこう！　相手にも、自分にも、お客さんにも〟〝自分以外の人がどういう状態なのかを考えてみよう〟〝クリアーに嘘をつく、嘘などお首にも出さない〟〝俳優の作業は体に関わること！　乱暴に考えると…戯曲のテーマや内容などは関係ない。これは作家や演出家の作業〟。他の台本も開いてみると書き込まれているのかな?　しかし今は開きません。この原稿の〆切が過ぎているので!!　あなたの言葉達の意味をすべて理解したわけではありません。ひっかかり、答えのないまま残っている事がいつの日か「あっ?!　アレってこういう事だったのか」と紐とかれる日が来る。探っていく作業が人生の一つなのだと思います。そうそう、いつだったか?　あなたが私達に「人生とは何か?」と問うたことがありました。誰も答えられずにいると「人生は産まれた時から死ぬまでの暇つぶし」。人生=暇つぶし。解るような?　解らないような?　とにかくピンとはきませんでしたがずっとひっかかっていました。今なら解るし、そう考えたほうが楽しくて楽ですね。あっ！〝シンメトリー〟という言葉もよく聞きました。左右対称という意味ですが私は対極と捉え役作りの時一つに決めず二通りは考えるようにしてきました。あっ！　もう一つ稽古が行き詰まったり、混乱している時に立ち返る〝動いてから言葉〟動作があって言葉が出る‼

あれ？　もう全部書いたのかな？　あっっ！　そうでした‼　あなたと言えばまずこれです。稽古場で誰よりも笑う！　おかげさまで全ての作品が楽しかったと刻まれています。

何故そんなに楽しいのか尋ねたところ得意の笑いの間から絞り出す声で……。

「やっぱり、おもしろい」

「？（何が？　私達はそこが知りたいのです！）」

「オレの台詞はおもしろい（笑）」

「オレの戯曲はおもしろい（爆笑）」

堂々と答えてくださいました。誰も何も言えませんでした。まるで赤ん坊が初めてのことに一瞬ビックリして笑いだす、穢れのない真っ直ぐな思いで溢れていましたから。

二〇〇四年『マダラ姫』。これが今まであなたとご一緒した最後の作品ですね。単純で不思議な経験があります。登場の「おまたせしました」とコーヒーを出す。この最初の単純な言葉「おまたせしました」に違和感があってあって最後まであって、誰にも気づかれない私だけの違和感。の経験でした。

あなたの書く言葉は読んでいる時はクスクス楽しく気づきませんが演ってみると、上手くしゃべれない時がある。あなたの書いた言葉をあなたがしゃべる言葉のように、滑らかに、饒舌に、そして楽しく、声高らかに、大笑いしながら言ってみたい。こうして文字にするとあなたはしゃべりながら、こんなに沢山の作業をしていたのですね。脱帽です。

先日Twitterで見かけた稽古中のあなたの言葉「台詞の言い方じゃなくて、間の空け方、リズムを考えて」。何度もどこかで聞いた言葉なのに、ハッと心に届きました。

十数年ぶりに会ってもやはり楽しいのは、あなたが新鮮な言葉で溢れているから。そしてその言葉達を楽しそうにくり出す姿は青春時代の少年のままでした。

注・私はあなたの少年時代は知りませんでした！

またあなたの言葉をしゃべる日を楽しみにしています。これからも沢山の言葉達を世に送り出してください。

二〇二一年六月三日　あなたの一生徒より

（ひろおか・ゆりこ／女優）

あとがき　嗚呼！

本巻のタイトルは「登場人物がふたりの戯曲集」という意味で命名したのだが、収められている六本のうち四本には声のみの出演者も含め、もうひとりの登場がある。なので、「カップルズ」の「ズ」はその〈もうひとりの登場人物〉を指しているのだとご理解いただければ。と、いうわけで。

「今は昔、栄養映画館」はこの十年間に限ればもっとも多くの「戯曲使用」を頂いた作品で、わたし自身も出演者・スタッフを変えて計三度演出、その度に少々ではあるが台本に手を入れている。二度目に演出した「すまけいVS木場勝己版」（一九九八年）は、一九九五年の「石橋蓮司VS柄本明版」（演出家ナシ！）用に書き換えたものを使用。明らかにイマイチと思われた数ヶ所をカットし、本巻にもある幾つかの映画タイトル、終盤にある淀川長治の言葉の引用等はこの時に加えたもので、一九九六年に而立書房から刊行された「竹内銃一郎戯曲集3」に収録されているのはこれである。三度目は二〇一九年の「キノG-7」公演で、ここでは松本修を相手に男1役で出演もしたが（嗚呼！）、本巻に収めたのはこの時に使用したもの。ほとんど一九九六年版と変わらないが、冒頭の男1のモノローグは、半分ほどカットした。早くふたり芝居を始めた方がと思ったからだが、実のところ、演じるわたしにはあまりに長すぎると思ったからだ。（嗚呼!!）

「かごの鳥」の共作者、別所文は、当時秘法零番館・文芸部（？）に所属、公演時には演出助手をそつなくこなし、若手公演用に書いた戯曲にも独特のユーモアが漂っていて面白く、シードホールから公演の依頼があった際、「劇団の若い作家に書かせてもいいですか？」と聞いたらOKとの返事があり、そこで、「かごの鳥」というタイトルで女性ふたりの芝居をと別所に伝えたら、こういう戯曲を書いてくれたのだった。男＝おじさんによって計四度語られる台詞はわたしが挿入したものだが、監禁状態にありながらまるで子供時代に帰ったように、ふたりが無邪気に過ぎる遊びに興じるのは彼女のアイデアで、そこが楽しい。また、昭和の初め頃という時代設定を、慶應の水原がどうしたとか、三原山の火口に飛び込んだ女学生のエピソード等で明らかにするのも、なかなかの手腕。

「あたま山心中　散ル散ル、満チル」は、吉田日出子さんからの依頼に応えて書いた。わたしは大学一年の冬、『日本春歌考』(監督大島渚)に出演していた吉田さんを見て以来、彼女の大ファンだったので、この時はまさに天にも昇るような気分になったものだ。「串田さんとのふたり芝居で。フェリーニの映画とか、G・ガルシア＝マルケスの小説とかうまく使ってくれたら……」という吉田さんのご注文から、マルケスの短編を下敷きにして、吉田さんには『道』や『カビリアの夜』でジュリエッタ・マシーナが演じた役をあてれば、と考えたのだが……。妹(ミチル)の人物設定は、おそらく『道』のジェルソミーナをモデルにしたのだろう。そして、兄(実は息子)との明らかに逸脱している関係も、『道』での異様ともいえる夫婦関係を下敷きにしたからで、ここまでたどり着いたから、「青い鳥」を探し求めて旅する兄妹を演じながら「あたま山」に向かうという、尋常ならざる筋立てが出来上がったのだ、多分。

「眠レ、巴里」はこの戯曲の初演より十年以上前、一九八四年の暮れに都営住宅で発覚した実際の事件をベースにしている。この事件があった翌年、やはりこの事件をもとに書いた「贋金つくりの日記」を秘法で上演しているのだが、これがイマイチで。以後ずっといつか挽回をと考えていたのだ。本作も多くのひとたちに上演されていて、それらを何度か見ているのだが、冒頭シーンをパリの三ツ星ホテルの一室と勘違いしているようで……（嗚呼！）。中では、二〇一九年に上演された柄本明演出作品は格別で。舞台の背後、劇場の壁にチョークで書かれたパリの風景が切なく素晴らしく、演じるふたりのやりとりに前半は大笑いし、後半は幾度も涙ボロボロ。いやあ、凄い芝居でした。

「氷の涯」は、柄本氏からの「広岡とのふたり芝居の本を」との要望に応えて書いた作品。チェーホフの戯曲や小説からの引用が多々あるのは、九〇年代になって東京乾電池がチェーホフ戯曲の連続上演をしていたからだろう。チェーホフへのわたしのオマージュでもある。エピローグにある夢野久作の小説からの引用は最初から考えていたのだが、とにかくそこにたどりつくまでに悪戦苦闘し、書き上がったのは確か本番前々日で、舞台ではセットの建て込み等をしているのに、わたし等はロビーで稽古をしておりました（嗚呼！）。

「春なのに」は、中島みゆきの曲を素材にした短編集「たしあたま」の中の一作。松田正隆の「誰のせいでもない雨が」、枡野幸宏の「思い出させてあげる」、公募に応えて送られてきた角田智子の「子守唄」（傑作！）、他にわたしが書いた「此処じゃない何処かへ」等、全九シーンから成る作品で、

「テアトロ」一九九八年十月号に掲載されている。「春なのに」は、この年に起きた殺人事件を素にしている。事件の数ヶ月後、殺された学生の母親がＴＶのニュース番組に出演し、現在の切ない淋しい心境の語りに心うたれて、これを書いたのだった。

二〇二一年十二月一日　あれもこれもみんな思い出になって　…

竹内銃一郎

［初演の記録］

※『あたま山心中　散ル散ル、満チル』を除く作品の演出は竹内が担当

『今は昔、栄養映画館』桃の会公演

一九八三年九月三日〜十一日

於：下北沢　ザ・スズナリ

スタッフ　宣伝美術：園原洋二・ハロルド坂田

　協力：秘法零番館

キャスト　男1：豊川潤　男2：小田豊

『かごの鳥』はいりとひとみのこんにちは公演

一九八七年一月三十日〜二月八日

於：シブヤ西武シード十階＝シードホール

スタッフ　台本協力：別所文　舞台美術：西村泉

　照明：吉倉栄一　音響：藤田赤目

　衣裳：片桐はいり

　舞台監督：嶽恭史

　レイアウト：石川デザイン事務所

　制作：鳩ポッポ商会＋シブヤ西武シードホール

キャスト　はっぱ：片桐はいり　ペン：森永ひとみ

　謎のおじさん（声のみ）：豊川潤

『あたま山心中　散ル散ル、満チル』吉田日出子企画公演

一九八九年四月二十八日〜五月七日

於：オンシアター自由劇場

スタッフ　演出：鵜山仁　舞台美術：和田平介

　照明：富松博幸　音響：市来邦比古

　衣裳：合田瀧秀

　舞台監督：原田修司　写真：井出情児

　宣伝美術：イエローバッグ

　制作：山田寛・簑島裕二

キャスト　兄：串田和美　妹：吉田日出子

　看護婦：吉田日出子

『眠レ、巴里』東京乾電池特別公演

一九九四年九月二十八日〜十月四日

於：駒場アゴラ劇場

スタッフ　照明：日高勝彦　音響：原島正治

　舞台監督：青木義博

キャスト　ノゾミ：中村小百合／池村久美子（Wキャスト）

　アキラ：菅川裕子／黒田訓子（Wキャスト）

　星川：竹林義修

『氷の涯』東京乾電池公演

一九九五年十月十六日〜二十五日

於：本多劇場

スタッフ　舞台美術：松野潤　照明：吉倉栄一
音響：藤田赤目　舞台監督：青木義博
演出助手：青柳省吾
宣伝美術：蛭子能収・扇谷正郎
制作・東京乾電池・大矢亜由美

キャスト　夫（ポトゴーリン）：柄本明
妹（オーリヤ）：広岡由里子
妻（アーリヤ）：広岡由里子
男（イワン）：柄本明
ホテルのボーイ（声のみ）：青柳省吾
医師：青柳省吾

『春なのに』（短編集「たしあたま」の中の一篇）**カメレオン会議公演**

一九九八年九月四日〜十五日

於：本多劇場

スタッフ　舞台美術：奥村泰彦　照明：吉倉栄一
音響：藤田赤目　舞台監督：青木義博
衣裳：樋口藍

宣伝美術：MATCH AND COMPANY
宣伝写真：佐内正史
企画制作：東京乾電池オフィス・大矢亜由美／
森崎事務所・森崎一博

キャスト　初男：松尾スズキ　秀樹：橋本じゅん
花：広岡由里子

著者略歴

竹内銃一郎（たけうち・じゅういちろう）

1947年、愛知県半田市生まれ。早稲田大学第一文学部中退。

1976年、沢田情児（故人）、西村克己（現・木場勝己）と、斜光社を結成（1979年解散）。1980年、木場、小出修士、森川隆一等と劇団秘法零番館を結成（1988年解散）。以後、佐野史郎とのユニット・JIS企画、劇団東京乾電池、狂言師・茂山正邦（現・十四世茂山千五郎）らとの「伝統の現在」シリーズ、彩の国さいたま芸術劇場、水戸芸術館、AI・HALL、大野城まどかぴあ等の公共ホールで活動を展開。2008年、近畿大学の学生6人とDRY BONESを結成（2013年解散）。2017年よりキノG-7を起ち上げ現在まで活動を継続している。

1981年『あの大鴉、さえも』で第25回岸田國士戯曲賞、1995年『月ノ光』の作・演出で第30回紀伊國屋演劇賞・個人賞、1996年同作で第47回読売文学賞（戯曲・シナリオ賞）、同年JIS企画『月ノ光』、扇町ミュージアムスクエアプロデュース『坂の上の家』、劇団東京乾電池『みず色の空、そら色の水』『氷の涯』、彩の国さいたま芸術劇場『新・ハロー、グッバイ』の演出で第3回読売演劇大賞優秀演出家賞、1998年『今宵かぎりは…』（新国立劇場）、『風立ちぬ』（劇団東京乾電池）で第49回芸術選奨文部科学大臣賞を受賞。

著書に、『竹内銃一郎戯曲集①〜④』（而立書房）、『Z』『月ノ光』（ともに三一書房）、『大和屋竺映画論集　悪魔に委ねよ』（荒井晴彦、福間健二とともに編集委員、ワイズ出版）などがある。

竹内銃一郎集成 全5巻ラインナップ

Volume			
I	花ノ紋	『恋愛日記'86春』『風立ちぬ』他2篇	2021年5月（既刊）
II	カップルズ	『今は昔、栄養映画館』『氷の涯』他4篇	2022年1月（既刊）
III	耳ノ鍵	『マダラ姫』『満ちる』他2篇	2022年（予定）
IV	引用ノ快	『ラストワルツ』『みず色の空、そら色の水』他3篇	2022年（予定）
V	コスモス狂	『ラメラ』『チュニジアの歌姫』他3篇	2023年（予定）

*刊行時期、タイトル、収録作品は予定となります。

竹内銃一郎集成《たけうちじゅういちろうしゅうせい》

Volume II

カップルズ

発行日　2022年1月20日　初版第一刷

著者　竹内銃一郎

発行者　松本久木

発行所　松本工房

住所　大阪府大阪市都島区網島町12-11
雅叙園ハイツ1010号室

電話　06-6356-7701

FAX　06-6356-7702

URL　http://matsumotokobo.com

編集協力　小堀　純

装幀・組版　松本久木

印刷　シナノ書籍印刷株式会社

製本　誠製本株式会社

表紙加工　太成二葉産業株式会社

カバー製作　株式会社モリシタ

Printed in Japan

ISBN978-4-910067-08-7 C0074